眞家

진가도

백준 新무협 판타지 소설

FANTASTIC ORIENTAL HEROES

진가도 7

백준 新무협 판타지 소설

초판 1쇄 찍은 날 § 2008년 8월 25일
초판 1쇄 펴낸 날 § 2008년 8월 29일

지은이 § 백준
펴낸이 § 서경석

편집장 § 문혜영
편집책임 § 이재권
편집 § 서지현

펴낸곳 § 도서출판 청어람
등록번호 § 제1081-1-89호
등록일자 § 1999. 5. 31
어람번호 § 제2-1567호

주소 § 경기도 부천시 원미구 심곡1동 350-1 남성B/D 3F (우) 420-011
전화 § 032-656-4452 팩스 § 032-656-4453
http://www.chungeoram.com
E-mail § eoram99@chollian.net

ⓒ 백준, 2007

ISBN 978-89-251-1452-1 04810
ISBN 978-89-251-1099-8 (세트)

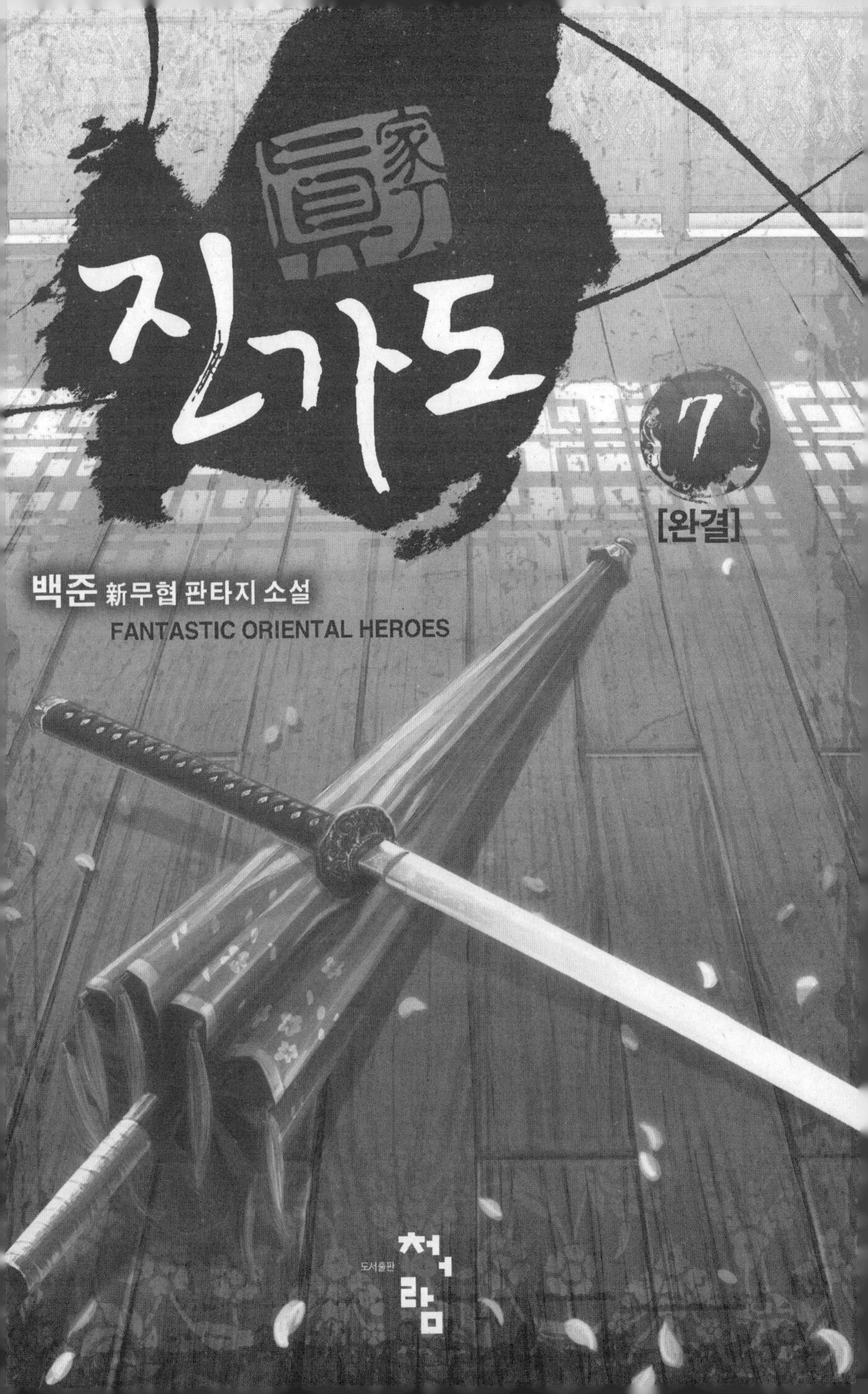
진가도
7
[완결]
백준 新무협 판타지 소설
FANTASTIC ORIENTAL HEROES
도서출판 청람

목차

第一章
파도치는 밤

진가도

잔잔하게 파도가 치는 해안가의 모래사장 위로 아이들이 떼를 지어 놀고 있었다. 저 멀리 파도가 넘실거리는 푸른 바다 위엔 어선들이 고기를 잡고 있었으며 바람을 막아주는 바위들과 구릉 뒤로 집들이 옹기종기 모여 있었다.

가끔 멀리 바다 너머로 상당히 커 보이는 범선들이 지나갔는데, 아이들은 그 범선을 보며 손을 들어보기도 하고 자기들끼리 떠들기도 했다.

웃고 떠드는 아이들의 뒤로 검은 무복에 백색 도를 손에 쥔 청년이 조용한 걸음으로 걸어가고 있었다.

크게 만든 부둣가 주변으론 높은 담이 꽤나 멀리까지 이어져 있었다. 개인의 영역인 것처럼 담장 위론 많은 무사들이 보초를 서고 있었으며 상당한 수의 인부들이 바쁘게 움직이고 있었다. 그리고 범선 하나가 다가오자 말과 마차를 가지고 십여 명의 비단 무복을 걸친 무인들이 부둣가에 나타났다.

그들은 범선이 부둣가에 멈추자 일제히 허리를 세우고 고개를 높게 들었다. 일체의 움직임도 없는 절도있는 모습이었다.

범선에선 이십대 후반으로 보이는 백색 궁장의를 걸친 미인이 느린 걸음으로 내려와 무사들을 둘러보았다. 그녀는 생기 넘치는 눈동자를 가진 무사들의 믿음직한 모습에 고개를 끄덕였다.

그녀의 뒤로 이십 명의 호위무사와 다섯 명의 시비가 따라 내렸다. 곧 그녀의 앞에 이십대 초반으로 보이는 백의무인이 부복하고 앉아 고개를 숙였다.

"염무단 제삼단 부단주 조충이 인사드리옵니다."

그의 절제된 말에 그녀는 잔잔한 미소를 보이며 말했다.

"안내하세요."

"예!"

크게 대답하며 일어선 조충이 마차의 문을 열자 그녀는 안으로 들어가 앉았다. 곧 마차와 말들이 천천히 절벽 위에 세워진 거대한 장원을 향해 이동하기 시작했다.

그 모습을 저 멀리 보이는 높은 구릉 위의 숲 속에서 한 사람이 쳐다보고 있었다.

'높은 사람이 온 모양이군.'

인사각의 각주인 신주주가 온다는 소식에 염무단의 삼단주인 오덕은 평소에 잘 입지도 않는 중갑을 입고 허리엔 유엽도를 착용했다.

"음… 배가…….'

오덕은 요즘 들어 자꾸 배가 나오는 것이 고민스러운지 중갑을 입어도 배를 가리지 못하자 인상을 찌푸렸다. 그렇다고 평소에 입던 옷을 입고 나갈 수는 없었다. 인사각주가 왔다는 것은 곧 천문성 전체에 인사 이동이 있다는 뜻이기 때문이다.

오덕에게 있어 신주주의 방문은 곧 승진을 하느냐 못하느냐가 달려 있는 인생에 있어서 가장 중요한 일이기도 했다. 그렇기 때문에 최대한 잘 보이기 위해 복장 역시 중갑을 입은 것이다. 그게 무복보다 훨씬 배를 가려주기 때문이다.

염무단 삼단 지부의 대문은 활짝 열려 있었고 그 중앙엔 오덕이 정색한 표정으로 서 있었다. 그리고 백여 명의 무사가 잔뜩 긴장한 표정으로 넓게 정렬해 서 있었다.

인사각주가 직접 이렇게 외단을 방문하는 일은 십 년에 한 번 있을까 말까 한 일이었고, 그때마다 규모가 큰 인사 이동이 있었다. 또한 십 년에 한 번 외단을 방문한다 해도 그 수많은 외단 중에 겨우 몇 군데만 지목해서 가는 경우가 다였다.

그 외에는 보통 인사각에 소속된 사람들이 방문했다.

그런데 운이 좋게도 염무단의 삼단에 인사각주가 방문한 것이다. 여기서 인사각주에게 잘만 보인다면 내성에 들 가능성이 높았다. 내성에 들어가는 것은 모든 외성 무사들의 꿈이 아니던가?

다각! 다각!

마차가 다가오자 오덕은 다시 한 번 옷에 신경 쓴 후 굳은 표정으로 마차에서 내리는 신주주에게 부복했다.

"염무단 삼단 단주 오덕이 인사드립니다."

"일어나세요."

오덕이 그 말에 재빠르게 일어났다. 순간 신주주는 살짝 아미를 찌푸렸다. 외단의 단주라는 사람이 기름기있는 얼굴에 배도 나왔기 때문이다. 거기다 유엽도를 들고 있는 모습조차 어울리지 않아 마음에 안 들었다. 평소에 게으르게 지낸 것이 분명하였다.

"요즘 먹고살기 편한가 보군요?"

"예?"

"아니에요. 들어가죠."

"예!"

오덕이 이내 크게 외치고 안으로 신주주를 안내하였다. 오덕은 이미 신주주의 눈 밖에 난 사실을 전혀 눈치 채지 못하고 있었다.

진파랑은 멀리서 염무단 삼단의 모습을 지켜보고 있었다. 굳이 다른 곳도 아닌 이곳에 온 이유가 있다면 이곳의 선단이 사라지면 해남파가 손쉽게 광주로 들어올 수 있기 때문이었다. 바다를 주로 이용하는 해남파의 배와 싸울 수 있는 가장 최전선의 선단이 바로 이곳이었다. 또한 이곳에서 이틀 정도 떨어진 곳에 거대한 선대가 존재하고 있었는데 그들은 남해방을 견제하기 위해 그곳에 자리를 잡고 있었다.

해남도에 사는 네 개의 세가를 모두 합쳐 해남파라 부르는데, 강씨세가와 남해방은 같은 해남파이면서도 전혀 다른 일을 하기 때문에 선단도 분리한 것이다.

강씨세가가 상단이라면 남해방은 해적이었다. 그러니 그들의 성격 역시 전혀 다를 수밖에 없었다. 강씨세가의 상단을 상대한다면 이곳 삼단의 선단만으로도 충분했던 것이다.

해남파가 광주로 쉽게 들어온다면 천문성의 이목을 이쪽으로 돌릴 수가 있었다. 그사이에 하나둘씩 다리를 잘라 나갈 생각을 한 것이다.

'인원이 좀 늘어난 것 같은데……'

진파랑이 나무 위에 올라가 앉았다. 지평선을 바라보자 해가 지며 노을이 붉게 타오르고 있었다. 그사이에 두 개의 거대한 범선이 부두로 들어왔다.

'고위직이군.'

진파랑은 좀 전에 내린 인물이 예상외로 고위직에 있는 사람이란 것을 깨달았다. 그렇지 않다면 서둘러 배들이 모여들 이유가 없었기 때문이다. 배들 중앙에 놓인 조금 화려한 범선이 분명 그 여자가 내린 배였다. 그 배를 사이에 두고 좌우로 두 척의 배가 정박하고 있었다. 진파랑이 배들과 여기저기서 움직이는 경비무사들의 모습을 가만히 살피기 시작했다.

어둠이 완전히 세상을 삼켰지만 부둣가는 여전히 밝은 불빛에 반짝이고 있었다. 경비를 늘렸기 때문에 평소보다 많은 불빛이 반짝이고 있었으며 경비를 서는 무사들의 수도 두 배로 늘어나 있었다.

찰랑!

물소리에 배 위에 서 있던 무사가 횃불을 들고 갑판에 기대어 바닷가를 살폈다. 하지만 어두운 물속이 어떻게 보이겠는가?

위로 지나치는 불빛을 바라보며 물속에 잠수한 진파랑은 도를 꺼내 배의 바닥을 찔렀다. 그리곤 손을 움직여 작은 사각을 만든 다음에 가볍게 왼손으로 때렸다.

툭!

사각으로 잘린 두꺼운 나무판이 물과 함께 안으로 빨려 들어가자 진파랑은 소리없이 내부로 들어갔다.

진파랑은 가볍게 운기하며 걷기 시작했다. 그러자 그의 주변으로 수증기가 피어나더니 어느새 물기가 모두 말라 버렸다.

곧 위로 올라간 진파랑은 포탄과 얼마 떨어지지 않은 곳에서 불을 피웠다.

츠츠츳!

무사는 선실에서 들리는 이상한 소리에 고개를 갸웃거리다 연기가 위로 올라오자 안색을 굳혔다.

"불이다!"

번개처럼 크게 외친 무사는 선실로 달려들어 갔다. 그 순간 '콰콰쾅!' 하는 소리와 함께 배의 후두부가 수박이 터지는 것처럼 터져 나갔다.

화르륵!

순간 바로 옆의 범선에서도 불길이 하늘 높이 치솟았다. 수많은 사람들이 그 모습에 놀라 달려들었고 배에 붙은 불을 끄기 위해 분주하게 움직이기 시작했다.

탁!

진파랑의 손이 절벽의 한쪽에 올라왔다. 곧 진파랑은 높게 솟은 절벽 위를 천천히 올라가기 시작했다. 그곳은 아무런 경비 무사가 없는 곳으로 높이만 오십 장에 달하는 절벽이었다.

"불이다!"

창을 통해 들리는 메아리 같은 소리에 침상에서 잠을 청하던 오덕은 눈살을 찌푸리며 일어났다. 그러다 환청이라도 들은 것 같은 표정으로 고개를 저으며 다시 자리에 누웠다.

"단주님, 큰일 났습니다!"

황급히 무사가 뛰어들어 와 말하자 오덕은 짜증스럽다는 표정으로 일어섰다.

"무슨 일이냐?"

"배에 불이 붙었습니다."

"뭣이! 이런 망할! 당장 꺼라! 내 달려가마!"

"예!"

수하가 대답하고 빠르게 밖으로 나가자 오덕은 자리에서 일어나 옷을 챙겨 입다 순간 신주주가 있다는 사실에 안색을 굳히더니 식은땀을 흘리기 시작했다.

"이런 망할……!"

털썩!

오덕은 자리에 주저앉아 땅에 머리를 박으며 몸을 떨었다.

"내 인생에 가장 좋은 기회이거늘……."

오덕은 하필 이런 날에 불이 난 것에 대해 너무 황당하고 어이가 없어 잠시 머릿속이 하얗게 탈색되는 것 같은 기분이 들었다. 순간, 목 뒤로 차가운 느낌이 전해졌다.

"……!"

오덕은 눈을 부릅떴다. 뼈가 시릴 정도의 오한 때문이다.

서걱!

"불이라고?"

"예, 각주님."

시비의 대답에 신주주는 안색을 찌푸리며 일어나 무복을 입기 시작했다. 불이 났다는 것은 무슨 변고가 생겼다는 게 확실했기 때문이다. 거기다 이곳은 해남파가 호시탐탐 노리는 곳이 아니던가?

"단주를 불러라!"

신주주는 옆에 서 있는 시비에게 말하곤 검을 찾아 들었다.

사삭!

진파랑은 바람처럼 몸을 움직이며 오덕의 방을 뒤지기 시작했다. 자신에게 도움이 될 만한 정보를 얻기 위함이었다. 그때 발소리와 함께 밖에서 무사의 목소리가 들렸다.

"단주님, 인사각주님께서 찾으십니다."

"······!"

진파랑은 인사각주라는 말에 놀라 눈을 빛냈다.

신주주—인사각주로 죽은 조영영과 친자매 같은 사이······.

순간적으로 머릿속을 스치는 글귀가 그의 머릿속을 어지

럽혔다.

"단주님?"

벌컥!

문을 열고 들어온 무사는 잠시 방 안을 살피다 바닥에 쓰러져 있는 오덕의 모습을 발견하고 온몸을 떨기 시작했다.

"단주님!"

순간 창을 통해 찬바람이 들어오자 무사의 시선이 창밖으로 향했다.

"뭐?"

신주주는 평소답지 않게 안색을 굳히며 급히 오덕의 방으로 향했다. 그리고 방 안에 들어간 신주주는 그의 시신을 쳐다보며 아미를 찌푸렸다.

"움!"

그녀의 뒤에 서 있던 시비들이 소매로 코를 막으며 뒤로 물러섰다. 비린내나는 혈향 때문이다. 무엇보다 잔인한 모습을 눈으로 보고 싶지 않았다.

신주주는 시신을 살피며 저항도 못하고 죽었다는 것을 알 수 있었다. 순간 바람이 창을 통해 들어오자 신주주의 시선이 창밖으로 향했고, 그곳이 어둠에 가려진 절벽이라는 것을 확인하자 빠르게 말했다.

"후원을 뒤져!"

"예!"

조충이 대답하며 많은 무사들과 함께 절벽가로 뛰어갔다.

진파랑은 절벽의 십여 장 아래 움푹 파인 곳에 몸을 숨기고 있었다. 이곳에 오르면서 미리 봐두었던 곳에 몸을 숨긴 것이다. 고개를 들자 어둠 속에서 불빛들이 보였다. 그 사이로 사람들의 목소리가 들리자 안색을 굳혔다.

곧 시선을 바다로 던져 부둣가에 떠 있는 거대한 범선을 쳐다보았다. 신주주가 타고 온 배가 눈에 띈 것이다.

'인사각주라…….'

화르륵!

불빛이 어둠을 환하게 밝혔고, 강하게 불어오는 바람을 맞으며 삼단의 무사들이 절벽을 조사하고 있었다. 그 모습에 신주주가 절벽으로 다가가 조충에게 손을 내밀었다.

"불."

조충은 신주주가 손을 내밀자 자신의 손에 들고 있던 횃불을 건넸다. 곧 불을 쥔 신주주는 절벽 밑으로 횃불을 떨어뜨렸다.

화르륵!

그러자 불빛이 비치는 범위의 절벽 모습이 신주주의 눈에 확실하게 들어왔다. 신주주는 그렇게 횃불을 하나씩 떨어뜨리며 옆으로 이동하기 시작했다.

'그 시간이라면 절대 빠져나가지 못한다.'

신주주는 확신한 표정이었다. 이곳에 없다면 이 절벽에 분명 매달려 있을 것이다.

화르륵!

진파랑은 고개를 돌려 옆으로 떨어져 내리는 횃불을 바라보고 있었다. 그리고 횃불이 점점 자신에게 가까이 다가오자 혹시나 하는 생각에 안전한 곳으로 소리없이 이동하기 시작했다. 다행히 바닷바람 소리가 강했고 절벽 밑에서 치는 파도 소리가 커서 소리만 죽인다면 움직이는 것을 알아채기는 힘들었다.

곧 진파랑은 마치 천장에 붙어 있는 것처럼 절벽에 손을 박고 이동해 갔다.

화르륵!

횃불이 또다시 진파랑의 바로 옆을 스치듯 지나갔다.

"여긴?"

"아… 여긴 경사가 깊고 버섯처럼 안으로 들어간 곳이라 절대 사람이 올라올 수 없는 곳입니다."

조충의 설명에 신주주가 미소를 보였다.

"사람은 못 올라오지만 무림인은 올라오지."

신주주의 말에 조충의 안색이 굳어졌다.

"줄을 가져와라. 그리고 불을 들고 내려가서 그 안을 확인해 봐라."

곧 무사들이 줄을 가지고 오자 신주주가 조충을 쳐다보았다. 조충은 고개를 끄덕이며 무사들을 움직여 줄을 밑으로 내리고 내려가게 하였다.

휙!

진파랑은 바람 소리에 거꾸로 매달린 채 고개를 들자 밧줄 하나가 내려가는 것을 볼 수 있었다.

"호오."

진파랑은 저도 모르게 안색을 굳히며 절벽을 타고 내려오는 소리를 들었다. 그러던 어느 순간 불빛과 함께 진파랑의 눈앞으로 이십대 초반의 무사가 나타났다.

"헉!"

진파랑의 눈과 마주친 무사가 저도 모르게 심장이 떨어질 것 같은 헛바람을 일으켰다. 순간 진파랑의 손이 밧줄을 자르며 무사의 등 뒤에 붙었다.

"으아아아악!"

첨벙!

뚝!

"헉!"

우르르르!

밧줄이 끊기자 줄을 잡았던 무사들이 일제히 뒤로 넘어갔다. 그 모습에 신주주는 줄을 잡고 올렸다. 곧 끊긴 부분이 매끄럽다는 것을 확인한 신주주는 고개를 끄덕이며 조충에게 시선을 던졌다.

"조충이라 했지?"

"예!"

"앞으로 네가 삼단주다. 지금부터 해안을 중심으로 경계를 강화해라. 아무리 무림인이라 해도 땅은 밟을 테니."

그 말에 조충의 전신이 미미하게 떨리더니 재빠르게 부복했다.

"예!"

크게 외친 조충은 조금 상기된 표정으로 수하들과 함께 뛰어나갔다.

신주주는 곧 신형을 돌려 자신의 처소로 향했다. 그녀의 뒤로 시비들이 따라붙었다.

"너희들도 당분간 몸조심하거라. 아직 이곳을 떠난 것 같지 않으니까."

"예, 각주님."

시비들은 불안한 표정으로 대답하며 어깨를 떨었다. 천문성에선 이런 일이 없었기 때문에 모두 처음으로 경험해 본 오늘 밤의 일에 두려움을 느낀 것이다.

삼 일이 지나도록 아무런 소득이 없자 신주주는 본 성에 이 일을 맡기고 다음 일정을 위해 배에 올랐다. 본 성에서 며칠 안으로 감찰각의 고수들이 올 것이다. 그들이 오면 지금 일은 어느 정도 마무리될 것이다.

배 안에 마련된 신주주의 방은 상당히 넓었다. 그가 천문성의 각주라는 것을 감안하면 당연한 대우였고, 그만큼 그녀의 권력이 크다는 것을 말해주는 증거였다.

삼단의 부두에서 배가 떠나자 얼마 지나지 않아 선대에 있던 배들이 마중을 나와 함께 이동하기 시작했다. 혹시라도 남해방의 공격이 있을지 모르기 때문에 호위를 하는 것이다.

신주주는 내실에 앉아 차를 마시며 여러 보고서를 읽고 있었다. 밤이 될 때까지 그녀는 그곳에 앉아 거의 움직이지 않았다. 해야 할 일이 많았기 때문이다. 호롱불빛 아래 앉아 마지막 보고서를 본 신주주는 그제야 자리에서 일어났다.

"목욕물이 준비되었습니다."

밖에서 때마침 시비의 말이 들려오자 신주주는 기분 좋은 미소를 보이며 밖으로 걸어나갔다.

"그래."

신주주는 문을 열다 왠지 모를 이질감을 느끼곤 잠시 어두운 방 안을 둘러보았다. 하지만 그것도 잠시, 그녀는 곧 문을 닫고 밖으로 나갔다.

쉭!

순간 바람처럼 진파랑이 모습을 드러냈다. 그리곤 재빠르게 신주주가 보고 있던 보고서를 읽기 시작했다. 정신없이 보고서를 읽던 진파랑의 귓가에 발소리가 들려오자 또다시 어둠 속으로 사라졌다.

목욕을 마치고 돌아온 신주주는 잠시 탁자 위를 쳐다보았다. 그곳엔 자신이 보았던 보고서들이 놓여져 있었다.

"……."

이내 별생각없다는 듯 시선을 돌려 침실의 문을 열고 들어가 옷을 갈아입었다. 침의로 갈아입은 그녀는 피곤하다는 표정으로 침상에 누워 잠을 청했다.

얼마나 지났을까? 꽤 긴 시간이 지난 것처럼 느껴질 때 신주주는 자리에서 일어나 한쪽에 마련된 작은 다탁 앞에 앉았다.

쪼르륵!

찻잔에 찻물을 채우며 신주주는 마치 허공에다 말을 하는 것처럼 낮게 말했다.

"지루하지 않아? 꽤 긴 시간 동안 있었을 텐데? 인내심이 대단하군."

슥!

그 말에 신주주의 등 뒤로 검은 그림자가 나타났다. 그는 허리에 백도를 차고 있는 진파랑이었다.

신주주가 시선을 슬쩍 돌려 진파랑의 모습을 확인한 후 붉은 입술을 움직였다.

"지금까지 움직이지 않은 것으로 봐선 내게 용무가 있는 것 같은데?"

신주주는 이미 진파랑의 침입을 알고 있었다. 아니, 목욕을 마치고 돌아왔을 때 잘 정리해 놓은 보고서가 조금 비뚤어진 것만 가지고도 안 것이다. 그리고 스스로 나오기를 기다리며 일부러 잠을 자는 척한 것이다.

보통 살수라면 잠을 잘 때 덮치는 경우가 많았기 때문이다. 하지만 아무리 허점을 보여도 살수는 나타나지 않았다. 그렇다면 결론은 살수가 아닌 다른 것이다. 그래서 말한 것이다. 그리고 그녀의 예상처럼 이질적인 기운이 모습을 보였다.

"용기가 대단하군, 바다 한가운데 떠가는 배에 숨어들다니."

그녀의 말에 진파랑은 침묵했다. 자신도 잘 알고 있었다. 이곳에서 싸운다면 단 두 가지의 길밖에 없다는 것을. 하나는 이곳에 있는 모든 사람을 죽이는 것이고 다른 하나는 바다에 뛰어드는 것이었다. 하지만 둘 다 그에겐 손해였다. 배 안의 사람들을 다 죽인다면 누가 이 배를 움직이게 할 것인가? 망망대해에 표류할 수밖에 없었다.

진파랑이 계속해서 침묵하자 신주주가 다시 물었다.

"언제부터 있었지?"

"삼 일 전."

신주주는 그 대답에 그가 삼단주를 죽인 범인이란 사실을 알았다.

"처음으로 입을 열었군. 살수는 아닌 것 같은데… 내게 용무가 있다면 앉지 그래?"

신주주의 말에 진파랑은 소리없는 걸음으로 맞은편에 앉았다. 그 모습에 신주주의 눈동자가 반짝였다. 아무리 흔들림이 적다지만 움직이는 바닥 위에서 소리없이 걷는다는 게 얼마나 어려운 일인지 잘 알기 때문이었다.

'고수……'

신주주는 상대가 예상외의 고수라는 것을 알게 되었다. 아니, 일부러 알라고 말해준 것인지도 모른다.

진파랑은 맞은편에 앉아 신주주의 모습을 쳐다보며 안색을 굳혔다. 그녀가 속이 보이는 침의를 입고 있었기 때문이다. 아무리 불빛 하나 없는 어둠 속이라지만 진파랑의 눈엔 훤하게 다 보였다.

"본 성의 단주를 죽인 인간이 내 배에 몰래 잠입해 삼 일 동안 나를 기다렸다라… 조금 의외로군. 적인가, 아군인가?"

"둘 다."

진파랑의 대답에 신주주는 안색을 찌푸리며 고개를 끄덕였다. 적이기 때문에 삼단주를 죽였고 아군이기 때문에 자신을 기다렸다는 뜻이기 때문이다. 하지만 이치에 맞지 않는 일을 당하자 아무리 신주주라 해도 진파랑의 의중을 파악하지 못하였다.

"용무는?"

"과거에 죽은 양어머니와 친하다고 들었소."

"양어머니? 네 죽은 양어머니와 내가 친하다고?"

신주주는 안색을 굳히며 진파랑의 말을 이해하려 했다. 하지만 자신이 아는 사람 중에 진파랑의 나이 정도 되는 양아들을 둔 여자는 없었다.

"본래의 내 이름은 진일이었소. 하지만 양어머니께서 죽기 전에 내게 파랑이란 이름을 지어주셨소."

"⋯⋯!"

순간 신주주의 눈동자가 커지더니 이내 흔들리는 눈동자로 진파랑의 얼굴을 하나하나 살피기 시작했다.

"진일⋯ 진일이라⋯⋯. 그 이름⋯ 오 년 만에 들어보는구나. 훗! 후후후."

신주주가 소리를 높이다 가볍게 웃음을 흘렸다. 그리곤 반짝이는 눈동자로 진파랑을 쳐다보며 말했다.

"네가 적이고 아군이란 말이 이제야 이해 가는구나."

신주주가 말을 하며 자리에서 일어나 겉옷을 걸쳤다. 자신에게 있어 조카 같은 진파랑에게 침의만 입은 모습은 부끄러웠기 때문이다. 사실 살수라면 반라의 모습 또한 미끼가 될 수 있기에 그리한 것이었다. 하지만 상대가 누구인지 파악한 이상 그렇게 할 수는 없었다.

"죽었다고 들었는데⋯ 역시 살아 있었군. 하긴, 악운이 그리 강한 녀석이니 살아 있을 수밖에…….”

옷매를 만지며 말을 하던 신주주가 다시 의자에 다가와 앉
았다. 그리곤 다시 진파랑의 얼굴을 살폈다. 그 시선이 부담
스러운지 진파랑은 살짝 시선을 피했다.

“네 얼굴은 처음 보지만 이야기는 많이 들었지. 언니는 언
제나 네 칭찬을 많이 하셨단다, 자신의 양아들로 삼겠다고 말
이야. 하지만 네가 거절했다고 들었는데? 돌아가시기 직전
에… 승낙한 모양이군. 언니가 지어준 이름을 그대로 쓰는 것
으로 보아하니.”

진파랑이 그 말에 고개를 끄덕였다.

“파랑이란 이름은 나도 알고 있었다. 네게 지어줘야겠다고
하면서 말한 이름이니까. 그렇기 때문에 네가 이렇게 앉아서
그 말을 했을 때 의심하지 않은 것이다.”

진파랑은 묵묵히 신주주의 말을 들었다. 곧 신주주가 안색
을 굳히며 다시 말했다.

“흔적도 없이 사라졌던 네가 지금 이렇게 내 앞에 모습을
보였다는 말은 곧 원한을 갚겠다는 뜻이렷다?”

신주주의 중심을 집는 말에 진파랑은 고개를 끄덕였다. 그
말에 신주주가 신중히 물었다.

“모아놓은 사람들은 있느냐?”

“없소.”

신주주가 잠시 진파랑을 어이없다는 듯 바라보았다. 진파

랑은 사람들의 이런 반응을 잘 알기에 그리 실망하지 않았다.

"혼자서?"

진파랑이 다시 고개를 끄덕이자 신주주는 잠시 안색을 찌푸리더니 고개를 저었다.

"포기해라."

"포기할 생각은 없소, 문자경을 죽일 때까지."

진파랑의 차가운 목소리가 울리는 순간 인상을 찌푸리던 신주주가 눈동자를 번뜩이며 진파랑을 쳐다보았다.

"문자경? 천문성이 아니라 문자경이라 했느냐?"

진파랑의 눈 속에서 비치는 살의에 신주주가 잠시 고민하다 의자에 몸을 깊숙이 기대며 미소를 보였다.

"문자경이라……. 그래… 내가 너를 도와주지."

"정말이오?"

"어차피 도움을 청하기 위해서 온 게 아니더냐? 언니의 원한은 나도 풀고 싶었지. 네가 나를 대신해 준다면 나야 나쁠 게 없지. 하지만 네 무공이 그만큼 뛰어난지 궁금하구나. 적어도 중원십이풍보다는 강한 고수여야겠지."

순간 '획!' 하는 가벼운 바람 소리가 울렸다.

"이 정도면 되겠소?"

진파랑은 손을 내밀어 손안에 들어 있는 붉은 홍옥을 보였다. 신주주는 순간 매우 놀란 표정으로 손을 들어 왼쪽 귀를 만졌다. 하지만 그곳에 있어야 할 귀고리는 이미 진파랑의 손에 있었다.

"대단하군……."

신주주는 가만히 중얼거리며 진파랑의 손에 놓여 있는 귀고리를 집어 귀에 걸며 다시 말했다.

"찾아올 만해."

신주주는 말은 가볍게 내뱉었지만 심중으론 상당히 놀라고 있었다. 자신이 눈치 채지 못할 정도의 손을 가졌다면 그의 무공은 안 봐도 어느 정도인지 짐작이 갔기 때문이다. 이정도의 무공이면 자신도 쉽게 승부를 장담하지 못할 것이다.

"만족하오?"

신주주가 그 말에 고개를 끄덕였다. 그리곤 다시 말했다.

"일단 도와주기로 하지. 하지만 한 가지 알아두어야 할 게 있어."

"무엇이오?"

"문자경을 죽인 이후엔 천문성을 상대해야 한다는 것이지. 그때가 되면 나도 더 이상 돕지 못한다는 것이야. 또한 강호 최대 문파를 적으로 돌린다는 뜻이고, 전 중원이 너를 적으로 생각할 것이며, 네가 갈 곳은 중원 어디에도 없다는 것이다. 문자경을 죽인 후 닥쳐올 시련은 네가 상상하는 것 이상으로 클 것이다. 그 모든 것을 견딜 자신이 있느냐?"

신주주의 굳은 목소리에 진파랑은 잠시 입을 열지 않았다. 하지만 어차피 문자경은 죽여야 했다. 그가 죽어야만 자신의 이름이 존재하기 때문이다.

"얼마 전까지 까먹고 있었소, 내가 천문성에서 도망칠 때 가슴으로 다짐했던 약속을 말이오. 하지만 얼마 전 알게 되었소, 이제 해야 할 때란걸."

진파랑의 말에 담긴 의미가 어떤 것인지 신주주는 알 수 없었다. 아니, 알 필요도 없었다. 하지만 그 목소리에 담긴 각오는 전달되었다. 신주주는 신중한 표정으로 고개를 끄덕였다.

"좋다."

신주주는 오랜만에 활기찬 눈동자로 자리에서 일어나 한쪽으로 걸어가더니 서랍 속에서 조금 큰 둥근 나무통을 가지고 왔다. 그 통을 열고 종이를 꺼낸 그녀는 작은 다탁 위에 펼치며 말했다.

"천문성의 외단이 얼마나 많은지 아느냐?"

"대충 알고 있소. 그래도 단주까지 지낸 몸이니."

"아, 그랬었지. 잘 보거라. 여기… 구양 분타."

진파랑은 그녀가 손으로 짚은 곳을 바라보며 고개를 끄덕였다. 그러자 신주주가 빠르게 다시 말했다.

"어떤 단체를 상대하든 가장 먼저 해야 할 것이 있다. 그것은 바로 이 눈."

신주주는 자신의 눈을 깜박이며 미소를 보였다.

"이 눈을 가장 먼저 없애야 한다. 눈을 멀게 한 후엔 바로 귀를 없애야지. 사람을 단 일격에 죽일 수 있는 곳이 어디더냐? 바로 여기 심장. 그리고 목 위의 모든 부위다. 하지만 단체는 달라. 눈과 귀를 막아야만 모든 사고가 정지되게 마련이지. 사고가 정지되어야 손발을 자르기가 수월한 법이다."

"구양 분타가 눈이란 소리요?"

신주주가 그 말에 고개를 끄덕였다.

"구양 분타가 실질적인 눈은 아니나, 한 달 뒤 이곳에 천문성의 눈이라 할 수 있는 현마각주가 가지. 현마각주의 장인이 회갑잔치를 하거든."

"......!"

진파랑이 눈을 빛내자 신주주가 다시 말했다.

"그를 죽이면 짧게는 오 일, 길게는 한 달 가까이 현마각은 제대로 일을 하지 못하게 된다. 천문성의 눈이라 할 수 있는 그가 없으니 대신할 눈을 찾기 위함이지. 하지만 현마각주에 어울리는 인물이 과연 본 성에 몇이나 있겠느냐? 그 방대한 정보를 처리해야 하는데, 당연히 시간이 걸릴 수밖에 없다. 그사이에 각주를 대신해 부각주가 일을 맡지만 부각주는 보통 명예직이기 때문에 제대로 일을 처리할 줄 모른다."

"아......"

"현마각주를 죽인 후 그의 호위 무사들과 싸우거라. 그리고 진일이란 이름을 꼭 밝혀야 한다. 진일이 찾아왔다고."

"음......."

진파랑이 인상을 굳히자 신주주가 빠르게 다시 말했다.

"그래야만 문자경이 움직인다. 문자경은 너를 죽였다고 생각했으나 이렇게 살아 있지 않느냐? 거기다 분명 오 년 전 네 사건을 전담한 사람이 문자경이다. 문자경은 네가 살아 있다는 소식에 당황할 것이고, 제대로 일을 처리하지 못한 것 때문에 많은 사람들에게 압력을 받을 것이다. 그 압력을 견지지 못한 그는 필시 너를 죽이기 위해 직접 나올 것이고."

진파랑은 신주주의 말을 머릿속에 새기며 고개를 끄덕이다 궁금한 듯 물었다.

"만약 그가 나오지 않으면 어떻게 하오?"

"만약 나오지 않으면 포기해야지, 성에 있는 이상 절대로 그를 죽일 수가 없으니."

신주주는 그렇게 말은 했으나 눈은 웃고 있었다. 그리고 그 웃음이 입술로 이어지더니 확신에 찬 미소를 보이며 말했다.

"하지만 그놈은 성을 나온다. 그를 죽일 수 있는 순간이 있다면 그건 그가 성을 나왔을 때뿐이지. 그는 성을 나와도 한동안은 너를 찾을 것이다. 현마각주가 죽은 상태인데 현마각이 제대로 돌아가겠느냐? 너는 그사이에 옥정으로 이동해서 그를 기다리면 된다."

"옥정에 그가 오는 이유가 있소?"

"그곳엔 그놈이 숨겨둔 여자가 있거든."

"음⋯⋯."

"네 위치를 정확히 모르는데 무작정 찾아갈 수는 없는 법

아니냐? 그러니 그놈은 옥정에서 네 위치가 발견될 때까지 그
년과 함께 기다리겠지."

"그 여자와 함께 있다는 보장은 없지 않소?"

진파랑의 물음은 당연한 것이었다. 하지만 신주주는 고개
를 저으며 말했다.

"삼 년 전부터 성 밖을 나가게 되면 그는 단 한 번도 거르지
않고 옥정에 들렀다. 이 사실은 나와 현마각주만 알고 있는
것이지. 이 소문이 성안에 퍼지기라도 한다면 그의 평판에 큰
상처가 되거든."

신주주의 말에 진파랑이 고개를 끄덕이며 물었다.

"그 여자의 이름은 무엇이오?"

"취하라고, 옥정의 용정루의 기녀다."

"잘 알겠소."

진파랑은 눈을 빛내며 그 이름을 기억했다. 그러자 신주주
가 다시 말을 이었다.

"이 배는 오 일 후 하구에 도착한다. 하구에서 몰래 내려
구룡으로 가거라. 나는 하구에서 삼 일을 보낸 후 육로로 몇
개의 분타에 들렀다가 성으로 복귀할 것인데, 성까지의 복귀
는 두 달 정도 걸릴 것이다. 그 두 달이란 시간 동안 일을 처
리하거라. 두 달이 지나 내가 복귀하게 된다면 그때부터 난
너를 잡을 것이다."

"잘 알겠소."

진파랑이 대답하며 고개를 끄덕이자 신주주가 가만히 그의 눈을 쳐다보다 다시 말했다.

"현마각주는 총 백 명의 호위를 데리고 다닌다."

진파랑은 신주주의 말을 귀담아들었다. 그리고 그때부터 동이 터 올 때까지 신주주와 진파랑은 함께하였다.

해가 뜨자 신주주는 갑판으로 나가 떠오르는 태양을 쳐다보았다. 바닷바람이 시원하게 온몸을 스치고 지나갔다.

그녀의 표정은 상당히 밝았으며 눈동자는 불꽃처럼 타오르고 있었다.

'언니의 양아들은 적이 되어 돌아왔어요.'

신주주는 눈을 감고 생각하다 곧 눈을 뜨곤 가만히 미소 지었다.

'문자경은 탁월한 무공의 재능과 사람을 압도하는 힘이 있다. 또한 사람도 부릴 줄 아니 후계자가 되는 것에는 큰 문제가 없을 것이다. 하지만 덕(德)이 없어. 덕 또한 군주가 갖추어야 할 필수요건. 그에 비해 문주영은 문자경에게 모든 면이 뒤진다. 하지만 주영은 덕이 있어. 나는 그 덕을 택할 것이다.'

신주주는 천문성 내부에서 흐르는 기운들을 느끼고 있었다. 총군인 문대영과 호림원주인 문가혁은 후계자 싸움이 일어나지 않을 것이다. 문가혁은 성주에 대한 욕심이 없었고, 워낙에 문대영이 뛰어났기 때문이다.

몇 년 안으로 성주는 분명 문대영이 될 것이다. 현 성주인 일패(一覇) 중원천하(中原天下) 멸천세(滅天世) 문홍립이 물러설 뜻을 밝혔기 때문이다. 그 일 때문에 지금은 조금 어수선한 분위기였다. 시대가 이제 문대영으로 바뀌는 중이었다.

하지만 문제는 그 다음 대였다. 문자경을 지지하는 사람들과 문주영을 지지하는 사람들이 나뉘었기 때문이다. 그들 외에도 문가혁의 아들인 문소홍이 있었으나 그는 나이가 어렸고, 문자경의 두 딸과 문가혁의 세 딸은 말할 필요도 없었다. 아무리 뛰어나도 문씨 여자는 성을 떠나야 했기 때문이다.

문자경과 문주영은 서로를 의식할 수밖에 없었다. 총군이란 자리에 누가 앉을지 아직 결정된 바가 없었기 때문이다.

싸움은 문자경과 문주영 본인들이 하는 게 아니었다. 바로 천문성을 지탱하는 사람들이 할 뿐이다. 현 상태로는 맏이인 문자경이 앉을 가능성이 높았다. 문가혁이 지지하고 있기 때문이다. 그가 지지하자 용천세가가 지지하였고 여러 가신들이 그를 총군에 앉힐 생각을 하고 있었다. 그에 비해 금호방은 문주영을 따랐다.

신가는 중립을 지키고 있었으나 신주주만은 문주영을 밀고 있었다. 그렇다고 중립을 지키는 신가의 뜻을 어기지는 않았다. 단지 미음으로만 생각했을 뿐이다.

신가가 중립을 지킨 이유는 이렇게 흘러가면 큰 내분이 일어날 것 같았기 때문이다. 힘의 중심이 어느 한쪽으로 치우친다면 그러한 내분은 없을 것이다. 하지만 힘의 균형이 어느 정도 유지된다면 언젠가 큰 싸움이 일어난다. 신주주는 그것을 막고 싶었다.

'두 달······.'

신주주는 이런 중요한 시기에 등장한 진파랑에 대해 운명이라 생각했다. 그리고 천문성의 흐름이라 여겼다.

일이 시작되면 두 달 안에 진파랑은 문자경을 죽여야 했다. 두 달이 흘러 자신이 성에 복귀하면 진파랑은 더 이상 문자경을 죽일 수 없게 된다. 그것은 바로 자신이 현마각주가 되기 때문이었다.

창을 통해 들어오는 달빛 사이로 신주주는 검은 바다를 쳐다보며 서 있었다. 뒷짐을 진 채 창밖을 쳐다보는 그녀의 눈동자엔 아련한 추억들이 지나가고 있었다. 그 모습을 진파랑은 의자에 앉아 바라보았다. 그녀가 고개를 돌려 미소를 보였으나 조금 쓸쓸해 보였다.

"너를 보고 있으니 아들을 가지고 싶다는 생각이 드는구나."

신주주의 목소리엔 아픔이 담겨 있었다.

"혼인을 못한 것이오?"

"못한 게 아니라 안 한 것이지."

신주주는 씁쓸히 중얼거리며 다시 말했다.

"우리 신가는 대대로 천문성을 지탱해 오고 있었다. 보통

아들이 그 일을 맡게 되지만 아버님은 십 년 전까지 아들이 없으셨지. 다섯 번째 첩을 들이시고 나서야 남동생을 낳으셨지. 하지만 이제 열 살인 남동생이 무엇을 알겠느냐? 조금 더 기다려야지. 적어도 일을 할 수 있는 나이가 될 때까지는 말이다. 그전까지 나는 이 자리를 떠나지 못한다."

신주주의 말에 진파랑은 안색을 굳혔다. 신주주가 자신의 인생을 포기한 것이라고 생각했기 때문이다. 그녀는 천문성을 위해서 자신의 행복을 버린 것이다.

진파랑은 이제야 조영영이 양자를 원했던 이유에 대해서 알 것 같았다. 그녀는 자신의 행복을 찾고 싶었던 것이다. 문득 그런 생각이 들었다. 자식을 키우고 싶다는 여자의 본능 같은…….

"어제 했던 이야기나 계속하자꾸나."

신주주가 다가오며 말하자 진파랑은 고개를 끄덕였다.

第二章
살의를 품고

진가도

짹! 짹!

참새 소리가 창밖에서 들려오고 있었다. 그 창에 기대어 앉은 이십대 초반의 미녀가 날아가는 새들을 쳐다보며 길게 한숨을 내쉬었다. 그녀의 눈동자엔 날아가는 새들의 모습을 부러워하는 빛이 담겨 있었다.

"휴우……."

다시 한 번 그녀가 길게 한숨을 내쉬었다.

"지붕 무너지겠다."

일순간 들린 맑은 목소리에 그녀가 놀라 고개를 돌렸다. 어느새 나타났을까? 마치 유령처럼 아무런 소리도 없이 나타난

긴 머리카락을 흘러내린 미인이 의자에 앉아 있었다.

"월성이구나."

그녀는 월성이란 것을 알자 가슴을 쓸어내리며 창가에서 내려왔다.

"밖에 나가고 싶은가 보군?"

"삼 년 동안 이 안에 갇혀 있었는데… 당연한 거 아니겠어?"

월성은 청란의 말에 여전히 무심한 표정으로 대답했다.

"삼 년 전 그렇게 개고생을 시켰으면 되었지, 또 나가서 무슨 짓을 저지르려고?"

그 말에 청란이 자리에 앉으며 말했다.

"나는 말이야, 원래 천하를 자유롭게 날아다니는 새가 되고 싶었어."

"새는 무슨… 나가고 싶다는 거겠지."

청란이 그 말에 마구 고개를 끄덕였다.

"좀 나가게 해줄 수는 없을까?"

"문주님의 허락이 떨어지기 전까지는 안 돼."

월성이 차갑게 잘라 말하자 청란은 실망한 표정으로 돌아앉았다. 그러자 월성이 고개를 저으며 안색을 찌푸렸다.

"아무리 네가 문주님의 언니라 해도 안 되는 건 안 되는 일이야. 이것 또한 문주님의 배려라는 사실을 알아야지."

"배려는 무슨… 나를 괴롭히려고 작정한 거지."

청란은 문득 하오문주인 구자용의 고고한 모습을 떠올렸

다. 그러다 생각난 듯 월성에게 물었다.

"그런데 오늘은 무슨 일로 온 거야?"

"응, 뭐 하는지 보고 오라고 해서."

월성의 대답에 청란이 안색을 찌푸렸다. 그러자 월성이 생각난 듯 말했다.

"요즘 진파랑이라는 신진 고수가 등장을 했는데… 그자의 무공이 범상치가 않아 뒷조사 중이었지. 그런데 삼 년 전에 사라진 이후에 다시 나타난 그의 무공이 큰 차이가 날 정도로 변했다는 거야. 또한 마지령과 함께 사라졌다는 것도 마음에 걸리고……."

그 말에 청란의 안색이 굳어졌다.

"그래서?"

"응? 그냥 그렇다고."

월성이 슬쩍 시선을 피하자 청란이 다시 물었다.

"그런 이야기를 왜 하는데? 이유가 있을 거 아니야?"

청란은 무언가를 느낀 듯 물고 늘어졌다. 그러자 월성이 미소를 지으며 말했다.

"팔은 어때?"

청란은 전혀 상관없는 질문을 해오자 인상을 찌푸리며 양 어깨를 손으로 만지며 대답했다.

"좋아졌어. 예전만큼은 아니겠지만."

과거 유유비도 당소에게 당한 상처를 월성이 묻자 청란은 완쾌되었다고 말했다. 하지만 그 상처만큼은 영원히 사라지지 않을 것이다. 또한 그 후유증으로 조금만 무리하면 팔이 아파왔다.

월성은 다시 물었다.

"다리는?"

"좋아."

청란이 고개를 끄덕이자 월성은 곧 빠르게 말했다.

"문주님께서 그 진파랑의 뒤를 밟아달라고 부탁했어."

"뭐? 나한테?"

청란이 믿을 수 없다는 듯 눈을 동그랗게 뜨자 월성이 고개를 끄덕였다.

"지금까지 공짜 밥 먹었으니 밥 값하라고 하더군."

"말을 해도 좀 곱게 하던가……."

청란은 이곳에서 나간다는 것 하나만으로도 기분이 좋았으나 애써 그 모습을 감추며 투덜거렸다. 그러자 월성이 웃으며 자리에서 일어섰다.

"할 거지?"

청란이 미미하게 고개를 끄덕였다. 본래라면 문주의 명령이라 당연히 거절해야 했지만 지금은 이곳에 갇힌 신세였고, 삼 년 동안 자신을 숨겨 강호에 암월화란 이름을 지워준 은혜도 생각해야 했다.

"그럼 그리 전할게. 내일 아침에 사람을 보낼 테니까, 문주님한테 가보고. 오늘은 푹 자둬."

임정이 열심히 고개를 끄덕였다. 그런 임정의 눈동자가 월성이 나가자 재빠르게 굴러가기 시작했다.

'미쳤냐? 그런 놈 뒤나 밟게. 천지검이나 찾아야지.'

여전히 임정은 천지검에 대한 환상을 저버리지 못하고 있었다.

*   *   *

다각! 다각!

수십 필의 말이 대로를 천천히 걷고 있었고, 그 후미엔 커다란 사두마차가 따라오고 있었다. 마차 뒤에도 열 필의 말과 사람들이 마차와 함께 속도를 맞추고 있었는데 모두 백색 무복에 영웅건을 두른 무인들로 가슴에는 천문이란 글귀가 새겨져 있었다. 천문성의 무사들이 분명했다.

마차 안에는 젊은 부부가 앉아 있었고, 부인의 품엔 세 살난 아들이 안겨 잠을 자고 있었다. 그들은 천문성의 현마각주인 이소궁과 그의 부인 구양혜였고 품에 안긴 아들은 이정검이었다. 이소궁은 삼 년 전 현마각주의 자리에 오르면서 구양혜와 혼인하였다.

이소궁은 문자경의 친구로 어릴 때부터 함께 글공부를 했던 사이였다. 무공이야 당연히 다르게 배우지만 기본적인 글공부는 이름있는 집안의 아이들과 함께 배웠던 것이다.

그렇기 때문에 이소궁이 현마각주가 되기까지 문자경의 남모르는 도움이 있던 것도 사실이었고, 그는 문자경이 총군이 되어야 한다고 주장하는 인물이었다.

"오랜만에 보는 풍경이네요."

구양혜가 창의 휘장을 열어 넓은 차밭을 바라보자 이소궁이 그 차밭이 모두 구양가의 것이란 사실을 잘 알기에 웃으며 말했다.

"처가에 다 온 모양이오. 차밭에서 일하는 사람들이 모두 당신 집의 옷을 입고 있지 않소?"

그의 말처럼 차밭에서 일하는 일꾼들은 모두 구양가의 복장을 하고 있었다.

"그렇군요. 정말 오랜만에 오는 것 같아요."

구양혜가 아득한 시선으로 먼 산을 바라보았다. 천문성에 들어가고 나서 아직까지 단 한 번도 고향 땅을 밟지 못했기에 오랜만에 보는 고향의 모습은 그녀에게 여러 추억들을 떠올리게 만들었던 것이다.

"나도 오랜만에 오는 곳이기 때문에 정겹소."

그렇게 말한 이소궁이 가만히 구양혜의 손을 잡았다. 구양혜가 얼굴을 살짝 붉히며 고개를 이소궁의 어깨에 기대었다.

"이곳에서 당신과 만났소. 나는 아직도 그때 당신과 함께 걸었던 길을 잊지 않고 있다오."

"기억나세요? 당신이 이곳 분타주일때… 후훗! 아버님과 걷다 돌부리에 걸려 넘어졌던 거요. 그때는 얼마나 그 모습이 우습던지. 천하에 천문성의 분타주나 된다는 사람이 돌부리 하나 피하지 못하고 넘어질까. 정말 무공 고수인지 그 순간에는 의심했었지요."

가볍게 미소 지으며 말하는 구양혜의 목소리에 이소궁은 얼굴을 살짝 붉히며 그때의 일을 떠올렸다.

구양 분타에 처음으로 부임했을 때 구양가의 가주인 구양훈과 여러 이야기를 나누며 정원을 걷다 마주 오는 구양혜를 보고 그 아름다운 모습에 너무 놀라 앞에 있는 돌부리에 걸려 넘어졌던 것이다. 그때 그 모습에 밝게 웃던 구양혜의 모습을 이소궁은 아직도 잊지 못하고 있었다. 그때의 그 인연이 지금의 모습이 되었다.

이소궁은 구양혜의 볼을 쓰다듬으며 낮게 속삭였다.

"아마… 당신의 웃는 모습을 보려고 그랬던 것 같소."

그 말에 구양혜가 밝게 미소를 그렸다. 이소궁은 곧 창밖의 풍경을 바라보며 천천히 말했다.

"이곳까지 왔으니 구양 분타에나 잠시 들렀다 가야겠소. 처가에 가는 시간이 조금 늦어질 텐데 괜찮겠소?"

"한 시진 정도라면 용서할게요."

구양혜가 웃으며 말하자 이소궁이 고개를 끄덕였다. 곧 이소궁은 창밖으로 보이는 무사에게 구양 분타로 가자고 말했고, 마차는 방향을 바꾸어 구양 분타로 향하기 시작했다.

＊　　　＊　　　＊

나무 위에 올라 다가오는 바람을 맞으며 서 있는 진파랑의 시선은 저 멀리 산등선에 위치한 많은 전각들을 향하고 있었다. 그곳은 천문성의 구양 분타로, 천문성이 위치한 무이산으로 가는 길목에 자리를 잡고 있었다.

진파랑은 신주주가 자신을 위해 상세히 설명한 것을 모두 기억하고 있었다. 그렇다고 그녀의 말처럼 행동할 생각은 없었다. 그녀는 단 한 가지를 착각해서 너무 세세하게 진파랑을 가르쳤던 것이다. 그것은 바로 무공이었다.

진파랑은 이미 흑무교와의 싸움으로 인해 자신의 무공에 대해 자신감이 있었다. 하지만 자신의 무공 수준이 어느 정도인지는 감을 잡지 못하고 있었다. 마지령과 수련을 마치고 산을 나온 순간부터 지금까지 단 한 번도 최선을 다해본 적이 없었기 때문이다.

다만 지금은 누구를 만나도 질 것 같지 않다는 자신감이 충만한 상태였다. 진파랑은 소슬바람이 불어오자 눈을 빛내며 움직였다.

슉!

거대한 연무장엔 총 팔백의 무인이 열을 맞추어 정열하고 있었고, 정문 앞에는 열 명의 무사가 좌우로 나뉘어 굳은 표정으로 경계를 서고 있었다. 그 가운데 구양 분타주인 송추용이 안절부절못하는 표정으로 정문 앞을 빙빙 돌고 있었다.

이곳으로 현마각주가 지나가기 때문이다. 구양세가로 가기 위해선 이 앞에 보이는 대로를 지나야 하는데, 그곳을 지난다면 과거 구양 분타주였던 현마각주가 분명 이곳에 들를 것 같았기 때문이다. 그렇기 때문에 며칠 전부터 그를 맞이할 준비를 하고 있었다.

"왜 이렇게 안 오시는 건지……."

송추용은 고개를 절레절레 흔들며 안정을 찾지 못하는 표정으로 발을 굴렀다.

"웅?"

송추용이 이리저리 움직이다 삼십여 장의 앞에서 걸어오는 한 명의 청년을 쳐다보았다. 꽤나 거리가 있기 때문에 누구인지는 구별이 가지 않았으나 검은 무복에 대충 묶은 머리를 보았을 때 든 생각은 잡객 정도였다.

스릉!

그 잡객의 손이 도를 뽑아 들자 송추용은 호기심 어린 시선으로 팔짱을 끼었다.

"뭐야, 저건? 취직시켜 달라는 건가……."

말을 끝낸 송추용은 그만 자신도 모르게 눈을 부릅떴다. 삼

십여 장의 거리에 있던 청년의 모습이 흐릿하게 흔들리더니 순식간에 자신의 앞을 지나쳤기 때문이다.

팟!

진파랑의 흐릿한 신형이 정문을 지나 연무장 앞에 모습을 보였다. 그제야 송추용의 목에서 백색 선이 마치 실처럼 반짝거렸고, 그 순간 태풍이라도 지나간 것처럼 송추용의 머리가 하늘로 솟구치더니 정문의 지붕을 넘어 연무장으로 떨어졌다.

퍽! 떼구루루!

송추용의 눈은 믿을 수 없다는 듯 튀어나올 것 같았고, 입은 조금 벌어져 있었다. 놀라움을 감추지 못한 표정으로 힘없이 구르다 진파랑의 발밑에서 멈춰 섰다.

"타… 주… 님?"

일순 연무장을 가득 메우고 열을 맞추어 서 있던 사람들의 눈동자가 잠시 지금 이 상황에 대해서 이해하려고 노력하는 듯 빠르게 움직였다.

진파랑은 여전히 백도를 늘어뜨린 채 수많은 사람들의 시선을 받으며 미동도 없이 서 있었다. 눈동자는 차갑게 가라앉았으며 지금 이 순간 이들의 모습을 보자 자신의 옛 모습이 마치 환영처럼 스치는 것 같았다.

"쳐라!"

누군가가 정신을 차리고 외치자 득달같이 진파랑을 향해

가장 앞줄의 무사들이 도를 들고 날아들었다. 진파랑은 그 모습에 한발 앞으로 나섰다. 움직이는 것이라곤 한발 나섰을 뿐이었고 도를 든 손은 움직이는 것 같지도 않았다. 단지 미세하게 흔들렸을 뿐이다.

파파파팟!

그 순간 가장 앞장섰던 십여 명과 그 뒷줄의 십여 명의 몸에서 뿜어져 나온 피가 허공으로 높게 솟구쳤다.

"크아아악!"

비명 소리와 함께 순식간에 이십여 명이 뒤로 쓰러졌다. 진파랑의 시선이 닿는 공간 안에 들어왔던 인물들은 모두 쓰러진 채 피를 흘리고 있었다.

"크윽!"

"음……."

단 일초에 이십여 명이 처참하게 널브러지자 달려들던 무사들이 일제히 걸음을 멈추고 무기를 굳게 움켜쥔 채 진파랑을 노려보기 시작했다. 순간 진파랑의 주변으로 강력한 살기와 함께 주변을 압도하는 기도가 샘물처럼 솟구치기 시작했다. 진파랑의 눈동자가 반원을 그리며 무사들의 얼굴을 스칠 때마다 무사들은 침을 삼키며 뒤로 물러섰다.

"하압!"

뒤에서 그저 눈만 멀뚱히 뜬 채 분타주의 목이 날아가는 모습을 지켜보던 경비무사들이 기합성과 함께 달려들었다. 순간 진파랑의 얼굴이 공간을 뛰어넘고 나타나더니 한순간에 이십여 개의 백색 세로 선들이 정문의 모든 공간을 가득 채웠다.

퍼퍼퍼퍽!

신형을 돌린 진파랑의 뒤로 피가 마치 분수처럼 솟구쳤으며 무사들의 육체가 힘을 잃고 바닥으로 쓰러졌다. 무사들은 그 섬뜩한 모습에 두려움을 느꼈다. 그들로선 진파랑의 움직임 자체를 볼 수 없었기 때문이다. 어떻게 손을 썼는지 손을 움직이기는 했는지조차 의심스러웠다.

"쳐라! 쳐!"

"우와아아!"

순간 광기에 찬 외침이 터지고 앞서 있던 무사들이 본능적으로 진파랑을 향해 달려들었다. 그 모습에 잠시지만 진파랑의 눈동자가 흔들렸다.

'그래, 그래야지. 개처럼 달려들어야지……. 그래야 천문성의 무사지.'

도를 굳게 잡은 진파랑은 입술을 깨물며 앞으로 뻗어나감과 동시에 수백 개의 반원형 도기를 형성시켰다. 강마풍을 펼친 것이다.

"크아악!"

또다시 비명 소리가 허공에 메아리쳤다.

*　　　*　　　*

다각! 다각!

말과 함께 움직이는 마차는 구양 분타의 문 앞에 멈춰 섰다. 가장 앞선 무사들은 구양 분타의 정문이 굳게 닫혀 있자 이상하다는 표정으로 말에서 내려와 정문으로 다가갔다.

"무슨 일이냐?"

"정문이 굳게 닫혀 있습니다."

"……?"

그 말에 이소궁은 고개를 갸웃거리며 마차에서 내렸다.

끼이익!

곧 무사들이 정문을 열자 이소궁의 안색이 굳어졌다.

"헉!"

순간 앞선 무사들의 입에서 헛바람 소리가 흘러나왔다. 짙은 혈향이 코를 자극하자 이소궁은 본능적으로 안 좋은 예감에 안색을 찌푸리곤 마차 안에 앉아 있는 구양혜에게 말했다.

"이곳에서 기다리시오."

"무슨 일인데요?"

"별일 아니오."

이소궁은 가볍게 웃으며 그렇게 말하곤 무사들과 함께 정문 안으로 걸어 들어갔다. 순간 눈앞에 펼쳐진 처참한 광경에 저절로 어깨를 미미하게 떨어야 했다. 거대한 연무장의 사방에 널린 이백여 구의 시신은 마치 좀 전에 죽은 것처럼 피를 흘리고 있어 피비린내가 천지를 진동시키고 있었다.

이러한 광경을 이소궁은 아직까지 단 한 번도 본 적이 없었기에 믿을 수 없다는 표정으로 안으로 걸어 들어갔다.

찰랑!

몇 걸음 나서지도 않았을 때였다. 발밑에서 느껴지는 차가운 한기에 이소궁은 그대로 걸음을 멈추었다. 시선을 내리자 그곳에 피의 웅덩이가 있었으며 자신의 발이 피로 물들기 시작하자 등골이 서늘하게 식어가는 것을 느꼈다.

"각주님."

수하의 목소리에 고개를 든 이소궁은 삼십여 장 앞 단상 위에 의자가 놓여 있는 것을 발견했다.

"……."

적막감……. 마치 모든 것이 죽어 있는 것 같은 적막감이 바람이 되어 불어오기 시작했다.

슥!

순간 바람처럼 검은 인영 하나가 의자 앞에 모습을 드러내더니 자리에 앉았다. 이소궁은 저도 모르게 눈을 반짝이며 살기를 뿌리기 시작했다. 그가 이 모든 원흉이란 것을 알았기 때문이다.

"누구냐!"

"이소궁?"

이소궁은 그가 자신의 이름을 안다는 것에 상당히 놀란 표정을 그렸다. 자신을 알고 왔다는 말이 되기 때문이다.

팟!

그 순간 의자에 앉아 있던 검은 인영이 번개처럼 허공을 격하고 날아들었다. 그 속도가 마치 섬전 같아 눈을 한 번 깜빡이는 순간 이미 이십여 장이나 다가와 있었다.

"헉!"

놀라 이소궁은 검을 뽑아 들었으며, 그의 주변에 서 있던 무사들은 안색이 굳어졌다.

"각주님을 보호하라!"

쉬쉭!

순간 호위무사들이 일제히 바람처럼 검은 인영의 앞을 가로막았다.

진파랑은 마지령에게 배운 유종보를 펼치며 이소궁에게 다가갔다. 오 장여까지 접근하며 재빠르게 혈소풍을 펼치려는 순간 그의 눈앞으로 이십여 명의 호위무사가 날아들었다. 진파랑은 안색을 굳히며 그들을 향해 강마풍을 펼쳤다.

슈아악!

강력한 도기가 섬전처럼 횡으로 선을 그리며 파도처럼 밀려 나갔다. 그 모습에 놀란 무사들이 일제히 도를 들어 막았다.

쩡! 쩌정!

순간 무사들의 눈동자가 부릅떠졌다. 도를 잘랐기 때문이다.

퍼퍼퍽!

강마풍의 강력한 도기가 그들을 자르고 지나치는 순간 진파랑의 신형이 흔들리듯 이소궁의 이 장 앞으로 접근해 갔다. 순간 좌우에서 날카로운 검기와 함께 두 자루의 검날이 허리를 잘라왔다. 진파랑은 허리를 숙이며 좌우로 도기를 뿌렸다.

퍼퍽!

"크아악!"

좌우에서 덤벼들던 두 무사의 허벅지가 잘려 나가며 비명과 함께 피가 튀었다.

쐐액!

그때 머리 위에서 마치 귀신의 호곡성 같은 소리와 함께 검기를 뿌리며 날아드는 중년인의 모습이 보였다. 진파랑은 중년인이 다른 사람들보다 월등히 뛰어난 실력을 지닌 인물이란 것을 단번에 알 수 있었다. 아마도 호위단의 대장인 듯했다.

팍!

진파랑은 앞으로 달리던 그 속도 그대로 뛰었다. 사람들의 눈에는 그가 지각으로 솟구친 것처럼 보였다.

파팟!

순간 강력한 열십자의 섬광과 함께 진파랑의 모습이 그 빛 속에서 사라졌다.

"도강!"

호위무사들이 일제히 달려들자 제삼호위단 단주인 조만중은 번개처럼 허공으로 뛰어올라 신형을 뒤집어 진파랑의 머리를 노려갔다. 호위무사들의 무공이 어느 정도인지 잘 알기에 그들이라면 진파랑의 발을 묶을 것이 분명했기 때문이다. 하지만 그것은 조만중의 착각이었을 뿐.

조만중은 눈을 부릅뜬 채 자신에게 날아드는 열십자의 빛에 믿을 수가 없다는 듯 입을 벌렸다.

쩌저정!

그의 검이 빛에 부딪치는 순간 도강의 힘을 견디지 못하고 갈라지기 시작했다.

'이럴 수가⋯⋯!'

퍽!

"크으윽!"

이소궁은 저도 모르게 입술을 깨물며 주먹을 움켜쥐었다.

털썩! 털썩!

사등분된 조만중의 육신이 발밑으로 떨어지자 이소궁은 몸을 떨며 뒤로 두어 걸음 물러섰다.

탁!

어느새 이소궁의 눈앞에 진파랑이 나타났다. 조만중을 처리하고 내려온 것이다.

"하압!"

순간 기합성과 함께 좌우에서 무사들이 날아들었다. 진파
랑은 한 발 앞으로 나서며 좌우로 도를 움직였다.

퍼퍽!

그의 혈소풍이 가진 날카로움과 눈에 보이지 않을 쾌도에
그들은 미처 손도 쓰지 못하고 바닥에 쓰러졌다.

"와아아아!"

순간 거대한 함성과 함께 남은 호위무사들이 일제히 진파
랑을 향해 날아들었다.

"각주님, 피하십시오!"

호위무사 한 명이 눈을 부릅뜬 채 마치 혼이라도 뺏긴 것처
럼 서 있는 이소궁에게 외쳤다. 하지만 이소궁은 대답을 하지
못했다.

퍼퍼퍽!

그의 눈에 진파랑의 검은 그림자가 움직이며 그려지는 회
선의 도선들이 마치 거대한 회오리처럼 보이기 시작했다.

"크아아악!"

무사들의 비명 소리가 처절하게 울렸으나 이소궁의 귀엔
그저 작은 모깃소리처럼 들릴 뿐이었다.

"각주님!"

순간 어깨를 잡으며 호위무사가 외치자 이소궁이 정신을
차린 듯 본래의 눈빛으로 돌아왔다.

"어서 피하십시오!"

무사의 외침에 이소궁은 고개를 돌렸다. 그러자 저 멀리서 마차의 창을 통해 고개를 내밀던 구양혜의 눈과 마주쳤다. 구양혜는 비명 소리에 놀라 고개를 내민 것이다. 정문 안에서 도대체 무슨 일이 일어나는지 그녀는 알지 못했다. 단지 마주친 이소궁의 눈빛에 지금까지 단 한 번도 본 적 없는 슬픔이 담겨 있다는 걸 알 뿐이었다.

"앗!"

구양혜가 저도 모르게 눈을 크게 떴다. 이소궁의 앞에서 피가 튀어 올랐기 때문이다.

털썩!

이소궁은 자신의 발아래 쓰러진 무사의 얼굴을 쳐다보았다. 배에서 턱까지 깊게 베인 상처에서 붉은 피가 흘러나왔다.

"각주님!"

이소궁의 어깨를 잡고 외치던 무사가 더 이상 참지 못하고 다가온 진파랑을 향해 검과 함께 하나가 되어 달려들었다.

그 모습에 진파랑의 오른손이 도와 함께 가볍게 옆으로 쳐졌다. 순간 회색 선이 하나 나타나 마지막 남은 무사의 몸을 지나쳤다.

퍽!

"크아아악!"

몸이 깊게 베인 무사가 고통을 이기지 못하고 소리치다 바닥으로 쓰러졌다. 그의 몸이 마지막 발악이라도 하듯이 이소궁에게 시선을 던지고 있었다.

"도망… 치십시오……."

마지막으로 그 말만을 남기고 고개를 떨군 무사의 얼굴을 이소궁은 멍하니 쳐다보았다. 그러다 검은 그림자의 발이 무사의 시신을 가리자 고개를 들었다. 그때였다, 눈앞에 마치 환상처럼 회색의 선이 보인 것은.

퍽!

창밖으로 고개를 내민 구양혜는 이소궁의 몸을 사선으로 지나는 회색 선을 보고 눈을 부릅떴다.

츄악!

그의 몸이 피를 뿜으며 힘없이 바닥으로 쓰러졌다.

"허억!"

구양혜가 눈을 부릅떴다. 뭔가 말을 하려 했지만 목소리가 흘러나오지 않았다. 마치 무언가 무거운 것이 목구멍을 막고 있는 것 같았다.

"……!"

순간 진파랑과 눈이 마주친 구양혜는 저도 모르게 전신을 떨기 시작했다.

쾅!

회색 선이 마차의 지붕을 지나쳤다. 마차의 지붕이 그 충격에 허공으로 솟구쳐 옆으로 떨어져 내렸다. 구양혜는 어느새 자신의 눈앞에 나타났는지 모를 진파랑의 모습에 저도 모르게 아들인 이정검을 안았다.

"……!"

진파랑은 마차의 옆에 서서 구양혜와 그녀의 품에 안겨 있는 아이를 쳐다보았다. 구양혜의 떨리던 눈동자는 어느 순간 눈물을 흘리며 원한에 사무친 독기 어린 눈으로 바뀌어가고 있었다.

진파랑은 여전히 차가운 살기를 뿌리며 아무 말도 없이 백도를 들어 구양혜의 얼굴을 향해 겨누었다. 그 순간이었다.

"우와앙!"

이정검이 잠에서 깨어나 크게 울기 시작한 것이다. 그 모습에 도를 들던 진파랑의 손이 잠시 머뭇거렸고 지금까지 단 한 번도 변하지 않던 눈빛이 잠시 흔들렸다.

그 모습에 구양혜의 눈동자가 살기로 번들거렸다. 지금 이 순간이 진파랑을 죽이고 남편의 복수를 할 수 있는 유일한 기회라고 여긴 것이다. 순간 구양혜는 자신의 품에 안긴 이정검을 진파랑의 가슴으로 던졌다.

팟!

"……!"

순간 진파랑의 눈동자가 부릅떠지며 본능처럼 이정검을

품에 안았다. 그때였다. 품에 안기는 이정검의 모습 사이로 단검을 쥐고 있는 구양혜의 모습이 시선 사이로 비춰졌다.

"죽어!"

퍽!

진파랑이 눈동자를 살기로 번득이며 단검을 쥐고 앞으로 찌르고 있는 구양혜의 팔목을 잡았다. 구양혜는 자신도 모르게 고개를 들다 진파랑과 눈이 마주치자 저도 모르게 전신을 떨기 시작했다. 진파랑은 사나운 표정으로 구양혜를 밀었다.

"아악!"

쿵!

그녀의 육체가 가볍게 마차의 바퀴에 부딪쳐 쓰러졌다.

"우와아앙!"

이정검의 울음소리가 더욱 크게 울렸다. 그제야 구양혜는 원한 어린 눈이 아닌 오직 아이를 생각하는 어미의 눈으로 이정검을 바라보았다. 그녀의 시선이 매우 떨렸다. 진정으로 아이를 원하고 있던 것이다.

싸늘한 표정으로 구양혜를 쳐다보던 진파랑은 입술을 깨물며 한 걸음 다가가 구양혜의 품에 이정검을 안겨주었다. 구양혜의 눈물로 범벅된 눈동자가 흔들렸다. 예상치 못한 진파랑의 행동 때문이다. 하지만 뒤를 생각할 여유가 없었다. 번개처럼 이정검을 안자 본능적으로 아들을 보호하기 위해 진파랑에게 등을 보이고 품에 안았다.

"미안해… 정말 미안해……."

아기의 울음소리와 구양혜의 떨리는 목소리가 진파랑의 귓가에 맴돌기 시작했다.

슥!

진파랑이 일어나는 소리가 귓가에 들리자 구양혜는 두 눈을 감고 이정검을 더욱 품에 안았다.

"미안해… 제발… 용서해 줘……."

그녀의 목소리가 더욱 심하게 떨리고 있었다. 진파랑의 도가 금방이라도 자신의 몸을 스쳐 갈 것 같았기 때문이다.

"내 이름은 진일이다."

순간 구양혜가 눈을 부릅뜨며 고개를 돌렸다. 그런 그녀의 눈에 어느새 저 멀리까지 걸어간 진파랑의 뒷모습이 잡혔다. 구양혜는 이정검을 품에 안은 채 멀어지는 진파랑의 뒷모습을 눈으로 좇으며 낮게 중얼거렸다.

"정검아… 정검아… 너는 기억해야 한다… 진일이란 이름을……."

진파랑이 사라지고도 나서 한참이 지난 후 구양세가의 무사들과 아버지인 구양훈이 나타날 때까지 구양혜는 마치 주문이라도 외우는 듯 반복적으로 같은 말만 하고 있었다.

*   *   *

현마각주의 피살과 구양 분타의 괴멸이라는 소식은 천문성을 뒤집어놓기에 충분했다. 무엇보다 천문성이 놀란 것은 진일이란 이름이 다시 세상으로 나왔다는 것이다.

문식각의 각주인 홍수려는 급하게 들어온 장산을 쳐다보았다.

"무슨 일인데?"

장산이 급한 걸음으로 자리에 앉아 한숨을 내쉰 후 빠르게 말했다.

"진일이 나타났대. 그것도 아주 크게 일을 벌인 모양이더군."

"진일이?"

홍수려가 안색을 굳히며 흔들리는 시선으로 장산을 쳐다보았다. 그러자 장산이 다시 말했다.

"현무각주를 죽였다더군. 거기다 갑자기 구양 분타에 나타나 쑥대밭으로 만들고… 다행히 현마각주의 처와 아들은 안 죽였다고 하는데……."

타닥!

순간 급한 발걸음 소리와 함께 무사 한 명이 빠르게 들어와 허리를 숙였다.

"문신각주님을 뵙습니다."

"무슨 일이냐?"

홍수려는 입고 있는 옷을 보고 그가 총군 문대영의 직속 수하라는 것을 알았다.

"총군께서 반 시진 후에 진일에 대한 모든 자료를 가지고 오시랍니다."

"알았다."

홍수려가 눈을 빛내며 고개를 끄덕이자 무사는 빠른 걸음으로 나갔다. 그가 나가자 장산의 안색이 굳어졌다.

"어쩔 거야?"

"무엇을?"

"진일 말이야……."

홍수려는 잠시 고민하는 표정을 보이더니 이내 무심한 눈빛으로 말했다.

"나는 천문성의 사람이야."

홍수려의 대답에 장산은 침음과 함께 고개를 끄덕였다. 무슨 의미인지 알아들은 것이다.

문대영은 회의실의 상석에 앉아 모여 있는 서른 명의 남녀를 둘러보았다. 그들은 모두 천문성의 중요 인물들로, 이번 현마각주의 피살 때문에 모여 앉은 것이다.

장내는 조용했고 누구 하나 입을 여는 사람은 없었다. 오직 문대영의 시선 하나만이 그 회의실에 남아 있는 것 같은 분위기였다.

문대영의 시선이 문득 순찰당주인 문자경에게로 향하고 있었다. 문자경의 안색이 굳어졌다. 그 시선에 담긴 알 수 없는 힘 때문이다. 지금 이곳에선 아버지와 자식의 관계는 아무런 상관이 없었다.

"순찰당주."

"예."

문자경이 굳은 목소리로 대답하자 문대영이 조용한 목소리로 물었다.

"분명 순찰당주는 내게 진일은 죽었다고 하지 않았나?"

"그렇습니다."

"그런데 살아 있군."

문자경이 입을 굳게 다물었다. 순간 많은 간부들의 시선이 문자경을 향해 쏟아졌다. 그 눈빛이 어떤 의미인지 문자경은 잘 알고 있었다. 하지만 지금은 어떠한 말도 대응도 할 수 있는 입장이 아니었다.

문대영의 시선이 문신각주에게로 옮겨졌다.

"진일이 누구지?"

"진일은 우림각에서 자란 인물로……."

홍수려의 말이 시작되었으며, 천문성에서 살았던 진일의 모든 행적들이 그녀의 입을 통해 흘러나왔다.

문대영은 고개를 끄덕이며 모든 이야기를 들은 후 홍수려를 앉게 하곤 곧 시선을 다시 문자경에게 보냈다.

"순찰당주는 이 일에 대해서 어떻게 생각하는가?"

"제가 책임을 지겠습니다."

문자경의 굳은 목소리에 문대영은 고개를 끄덕이며 당연하다는 듯 말했다.

　"그럼 이제 이 일은 순찰당주가 알아서 하는 것으로 하고… 칠각을 비롯한 삼원은 순찰당주에게 힘을 실어주게. 그런데 인사각주는 어디에 있나?"

　"급히 오라고 전하였습니다."

　홍수려의 옆에 앉은 인사각의 부각주 유영렬이 상기된 표정으로 대답하자 문대영은 고개를 끄덕였다.

　"인사각주보고 최대한 빨리 오라고 하게. 지금 가장 필요한 사람이 인사각주니까. 그리고 인사각주가 돌아오면 현마각은 인사각주의 말을 듣게나."

　"예."

　현마각의 부각주인 사십대 중반의 조금 통통한 곽위가 대답했다. 그러자 문대영은 느긋한 표정으로 자리에서 일어서며 말했다.

　"이제 대충 마무리가 된 것 같으니 슬슬 각자의 자리로 돌아가게나. 아! 그리고 순찰당주."

　"예."

　문자경의 대답 소리에 문대영은 가볍게 미소를 보였다.

　"두 번은 없네."

　순간 문자경의 등줄기로 식은땀이 흘러내렸다.

　"명심하겠습니다."

"좋아."

문대영이 확실한 대답 소리에 흐뭇한 표정으로 회의실을 나서자 사람들이 모두 분분히 일어섰다.

"문신각주는 나 좀 보세."

막 문을 나서던 문대영이 홍수려를 향해 말하자 홍수려가 조금 긴장된 표정을 보이며 고개를 끄덕였다. 그리고 문대영의 모습이 사라지자 그 뒤로 걸음을 옮기던 홍수려는 문자경을 쳐다보았다. 문자경의 눈동자가 그 순간 광채를 발했다.

"앉지."

문대영이 자리를 권하자 홍수려가 맞은편에 앉았다. 잠시 후 시비들이 차와 다과를 내려놓고 조용한 걸음으로 밖으로 나갔다. 창을 통해 밝은 햇살이 밀려들어 왔고 주변의 공기는 조용하게 흘러가고 있었다. 차를 한 잔 따라 마신 문대영이 천천히 입을 열었다.

"내가 듣기론 진일이란 자와 조금 알고 있었다고 하던데?"

문대영의 시선에 홍수려는 숨길 수 없다는 것을 알고 고개를 끄덕였다.

"예."

"깊은 관계였나?"

그 질문에 홍수려는 입을 열지 못하고 무의식적으로 손을 들어 자신의 볼을 만졌다. 그때의 상처가 이제는 거의 보이지 않을 정도였고 느껴지지도 않았다.

문대영은 그 모습에 짧게 숨을 내쉬며 다시 말했다.

"현마각주가 죽었다. 과거엔 조 각주도 그놈에게 죽임당했다. 아니, 정확히는 자경이가 죽였지."

"……!"

순간 홍수려의 눈동자가 커지더니 이내 흔들리기 시작했다. 문대영은 그 모습에 새삼스럽다는 듯 웃음을 보이며 말했다.

"뭘 그렇게 놀라나? 이곳에서 내 눈과 귀를 피할 게 무엇이 있다고."

느긋한 목소리로 말을 하는 문대영이었으나 홍수려는 등줄기에서 솜털이 곤두서는 듯했다. 그리고 그 말속엔 자신과 문자경의 일을 모두 알고 있다는 뜻이 담겨 있었다.

"과거는 과거지, 현재일 수는 없어."

문대영의 말에 홍수려는 침묵하였다.

"진파랑이라……."

"……!"

홍수려는 저도 모르게 흠칫 놀랐다. 다행히 문대영의 시선은 창밖으로 향하고 있었기에 홍수려의 변화를 볼 수는 없었다. 하지만 알 것이다. 홍수려는 그렇게 생각하였다.

"지금은 어떠한지 알고 싶은데?"

슬쩍 시선을 던지자 홍수려가 입술을 깨물다 굳은 목소리로 말했다.

"저는 천문성의 사람입니다."

홍수려의 대답에 문대영은 고개를 끄덕이며 당연하다는 눈빛으로 다시 물었다.

"그렇다면 과거를 청산해야지?"

일순간이지만 홍수려는 심장이 떨리는 것을 느껴야 했다. 쳐다보는 문대영의 눈빛 속에 담긴 알 수 없는 열기 때문이었다.

"예."

"각주는 똑똑하니까 잘하겠지."

문대영은 말을 끝내고 손을 들어 보였다. 홍수려는 곧 자리에서 일어나 조용히 밖으로 걸어나갔다.

그녀가 나가자 문대영은 잠시 턱을 괴고 앉아 창밖을 쳐다보았다. 문득 그의 눈빛 속에 칼날 같은 예기가 맴돌았다.

"쓸모없는 것들······."

*   *   *

구양 분타와 현마각주의 피살로 인해 천문성을 나서게 된 문자경은 그 전날 밤 뜻밖의 손님을 맞이하였다. 자신의 아버지인 문대영이 찾아온 것이다.

불빛 아래 앉아 있는 문대영의 모습은 평소의 근엄함이 담겨 있는 모습과는 달리 아버지의 얼굴을 하고 있었다.

"사실 이번 사건은 큰 사건이라고 볼 수는 없다. 현마각주야 다른 사람이 하면 되는 일이고, 구양 분타야 다시 사람을 보내면 그만이다."

문자경은 그 말에 대답하지 않았다. 총군인 문대영의 입장에서 볼 때는 그의 말처럼 큰 사건이 아닐지도 모르기 때문이다.

"하지만 명예가 달린 일이라는 게 문제라면 문제였다. 강남 최대의 문파인 우리가 진일이란 놈 때문에 두 명의 각주를 잃어야 했고 분타 하나를 잃어야 했다면, 외부에서 우리를 어떻게 보겠느냐?"

"예……."

문자경이 입술을 깨물며 대답했다. 문대영의 말이 가슴에 박혀들었기 때문이다.

"더욱이 진일은 죽었다고 한 사람이 다른 사람도 아닌 문씨를 쓰는 네가 아니더냐."

문대영의 담담한 말에 문자경은 어깨를 떨어야 했다. 그런 문자경의 어깨를 문대영이 두드려 주었다.

"문씨 성으로 태어난 것은 네가 원해서가 아니라 운명일 뿐이다. 문씨 성의 무게가 어느 정도인지 이제 조금 알겠느냐?"

문대영이 가볍게 미소를 보이자 문자경은 고개를 천천히 끄덕였다. 그의 말처럼 나이를 먹으면 먹을수록 그 무게감이 피부로 느껴졌기 때문이다. 그러자 문대영이 느긋한 표정으로 의자에 몸을 기대며 다시 말했다.

"밑엣놈들은 떠들기를 좋아한다. 아무리 사소한 일이라도 문씨가 문제에 조금이라도 걸려 있다면 어떻게 해서라도 깎아 내리려 하지. 문가의 힘을 잘 알면서도 말이다. 왜 그런지 아느냐?"

문자경이 쳐다보자 문대영이 미소를 보이며 말했다.

"문가의 강함을 탐내기 때문이다."

언뜻 듣기에는 이해가 가지 않는 말이었으나 문자경은 고개를 끄덕여야 했다. 아직은 잘 이해하지 못할 말이었으나 무언가 알 것 같기도 했기 때문이다.

"훗! 총군에 앉게 된다면 알게 되겠지, 문가의 강함을."

"……!"

문대영의 슬쩍 지나치는 듯한 말에 문자경은 자신도 모르게 눈을 크게 떴다. 총군이란 말이 문대영의 입에서 흘러나왔기 때문이다. 이는 절대 가볍게 넘길 일이 아니었다.

"왜 그러느냐?"

"아, 아무것도 아닙니다."

문자경은 재빠르게 표정을 바꾸며 고개를 저었다. 문대영은 가볍게 웃으며 다시 말했다.

"힘들지 않느냐?"

"예?"

"문가로 살아간다는 것 말이다."

문자경은 곧 입을 닫았다. 어떤 대답을 해야 할지 몰랐기 때문이다.

"쉬운 일이 아니지. 하고 싶은 일도 못하고… 뭔가 하려고 하면 뭐가 그렇게 걸리는 것이 많은지……. 후후."

그렇게 말한 문대영은 문자경을 힐긋 쳐다본 후 시선을 창밖으로 던지며 다시 말했다.

"좀 전에 수하가 알려주더구나. 죽은 현마각주의 방을 치우다 재미있는 보고서를 발견했다고 말이다."

"……?"

"네가 옥정에서 웬 여자와 놀아나고 있다고."

문자경의 안색이 굳어졌다. 문대영이 다시 말했다.

"아직 혼인을 안 했으니 그럴 수도 있겠지만 도가 지나쳤더구나. 너무 오래 만났다."

문대영의 말에 문자경은 어깨를 미미하게 떨 수밖에 없었다.

"죽이지는 않을 테니 네가 알아서 정리하거라. 네 앞길에 걸림돌이 있으면 쓰겠느냐? 문가로 살아간다는 건 그러한 작은 것까지도 걸림돌이 되는 법이다. 네 마음을 모르는 것은 아니나 외부의 시선을 무시할 수는 없다."

"예……."

문자경의 입에서 나직한 목소리가 흘러나오자 문대영은 고개를 끄덕였다.

"나라고 해서 젊은 날 너와 같은 일이 없었겠느냐? 하지만 총군이란 자리에 앉기 위해선 정을 버려야 했다. 그 결과 나는 많은 사람들을 잃었지. 네 어미까지도……."

그렇게 말한 문대영은 고개를 저으며 자리에서 일어섰다. 문자경의 눈동자가 흔들리기 시작했다. 어머니의 죽음이 문대영의 입을 통해 흘러나왔기 때문이다. 알고 싶지 않았고 듣고 싶지 않은 일이었다. 자신의 어머니가 어떻게 죽었는지 잘 알기 때문이었다.

"진일이 죽인 조 각주가 그날… 너를 업고 나오지 않았다면 너도 죽었겠지. 다 내가 사사로운 정에 얽매여 일어난 일이었다. 너는 나와 같은 일을 겪지 않았으면 좋겠구나."

"……!"

그렇게 말한 문대영은 고개를 숙인 채 어깨를 떨고 있는 문자경의 등을 한번 쓰다듬어 주곤 곧 신형을 돌렸다.

저벅! 저벅!

발걸음 소리가 멀어지고 완전한 정적이 실내를 맴돌 때 문자경은 고개를 들었다. 그런 그의 눈동자는 심하게 흔들리고 있었다.

'그럴 수가……'

믿지 못할 말을 들었기 때문이다. 아니, 전혀 생각지도 못한 말을 아버지인 문대영의 입을 통해서 듣게 된 것이다.

'그 여자가… 그 여자가……'

문자경은 문득 자신의 검에 죽어가던 조영영의 얼굴을 떠올렸다. 그런 그의 전신에선 식은땀이 흘러내리기 시작했다.

"하하… 하하하!"

문자경은 어느덧 실성한 사람처럼 웃기 시작했다.

        *   *   *

푸드득!

하늘에서 날아오던 비둘기는 작은 창을 통해 안으로 들어
갔고, 얼마 지나지 않아 그곳에서 나온 한 청년이 빠른 걸음
으로 옆에 보이는 큰 건물로 뛰어들어 갔다.

신주주는 남양 분타주의 집무실에 앉아 있었다.

"각주님."

신주주를 부르며 들어서는 시비의 손에는 전서 하나가 들
려 있었다.

"본 성에서 날아왔습니다."

전서를 본 신주주가 눈을 반짝였다.

'성공했나 보군.'

신주주는 급할 때나 날아오는 붉은 전서를 확인하곤 진파
랑이 일을 잘 처리했다는 사실을 알아챘다. 하지만 전서를 펼
쳐 읽은 신주주의 눈동자는 곧 굳어졌다. 곧 차가운 눈동자로
전서를 구긴 신주주는 시비에게 말했다.

"나가보거라."

"예."

시비는 분위기가 안 좋게 변하자 재빠르게 대답하고 나갔다.

"일이 커졌구나……."

신주주는 창밖을 쳐다보며 조용히 속삭였다. 그런 그녀의 전신이 미미하게 떨리고 있었다.

'현마각주만 죽이랬지, 누가 구양 분타에까지 손을 대라고 했느냐.'

자신의 생각보다 진파랑은 더욱 크게 일을 벌인 것이다. 자신은 분명 회갑연 때 구양세가에 침투하여 현마각주만 죽이라고 했었다. 그래야만 천문성은 살수의 짓이라고 판단하기 때문이다. 하지만 이렇게 일을 크게 벌인다면 전혀 다르게 대응해 오게 된다.

진파랑이 일을 크게 벌인 탓에 자신은 천문성으로 가야 했다. 천문성에서 급히 오라고 적혀 있었기 때문이다.

'어리석은…….'

신주주는 진파랑의 모습을 떠올리며 깊은 한숨을 내쉬었다. 이곳에서 천문성은 보름 거리였다. 그리고 보름 후면 천문성에선 진파랑을 사냥하기 시작할 것이고, 자신이 가장 앞에 설 것이다.

"미련한 놈."

第三章
독이 든 술

지금까지 꽤 오랜 시간 동안 잊고 지낸 것 같았다. 자신이 어디에서 어떻게 자랐는지, 그리고 무엇을 배웠는지… 또한 어떻게 살아야 하는지도.

"쩝! 쩝!"

주점은 작았고 손님도 달랑 한 명뿐이었다. 문을 통해 밖을 보면 길이 보이고 산이 보였다. 인적이 거의 드문 작은 고갯마루에 위치한 주점은 가끔씩 이곳을 지나는 길손들이 목을 축이는 곳이었다.

그 안에 앉아 열심히 고기로 배를 채운 후 진파랑은 자리에서 일어섰다.

"얼마요?"

밖으로 나와 묻자 닭장을 정리하던 주인 아주머니가 보기 좋은 웃음을 흘렸다.

"한 냥만 주시구려. 그런데 잘 먹었수?"

"오랜만에 많이 먹은 것 같소."

돈을 건네며 진파랑은 가볍게 웃었다. 그 말처럼 오랜만에 포식한 것 같았기 때문이다.

"그런데 지금 성에 가는 길이 보오?"

"그렇소."

고개를 끄덕이는 진파랑에게 아주머니가 조금 걱정된다는 표정으로 말했다.

"요즘 성문에서 무사들이 험하게 사람들을 잡기 시작했다고 하니 청년도 조심하구려. 타지인에게는 꽤 무섭게 대한다고 난리니까."

"그렇구려. 잘 알겠소. 장사 잘하시오."

예상했던 일이기에 아주머니의 말을 들어도 크게 놀라지 않았다. 진파랑은 가볍게 인사하고 주점을 나와 길을 따라 빠르게 걷기 시작했다.

대로를 선택하지 않고 이렇게 인적없는 작은 산길을 선택한 이유가 있다면 이런 길까지 천문성의 무사들이 지키지 못했기 때문이다. 아무리 그 수가 많다 하나 천문성까지 가는 수천 갈래의 모든 길을 다 막을 수는 없었다. 그런 길들 중 하나가 여기였다.

　물론 모든 길이 합쳐지는 성문은 지키고 있을 것이다. 그때
는 밤을 이용하면 그만이었다. 하지만 이런 길에서 천문성의
무사들과 마주친다면 꽤나 귀찮을 것이다. 그게 싫었다.

　옥정성의 성문은 활짝 열려 있었고 그 앞에는 천문성의 무
사들이 흉흉한 눈빛으로 지나가는 모든 사람들을 살피고 있
었다. 그들은 젊은 청년들이 지나가면 여지없이 길을 막아 청
년의 얼굴과 성벽에 걸린 인물화와 비교를 하곤 했다.

　진파랑은 성문을 바라보며 잠시 망설였다. 그들의 모습에
서 빈틈을 찾기란 쉬울 것 같지 않았기 때문이다. 그러다 그
의 눈에 교대하는 사람들이 성문 밖으로 나오는 것이 보였다.
교대하는 무사들은 잠시지만 지나가는 사람들에게서 눈을 돌
리고 있었다. 그 틈을 진파랑은 놓치지 않고 움직였다. 성문
을 지키는 무사들의 시선을 피해 반쯤 문안으로 들어갔을 때
였다. 뒤에서 누군가가 부르는 소리가 들렸다.

　"가만. 자네!"

　움직이는 많은 사람들 틈에서 부르는 소리를 들었으나 진
파랑은 애써 무시했다. 이럴 때는 그냥 무시하는 게 좋기 때
문이다.

　턱!

　순간 그의 어깨를 천문성의 무사가 잡았다. 진파랑은 고개

를 돌릴 수밖에 없었다.

"어디서 많이 본 얼굴이군."

진파랑은 자신을 잡은 청년의 얼굴과 마주하자 눈을 반짝이기 시작했다. 그 청년 역시 진파랑을 보자 잠시 눈동자가 흔들렸으나 그것은 찰나였다.

"무슨 일입니까, 단주님."

"아니, 아무것도 아니네."

수하들이 다가오자 재빠르게 진파랑의 어깨를 놓으며 청년이 신형을 돌렸다. 진파랑은 곧 걸음을 옮겼고, 그런 그의 등 뒤로 청년의 말소리가 들려왔다.

"오늘 저녁에 기정루에서 술이라도 한잔하는 게 어떤가?"

"오늘이요? 저희야 단주님이 사는 것이라면야 마다하지 않지요."

"아! 이런, 생각해 보니 오늘 저녁에는 처하고 함께하기로 했었지. 이런… 쯧!"

"아니, 그런 게 어디 있습니까? 남아일언중천금 아닙니까?"

수하들의 소리에 맞춰 웃고 있는 청년의 목소리를 들으며 진파랑은 성안으로 들어갔다.

저녁이 다가오자 하늘이 흐리게 변하고 있었다. 금방이라도 빗방울이 떨어질 것 같은 하늘을 올려다보며 진파랑은 기정루의 이층 창가에 앉아 있었다.

먹구름에 해가 가리자 세상은 어둡게 변해 버렸고 사람들도 좀 전보다 바쁘게 움직이기 시작했다.

쏴아아아!

얼마 지나지 않아 떨어지는 빗줄기는 상당히 강해졌으며 한동안 시끄러웠던 거리도 사람들의 흔적이 사라지고 있었다. 얼마 지나지 않아 어둠이 깔리자 정적과 함께 빗소리만이 거리에 남게 되었다.

철퍽! 철퍽!

진파랑은 들려오는 발소리에 시선을 거리로 던졌다. 우의를 입고 기정루로 다가오는 청년이 보이자 진파랑은 눈을 반짝였다. 자신이 기다리던 인물이었기 때문이다.

정두는 우의를 벗고 의자에 앉았다. 그런 그의 눈은 맞은편에 앉아 있는 진파랑에게서 떨어질 줄을 몰랐다.

"조금 놀랍군."

정두의 말에 진파랑은 가볍게 미소만 보였다. 정두는 인상을 찌푸리며 다가오는 점소이에게 술을 시켰다.

"설마하니 진짜 네놈일 줄이야……."

정두는 진파랑의 얼굴을 잊지 않고 있었다. 아니, 어릴 때부터 함께 자란 사이인데 그의 얼굴을 기억 못할 리가 없었다. 그렇기 때문에 성문에서 마주쳤을 때 잠시 당황했으나 그냥 보내준 것이었고, 목소리를 높여 약속까지 잡은 것이었다.

탁!

그사이에 점소이가 술과 안주를 내려놓고 물러가자 정두는 술병을 들어 자신의 술잔에 따라 마셨다. 속이 답답했던 것이다. 그 후 그는 진파랑을 한번 쳐다보다 창밖으로 시선을 던져 떨어지는 빗방울을 응시하였다. 시원하게 내리는 빗소리가 잠시지만 답답함을 없애주는 것 같았다.

"왜 왔나?"

"잘 알면서 그러는군."

진파랑이 무덤덤한 표정으로 대답하자 정두가 다시 말했다.

"죽으려고 작정했군."

"그렇지……."

정두가 그 대답에 조금 화가 난다는 듯 차갑게 말했다.

"너와 내가 천문성에서 함께 구르고 뛰면서 자란 동기라 해도 두 번 눈감아줄 수는 없어. 떠나라, 천문성이 없는 곳으로."

"어디로? 천문성의 힘이 뻗치지 않은 곳이 과연 있을까? 아니, 있을지도 모르지. 하지만 거긴 중원이 아니야. 다른 세상일 뿐."

진파랑의 말에 정두는 잠시 입을 닫더니 다시 속이 답답한지 술을 연거푸 마셔댔다.

"드러워서……."

정두는 중얼거리며 고개를 저었다. 진파랑의 말을 부정할 수가 없었기 때문이다. 그 모습에 진파랑은 가볍게 웃으며 말했다.

"혼인했나?"

정두는 고개를 끄덕였다.

"단주가 되면서 했지. 삼 년 전이야."

"애도 있더군."

"두 살난 딸이지. 정말 예쁘다. 아내는 또 임신했고… 아들이면 좋을 텐데……. 후후."

정두는 씁쓸히 웃으며 대답했다. 그러자 진파랑은 곧 자리에서 일어섰다. 어차피 오래 볼 생각은 아니었고 잘 지내는지만 알고 싶었을 뿐이다. 그래도 자신과 같은 방에서 지냈던 친구가 아니었던가?

"잘살고 있어서 다행이야. 네게 피해가 갈지도 모르니 이만 가겠네."

진파랑은 결국 그 말이 하고 싶었다. 생각보다 정두는 잘 지내고 있는 것 같았다.

"내 동기 중에 살아남은 사람은 불과 아홉 명이지. 그 많던 놈들이 모두 죽어버렸어. 살아남았기에 단주가 되었고, 몇 년 지나면 분타주가 될지도 모르지."

정두의 말에 진파랑은 잠시 걸음을 멈추었다. 분타주가 될지도 모른다는 말에 어떤 생각이 스친 것이다.

"지금 내 눈엔 아무것도 보이지 않아. 너는 잘 모르겠지
만… 나는 많은 것을 잃고 성에서 도망쳤다. 정말 많은 것을
잃었지. 물론 천문성이라는 우리를 빠져나간 것에는 감사하
게 생각하고 있어. 그렇기 때문에 돌아왔고……."

진파랑은 곧 정두를 향해 시선을 던졌다.

"나를 팔았나?"

진파랑의 날카로운 물음에 정두는 잠시 망설이다 고개를
저었다.

"그럴까도 생각했어. 안 했다면 거짓말이겠지. 너를 팔면
분타주는 보장될 테니까. 하지만 그럴 수가 없더군. 이상하게
도 말이야. 같은 방에서 한 이불을 덮고 자서 그런가?"

정두가 시선을 던지자 진파랑은 잠시 입을 닫았다. 그러자
정두가 정색한 목소리로 다시 말했다.

"보름 후에 천문성의 순찰당주님께서 옥정 분타에 오실 거
네. 네 목적이 무엇인지 알 수는 없지만, 이곳에 나타났다면
분명 순찰당주님이겠지."

"물론."

진파랑의 대답에 정두는 안색을 굳혔다. 자신의 예상이 맞
았기 때문이다.

"조심해라, 나도 적이니……."

진파랑은 그 말에 대답도 안 한 채 신형을 돌렸다. 곧 그가

내려가자 정두는 창밖으로 시선을 던지며 떨어지는 빗방울을 응시했다.

그 속에서 비 오는 흙탕물을 뒹굴던 진일과 자신의 모습이 떠올랐다. 그때는 무엇이 그리도 힘들었던지⋯⋯. 하지만 한 끼의 식사만으로도 행복했고 포근한 잠자리가 있어 즐거웠다. 아무것도 모르는 그때는 그것만으로도 행복했던 것이다.

*　　　*　　　*

옥정성의 북정로는 많은 사람들로 붐비는 곳 중 하나로 북정로를 사이로 두고 한쪽은 화려한 건물들이 늘어서 있었으며 한쪽은 벽호가 아름다운 물빛과 함께 사람들을 인도하였다.

낮에는 연인들로 가득하던 북정로가 밤이 되면 홍등으로 가득 차게 된다. 사람들은 북정로의 홍등이 벽호의 호수에 비치는 모습을 보고 홍등성이라 부르기도 하였다. 그만큼 많은 사람들이 오고 갔으며 많은 홍루와 청루가 이곳에서 영업을 하고 있었다.

사람들과 마차로 북적이는 홍등가를 이십대 중반의 청년이 걸어가고 있었다. 그 청년은 길의 외곽에서 홍루의 이름들을 일일이 확인하다 용정루라 쓰여진 곳을 발견하곤 곧 안으로 들어갔다. 그 청년은 취하를 찾기 위해 이곳에 온 진파랑이었다.

'남자라 이건가…….'

벽호변에 늘어선 나무숲 사이에서 그 모습을 지켜보던 이십대 초반으로 보이는 청년이 일순 안색을 찌푸렸다.

'하긴, 복건성에서도 가장 유명한 이곳 홍등성을 그냥 지나친다면 남자가 아니겠지.'

청년은 곧 숲에서 나와 사람들 사이로 섞이더니 소리없이 용정루의 담을 넘었다.

진파랑이 안내를 받아 방 안으로 들어가고 잠시 시간이 흐른 뒤, 십대 후반의 소녀가 들어와 미소를 보이며 옆에 앉았다.

"상상이라 합니다."

"예쁘군."

진파랑은 가볍게 한마디 하고 술잔을 들자 상상은 술병을 들어 술을 따랐다.

진파랑은 조용히 물었다.

"이곳에 취하라는 아이가 있다고 하던데?"

상상은 진파랑의 물음에 안색을 찌푸리며 입술을 내밀었다.

"오는 사람마다 언니를 찾네요. 워낙에 유명하다 보니 그렇긴 하겠지만……."

상상의 대답을 들은 진파랑은 자신이 잘 찾아왔다는 것을 알았다.

"어디에 있는지 아느냐?"

"왜요? 만나보시게요?"

진파랑은 가볍게 웃으며 고개를 끄덕였다.

"만날 수 있으면 만나고 싶지. 남자라면 누구나 아름다운 여자를 보고 싶어하지."

"그렇죠."

상상이 그 말에 수긍한다는 듯 대답하자 진파랑은 다시 물었다.

"어디에 있는지 아느냐?"

상상이 눈을 동그랗게 뜨고 진파랑을 쳐다보며 대답했다.

"당연히 여기 안에 있죠. 어디에 있겠어요?"

순진한 대답에 진파랑은 피식거리며 술을 들이켰다. 그리곤 자연스럽게 상상의 어깨를 잡아 품에 안으며 말했다.

"좋은 향기가 나는군."

툭!

진파랑의 손가락이 상상의 목덜미를 스쳤다. 순간 상상의 눈이 감기며 고개가 숙여졌다. 수혈을 제압당한 것이다. 진파랑은 그녀를 안아 침상에 눕힌 후 곧 창밖으로 사라졌다.

이곳에 온 목적은 하나였다. 취하라는 여자를 찾아서 죽이는 일. 오직 그 하나를 위해 용정루에 들어온 것이다.

"하하하하!"

높은 지붕 위에서 내려다보는 용정루의 후원은 밝은 불빛과 함께 사람들의 그림자가 어우러지고 있었다. 낮은 담장 사이로 보이는 십여 개의 별실을 둘러보던 진파랑은 곧 빠르게 움직였다. 취하 정도의 명성이면 본관에서 손님을 맞이할 일이 없을 것이다.

별실에서 높은 사람들과 어울릴 게 뻔하였고, 여러 별실들을 살피다 보면 분명 그녀를 찾을 수 있을 것이라고 생각했다.

쉬쉭!

바람처럼 별원을 지나치던 진파랑은 곧 가장 가까운 별원의 벽에 붙어 안에서 들려오는 목소리에 귀를 기울였다.

"하하하!"

남자들의 웃음소리와 기녀들의 교성이 한데 어우러져 들려왔으나 취하라는 이름은 그 속에 없었다.

쉭!

또다시 진파랑의 신형이 바람처럼 다음 별원으로 향했고, 취하를 찾기 위한 노력은 계속되었다.

한 시진 후 자신의 방으로 돌아온 진파랑은 누워서 곤히 자고 있는 상상을 쳐다보았다.

"없군."

진파랑은 안색을 찌푸리며 고개를 저었다. 상상의 말이 사실이라면 이곳에 있어야 했으나 모든 별원을 다 뒤졌어도 취하라는 여자는 찾을 수 없었다. 그렇다면 상상이 그에게 거짓말을 했다는 것인데, 그건 아닌 것 같았다.

진파랑은 답답한 듯 짧게 숨을 내쉬며 술병을 들었다.

쪼르륵!

술잔에 술이 다 차자 진파랑은 잔을 들어 맞은편에 놓았다.

"목이 마를 텐데 마실 텐가?"

진파랑의 낮은 목소리가 허공중에 울렸으나 대답은 없었다.

쪼르륵!

술 따르는 소리만이 공허하게 울렸고, 진파랑은 자신의 잔을 들어 마셨다.

"이번에도 안 나오면 나도 어쩔 수가 없네."

진파랑의 낮은 목소리가 울림과 동시에 그의 손이 도의 손잡이를 잡아갔다. 그 순간 강력한 살기가 방 안에 가득 차기 시작했다.

"훗!"

이질적인 소리가 울렸고 진파랑의 앞엔 어느새 나타났는지 모를 이십대 초반의 청년이 앉아 있었다. 마치 유령처럼 나타난 그 모습에 진파랑은 미소를 그리며 도를 잡던 손을 풀었다.

"오랜만이군."

진파랑의 목소리에 의자에 앉은 청년이 조금 놀랍다는 듯 눈을 흡떴다. 그러자 진파랑 역시 차갑게 눈동자를 굴렸다.

"왜 그러나, 정룡? 우린 모용세가에서도 만난 사이가 아닌가?"

일순 청년의 눈동자가 굳어졌다.

진파랑은 그녀가 나타나자 얼굴만 보고도 즉시 청란이란 사실을 알아챘다. 그녀가 변장했던 청년의 얼굴을 지금까지 잊지 못하고 있었기 때문이다. 그 청년의 얼굴 때문에 자신이 어떤 고초를 겪었던가?

청란은 자신의 얼굴을 만지며 잠시 입술을 깨물었다. 진파랑이란 이름을 어디선가 들어본 적이 있다고 생각했었고, 눈앞에 앉은 청년의 얼굴을 본 것 같은 얼굴이었다. 그리고 진파랑의 입을 통해 흘러나온 말에 그를 어디에서 만났는지를 떠올릴 수 있었다.

"이거… 가시방석이 따로 없군그래."

"여전히 변함없는 얼굴이야."

청란의 목소리는 굳어 있었고 진파랑의 목소리는 차가웠다.

"그런 이야기를 할 때가 아닌 것 같은데?"

그렇게 말한 청란이 손바닥을 내밀었다.

"삼 년 전 뺏어간 천지검의 조각… 어서 내놔."

"내 뒤를 밟은 이유가 그것 때문이었군."

"다른 이유가 있을 것 같아?"

청란의 대답에 진파랑은 가볍게 웃으며 고개를 저었다.

"말은 확실히 하지. 뺏어간 게 아니라 주운 것일 뿐이야. 거기다, 몇 글자 되지도 않는 글을 그동안 설마 외우지 못한 것은 아니겠지?"

"외웠지. 외웠지만 사람의 심리라는 게 확인하고 싶은 거 아니겠어? 쓸데없는 소리 하지 말고 내놓기나 해."

"미안하지만 없어. 잃어버렸거든."

청란의 안색이 굳어졌다.

"필요도 없는 물건을 삼 년 동안 가지고 다닐 거라 생각했나? 그랬다면 사람을 잘못 본 것 같은데? 더 이상 내 뒤를 따라다녀 봐야 나올 게 없으니 이 짓, 그만 하지?"

"흥! 애초부터 쉽게 얻을 거란 생각은 하지 않았어. 거기다 네게 관심을 가지고 있는 사람도 있으니 따라다니는 짓만큼은 그만둘 수가 없겠군."

"내게 관심을 갖고 있는 놈이 누군지 궁금하군."

진파랑의 눈동자가 반짝이자 청란은 살짝 미소만 그렸다. 그 모습에 진파랑은 다시 말했다.

"그런데 이상하군. 천하에 암월화가 누구의 말을 듣고 행동할 줄이야……. 거기다 죽었다고 들었는데 이렇게 다시 나타나 하는 말이 누가 시켜서 내 뒤를 밟고 있다라니……. 누구일까? 나를 알고 싶어하는 사람이."

진파랑의 말에 청란은 기분이 상했다. 그리고 눈앞에 앉아 있는 진파랑이 생각보다 사람의 심리를 잘 이용한다고 여겼다. 왠지 동생인 구자용을 보는 것 같자 저절로 아미가 찌푸려졌다.

"그렇게 말해도 말해줄 수 있는 입장이 아니야."

"그렇군."

진파랑은 고개를 끄덕였다. 청란을 화나게 해서 자신에게 관심을 갖고 있는 인물이 누구인지 알아보려 하였다. 하지만 청란의 대답에 진파랑은 더 이상 알아낼 수 없다는 것을 알게 된 것이다.

"정말 놀랐어."

청란이 찻잔을 만지며 말했다. 시선을 던지자 진파랑의 눈과 마주친 청란은 턱을 괴며 다시 말했다.

"모용세가에서 봤을 땐 그저 그런 놈이라고만 생각했는데… 언제 이렇게 명성을 날리기 시작한 것이지, 진일?"

진파랑은 자신의 예전 이름을 듣게 되자 안색을 찌푸리다 이내 고개를 저으며 가볍게 웃음을 흘렸다. 그러자 청란이 다시 말했다.

"지금 내가 천문성의 옥정 분타로 달려가 진일이 이곳에 있다고 말한다면 어떻게 될까?"

"글쎄, 궁금하면 해보는 것도 좋겠지."

진파랑이 담담하게 말하자 청란은 안색을 굳히며 짧게 숨을 내쉬었다. 목소리는 부드러웠으나 담겨 있는 살기는 강렬했기 때문이다.

"농담도 안 통하는 놈이로군. 설마하니 내가 그럴까?"

"사람 입은 본능적으로 움직인다고 하더군."

진파랑의 말에 청란은 짧게 웃음을 흘렸다. 눈앞에 앉아 있는 진파랑이 정말 진일이란 것을 좀 전의 대화로 확인했기 때문이다. 또한 단신으로 천문성의 분타 하나를 괴멸시켰다면 그 무공을 어느 정도 예측할 수는 있었다. 그런데 어리석게 알릴까? 알린다고 해서 자신에게 이득될 것은 아무것도 없었다.

"내 뒤를 밟은 목적이 누가 시켜서인가? 아니면 천지검 때문인가?"

"둘 다. 다른 이유가 하나 더 있다면, 네 무공이 이렇게 강했었나에 대한 궁금함 정도? 천지검을 얻었기 때문인지, 아니면 네 본연의 무공인지 궁금하거든?"

"그런 이유라면 알려주지. 천지검에 대해선 아는 바가 아무것도 없어."

"그렇다면 지금 무공이 본래의 실력이었다고?"

청란이 어이없다는 표정으로 묻자 진파랑은 천천히 고개를 끄덕였다. 그리곤 다시 말했다.

"네게 빚이 있는 것 같은데?"

"빚?"

"도둑질하고 그냥 떠났기 때문에 같은 방을 썼던 내가 곤욕을 치렀지."

진파랑의 말에 청란의 안색이 굳어졌다.

"그 빚도 갚아야 할 텐데."

말을 하는 동안 주변의 공기가 차갑게 식어가자 청란은 재빠르게 자리에서 일어서며 말했다.

"갑자기 볼일이 생각났어! 아, 맞아! 그거였지. 그럼 잘 자."

막 걸음을 떼어놓으려는 순간 청란은 눈을 휘둥그레 뜨며 앞을 쳐다보았다. 어느새 진파랑이 청란의 앞을 막아서 있었기 때문이다. 바람 소리조차 들리지 않게 이동한 것이다. 마지령에게 배운 유종보를 펼친 것이다.

"빚은 갚아야지?"

"저기… 무슨……?"

"담장 넘는 기술은 천하제일이 아니었던가?"

청란이 안색을 찌푸리며 팔짱을 끼자 진파랑이 다시 말했다.

"용정루에 취하라는 여자가 있는데 어디에 있는지 알아낼 수는 있겠지?"

"그걸 알아오면 없던 것으로 하자?"

진파랑이 고개를 끄덕였다. 청란에겐 그리 어려운 일이 아니기에 쉽게 승낙하였다.

"새벽에 올 테니 그때까지 기다리라고."

"그러지."

쉭!

진파랑이 대답하는 순간 청란의 모습이 유령처럼 눈앞에서 사라졌다.

용정루의 담을 몰래 넘은 청란은 취하를 찾기 위해 움직였다. 그녀를 찾는 데 그리 긴 시간이 필요치는 않았다. 운이 좋게도 취하의 방으로 향하는 용정루의 주인을 발견했기 때문이다.

물론 취하라는 이름을 거론했기 때문에 따라간 것이었고, 작고 조용한 방 안에 앉아 있는 취하를 천장에서 볼 수 있었다. 취하로 보이는 여자 앞에 서 있는 마흔 초반의 여자 역시 그녀의 눈에 담겼다. 그녀는 이곳 용정로의 주인인 조산이 분명했다.

"손님을 받지 않는다면 너를 어떻게 내가 돌봐줄 수가 있겠느냐? 벌써 두 달이다. 그동안 너를 보기 위해 얼마나 많은 사람들이 다녀갔는지 아느냐?"

수심에 찬 눈동자로 앉아 있는 취하를 쳐다보는 조산은 아무 대답 없는 취하의 얼굴을 쳐다보다 답답하다는 표정으로 그 앞에 앉았다.

"정말 그를 믿는 것이냐?"

조산의 말에 취하가 그제야 눈동자를 반짝이며 고개를 끄덕였다. 그녀의 그런 여린 눈동자가 조산에겐 애처롭게 보였다. 정말 눈에 넣어도 아프지 않을 것 같은 얼굴이었기 때문이다. 그녀는 분명 아름다웠다.

"두 달 전… 분명 그분은 다시 오신다고 하셨어요. 다시 올 땐 저를 데려가겠다고……."

말을 하는 취하의 속눈썹은 미미하게 떨리고 있었으며, 주먹을 쥔 양손 역시 조금 흔들리고 있었다. 그 모습에 조산은 짧게 숨을 내쉬었다. 이제 갓 이십인 취하가 세상에 대해서 알면 얼마나 알고, 또 얼마나 남자를 경험해 봤겠는가? 그저 사랑에 빠졌을 뿐이다. 그렇게 단순하게 생각할 수도 있는 문제였다.

"그 사람이 정말 너를 데려갈 것이라고 생각하느냐?"

조산은 또다시 같은 말만 반복한다고 여겼다. 오늘도 들어와서 어제와 같은 말을 하는 자신을 탓하며 조산은 씁쓸히 고개를 저었다.

"절대로 그 사람은 너를 데려가지 못해. 아니, 데려갈 수 없어. 그 사람은 천문성의 대공자다. 다른 사람도 아닌 천문성의 대공자라고."

"그렇지 않아요!"

취하가 조금 목소리를 높이자 조산은 안색을 찌푸렸다. 확고한 믿음이 담긴 눈빛을 취하가 하고 있었기 때문이다. 무슨 말을 해도 통하지 않을 얼굴이었다.

"제게 분명히 약속하셨어요. 분명히……."

취하는 고개를 숙였다. 조산에게 미안했기 때문이다. 잠시지만 침묵이 방 안을 맴돌았다. 조산은 연신 한숨을 길게 내쉬었고 취하는 조용히 창밖으로 시선을 던졌다.

밤하늘엔 달이 구름에 마치 걸터앉은 것처럼 보였다. 그 모습에 취하는 문득 문자경과 함께 이렇게 창밖으로 밤하늘을 올려다보던 일들이 떠올랐다. 잠시 그렇게 달콤한 회상에 젖어 있던 취하는 곧 고개를 돌려 조산을 쳐다보았다.

"저도 알아요……."

조산이 그 말에 차를 마시려다 말고 시선을 던졌다. 그러자 취하는 씁쓸히 미소를 그리며 말했다.

"저도 알고 있어요, 그분과 함께 갈 수 없다는 걸. 절대 저와 같은 하늘을 볼 수 없다는 것도……. 그래도 믿고 싶어요. 아무리 알고 있다 해도… 입에 발린 소리란 것을 알고 있으면서도… 가슴이… 가슴이 믿으라고 말해요……. 제가… 이상한가요?"

취하의 눈동자에 물방울이 맺히자 조산은 씁쓸히 고개를 저었다. 저렇게까지 말하는데 무슨 말을 해줄 수가 있을까? 조산은 그저 취하의 손을 잡아주기만 하였다. 취하가 다시 말했다.

"그분을 정말 사랑해요……."

취하의 목소리에 담긴 애정이 잡은 손을 통해 느껴지자 조산은 다른 손으로 그녀의 어깨를 쓰다듬기 시작했다. 그런 조산의 입에선 무슨 말인가가 흘러나올 것 같았으나 결국 입을 열지는 않았다. 자신의 딸과도 같은 아이가 사랑한다는데 무슨 말을 하겠는가? 이러한 아픔 역시 좋은 경험이라고 생각했다.

탁!

창을 통해 안으로 들어온 청란은 의자에 앉아 물을 마신 후 진파랑을 쳐다보았다. 진파랑은 침상에서 내려와 청란의 맞은편에 앉았다.

"갔던 일은?"

진파랑의 물음에 청란은 고개를 저었다. 순간 진파랑의 날카로운 살기가 청란의 전신을 마치 잘라 버릴 듯 지나쳤다. 하지만 청란은 안색 하나 변하지 않은 채 그저 담담한 눈으로 진파랑을 쳐다보았다.

"그런데 그 여자는 왜 찾아? 설마… 죽이려는 것은 아니겠지?"

청란은 혹시나 해서 물었다.

"문자경의 여자라고 들었을 뿐이야."

"호오, 그래서 죽이려고?"

"그것도 괜찮겠지."

진파랑은 선선히 대답했다. 취하가 죽었다고 하면 문자경은 분명 흥분할 것이고, 그러한 상태라면 쉽게 둥지를 뛰쳐나올 것이다. 흥분한 상태의 적을 상대하는 것만큼 쉬운 것도 없었다.

"휴우……."

청란은 길게 숨을 내쉬었다. 진파랑은 그런 그녀의 눈동자를 쳐다보았다. 그러자 청란은 다시 한 번 길게 숨을 내쉬더니 천천히 말했다.

"어차피 죽어, 그 여자……."

"……?"

"문자경을 사랑한다고 하더라. 사랑이라… 그 이유 하나만으로도 충분히 죽을걸?"

"무슨 말이지?"

"네가 만약 아버지라고 생각해 봐. 자기 자식이 몸을 파는 기녀와 사랑을 한다는데 너라면 가만히 있겠어? 그것도 명예를 죽음만큼 중요시 여기는 천문성의 총군인데? 이 일이 귀에 들어가는 순간 죽이겠지."

진파랑은 그 말에 안색을 굳히며 고개를 끄덕였다. 청란의 말이 사실이었기 때문이다.

"그렇군."

진파랑은 더 이상 취하에 대해서 생각하지 않기로 하였다.

*　　　*　　　*

"세상은 너무 비정하지."

말을 하는 문자경의 시선이 옆에 앉은 석청림을 향했다. 석청림은 표정의 변화 없는 얼굴로 고개만 끄덕일 뿐이었다.

덜컥! 덜컥!

마차의 바퀴 소리와 그 거친 움직임이 내부로 전해지자 둘의 신형 역시 조금 흔들거렸다. 문자경은 휘장을 열어 창밖을 쳐다보았다. 저 멀리 옥정성이 눈에 들어오는 것만 같았다.

"너무 비정해서 문제야. 특히 이 무림이란 곳은 더욱 그렇지……."

문자경의 중얼거림에 석청림은 대답하지 않았다. 문자경은 살짝 웃으며 다시 말했다.

"나는 그런 비정함이 너무 싫어. 그런데 세상은 내게 비정하라고 말하지. 싫은 일을 해야 할 때처럼 기분 나쁜 것도 없고……."

고개를 돌린 문자경은 침묵하는 석청림의 옆얼굴을 쳐다보았다.

"어떻게 생각하시오?"

"여흥은 여흥일 뿐, 그게 삶이 될 수는 없지."

"그렇지요……."

문자경은 고개를 끄덕이며 다시 창밖을 쳐다보았다. 넓게 펼쳐진 논이 그의 눈에 들어왔다. 잠시지만 즐거웠던 일들이 머릿속을 스치고 지나쳤다. 쉽게 잊혀지지 않을 것 같은 기억들이었다.

"하루 정도만 시간을 줄 수 있겠소?"

석청림은 그 말에 잠시 고민하는 표정을 짓더니 이내 고개를 끄덕였다.

"그러지."

"고맙소."

문자경은 진심으로 말했다. 단 하루지만 중요한 하루가 될 것 같았기 때문이다.

지금까지 살면서 사람을 대할 때 아무런 사심 없이 대한 적이 과연 몇 번이나 있었던가? 확실히 어릴 때를 제외하곤 없었다.

문자경은 잘 꾸며진 방 안에 홀로 앉아 창밖을 쳐다보았다. 자유롭게 뛰어노는 참새들의 모습이 오늘따라 부럽다고 생각되었다. 조용히 앉아 아무런 생각 없이 그저 새들의 모습만을 눈에 담았다.

"천문성……."

문자경은 저도 모르게 자신이 살고 있는 집을 떠올렸다. 그

방대한 크기와 수많은 사람들의 모습이 머리를 스치고 지나
쳤다. 알면 알수록, 나이를 먹으면 먹을수록 감당하기 힘들
정도로 무섭게 다가오는 곳이었다. 그곳에 아버지가 앉아 계
시고 할아버지가 앉아 계셨다. 나이를 먹어갈수록 왠지 모르
게 그분들의 모습이 크게 보였고, 해가 지나면 지날수록 그
큰산은 더욱더 웅장하게 변하는 것 같았다.

문득 아무것도 모를 때가 좋았다는 생각이 들었다. 어릴 때
는 아무런 생각 없이 그저 허물없는 모습으로 그 산에 올라갈
수가 있었기 때문이다. 하지만 이제 그런 시절은 절대 찾아오
지 않을 것이다.

스륵!

옷자락이 스치는 소리에 문자경은 눈을 돌렸다. 그곳에 궁
장의를 곱게 차려입은 취하가 조용한 시선으로 서 있었다. 서
로의 눈이 마주치자 취하의 눈동자가 흔들리기 시작했다.

"오셨군요."

조용한 목소리가 떨림과 함께 흘러나왔다. 아무리 노력하
려 해도 반가운 마음을 감출 수는 없었다. 문자경은 자리에서
일어나 취하의 어깨를 감싸 안았다. 그런 그의 손이 취하의
등을 살짝 두드려 주었다. 마치 어린아이의 울음을 그치게 하
려는 듯 그의 손은 따뜻했다.

"그동안 잘 지냈어?"

"예."

문자경은 미소를 보이며 취하의 손을 잡고 자리에 앉았다.

"보고 싶지는 않았고?"

취하는 고개를 저었다. 당연히 보고 싶었기 때문이다.

"너와 이렇게 함께 있으면 나는 아무런 생각도 들지 않아 좋아. 지금 이 시간을 있는 그대로 받아들일 수 있다는 게."

그렇게 말한 문자경은 취하의 양어깨를 잡고 그녀의 눈과 마주치자 천천히 그녀의 볼을 쓰다듬었다.

"흠……."

석청림은 어두운 나뭇가지 위에 앉아 방의 불이 꺼지는 모습을 보았다. 저절로 침음이 흘러나왔다. 이런 일은 썩 기분이 좋지 않았기 때문이다. 신형을 돌려 나뭇가지에 엉덩이를 붙이고 앉았다.

"불쌍한 놈……."

석청림은 누구에게 한 말일까? 분명 안에는 문자경과 취하만이 있을 뿐이었다. 그렇다면 문자경에게 한 말일까? 석청림은 가볍게 숨을 내쉬며 고개를 저었다.

새벽이 밝아오자 문자경은 방을 나섰다. 문을 열던 문자경은 잠시 걸음을 멈추고 뒤를 돌아보았다. 방 안에선 아직 취하가 잠들어 있었다. 그 모습을 잠시 지켜보던 문자경은 곧 소리없이 밖으로 나갔다.

                    *   *   *

　옥정 분타에 들어온 석청림은 문자경을 찾았다. 그가 머물고 있는 별원으로 가보았지만 그림자도 보이지 않았기 때문이다.

　별원을 나와 후원으로 들어간 석청림은 한참을 찾다 작은 냇물에 발을 담그고 있는 문자경을 발견하였다.

　문자경은 무릎까지 바지를 걷어올리고 작은 바위에 앉아 냇물에 발을 담그고 있었다. 시원한 느낌 때문인지 그의 표정은 어제보다 한결 좋아 보였다. 하지만 눈동자엔 여전히 쓸쓸함이 담겨져 있었다.

　"이별은 아픈 법이네."

　석청림이 등 뒤에서 말을 하자 문자경은 말없이 고개를 끄덕였다. 소리없이 나타나 갑자기 말을 하였으면 보통 놀랄 만도 하였으나 문자경은 이미 그가 왔다는 것을 알았는지, 아니면 다른 생각에 골몰하고 있는 것인지 표정의 변화가 없었다.

　"술을 마시고 싶군."

　문득 문자경이 중얼거렸다. 그러자 석청림이 이미 준비했다는 듯 어디에서 구해왔는지 모를 술병 하나를 문자경의 옆에 내려놓았다. 그 모습에 문자경은 시선을 돌려 석청림은 쳐다보았다.

"고맙소."

"그럼."

석청림은 곧 허리를 숙이고 신형을 돌렸다. 이럴 때는 그저 혼자 두는 것이 최고라는 것을 잘 알기 때문이었다.

석청림의 인기척이 완전하게 주변에서 사라지자 문자경은 그제야 술병을 들었다. 문득 그의 눈동자가 크게 흔들렸다. 취하의 고운 얼굴이 떠올랐기 때문이다.

그녀를 처음 만난 것은 일 년 전, 초여름이었다. 봄이 거의 가고 여름이 다가오던 날이었다. 날씨가 더운 어느 날 문자경은 순찰당주가 된 이후 처음으로 천문성을 나와 여러 분타를 돌며 순찰을 다녔다. 그리고 옥정성에서 취하를 만난 것이다.

옥정성의 외곽에 흐르는 냇물은 맑은 소리와 함께 지나가는 사람들의 발을 가끔 잡아두었다. 그리 깊지 않은 냇물엔 많은 어린이들이 놀고 있었으며 많은 사람들이 나무 그늘에 앉아 휴식을 취하기도 했다.

다각! 다각!

홀로 성내를 돌던 문자경은 냇가에서 들리는 아이들의 웃음소리에 잠시 걸음을 멈추었다. 가만히 서서 놀고 있는 아이들의 얼굴을 바라보니 저도 모르게 발걸음은 냇가로 향하게 되었다.

버드나무가 만든 큰 그늘 밑으로 내려간 문자경은 발끝이 냇물에 닿을 정도로 다가섰다. 시원한 바람이 불어오자 절로 기분이 좋아지는 것 같았다. 문득 고개를 돌리자 옆에 한 소녀가 작은 돌 위에 엉덩이를 붙이고 앉아 있었다.

문자경은 소녀가 물에 발을 담그고 있다는 사실에 저도 모르게 미소를 그렸다. 소녀는 문자경의 시선을 아는지 모르는지 천천히 발을 움직이고 있었다.

첨벙! 첨벙!

그 모습이 문자경의 눈에 마치 못이라도 박히듯 들어왔다. 가만히 웃고 있는 소녀의 옆얼굴이 너무나 천진스러웠기 때문이다.

행화비렴산여춘(杏花飛簾散餘春)한데

"살구꽃이 발로 날아들어 남은 봄마저 흩뜨리는 듯한데……."

문자경은 저도 모르게 중얼거렸다. 누가 시킨 것도 아니었고 옆에 앉아 있는 소녀가 입을 연 것도 아니었다. 하지만 그 소녀를 보는 순간 자신도 모르게 입을 연 것이다.

소녀는 문자경의 목소리에 고개를 돌렸다. 시선과 시선이 잠시 마주치자 소녀는 가볍게 미소를 그리며 입을 열었다.

명월입호심유인(明月入戶尋幽人)이라.

"밝은 달이 문으로 들어와 고요히 사는 사람 찾아온다."
소녀가 방긋 웃으며 대답하자 문자경은 눈을 크게 뜨곤 잠시 소녀를 쳐다보았다. 자신의 말을 받아주었기 때문이다. 문자경은 문득 자신의 가슴이 크게 뛰고 있다는 것을 느끼곤 깜짝 놀랐다. 그러한 놀람이 입을 통해 다시 흘러나왔다.

건의보월답화영(褰衣步月踏花影)하니

"옷자락 걷고 달 아래 거닐며 꽃 그림자 밟노라니……."
문자영의 말에 소녀가 자리에서 일어나 물속에 발을 담그며 방긋 웃음을 보였다.

형여류수함청빈(炯如流水涵青蘋)이라.

"환하기가 마치 흐르는 물에 푸른 부평초 적시는 듯하다…풋!"
소녀가 손으로 입을 가리며 웃음을 흘렸고, 문자경 또한 저도 모르게 웃기 시작했다.
"하하! 하하하하!"
문자경은 태어나서 처음으로 이렇게 아무런 생각도 하지

않은 채 그저 지금의 상황이 너무 좋아 웃었다. 흐르는 물 위에 서 있는 소녀의 웃음 띤 모습에 마치 모든 수심과 근심이 사라지는 것 같았다. 그리고 그녀가 용정루의 취하라는 것을 알게 되었다.

第四章
망설임

진가도

옥정성에 들어온 지 열흘이 지나도록 진파랑은 방 안에서 움직이지 않았다. 타지인에 대한 경계가 전보다 더욱 강화되었기 때문이다.

길을 조금만 걷다 보면 천문성의 무사들이 지나가는 것을 볼 수가 있었다. 혹시라도 그들과 부딪치게 된다면 일이 귀찮게 될 것이다. 그것을 알기에 거리에 나가는 것을 자제하는 중이었다.

딸깍!

문소리에 고개를 돌린 진파랑은 안으로 들어온 붉은 옷의 여성을 발견하곤 안색을 굳혔다. 처음 보는 얼굴이었기 때문이다.

그 여성은 마치 자기 방에 들어온 것처럼 아무런 거리낌 없이 걸음을 옮기더니 의자에 앉아 차를 마셨다.

탁!

"휴우… 온 성내가 천문성의 무사들투성이군. 조금만 걸어도 눈에 띄니……."

탁자에 찻잔을 소리나게 내려놓은 여성은 깊은 한숨과 함께 투덜거리며 진파랑을 향해 시선을 돌렸다. 눈이 마주치자 진파랑은 굳은 표정으로 물었다.

"누구지?"

"아!"

진파랑의 물음에 순간 여성의 안색이 굳어지더니 자신의 옷차림을 살폈다. 급하게 오느라 남장한다는 것을 깜박하고 변장을 하지 못한 것이다.

"이런 내 정신 좀 봐. 미안하군요. 내가 방을 잘못 들어온 모양이네요. 그럼……."

그렇게 말한 여성은 천연덕스럽게 자리에서 일어나 문 쪽으로 향했다. 순간 진파랑이 말했다.

"천하의 암월화도 실수를 하는군."

진파랑의 목소리에 청란은 아미를 찌푸리며 다시 신형을 돌려 의자에 앉았다. 들킨 이상 어쩔 수 없다는 것을 알았기 때문이다.

"잘 알아보네?"

"손에 점이 있거든."

청란은 진파랑이 자신의 손목을 손가락으로 가리키자 안색을 굳혔다. 손목에 조금 큰 점이 있었기 때문이다. 물론 이 점을 청란도 알고 있었다. 하지만 가끔 급할 땐 점을 지우는 일을 잊어버렸다. 거기다 지금까지 점에 대해서 이야기하는 사람을 만나본 적이 없었기에 깜박 잊어버려도 대수롭지 않게 여기고 있었다. 하지만 진파랑이 알아보자 이제는 잊지 말고 지워야겠다고 생각하였다.

"더욱이 내 방에 이렇게 쉽게 들어올 수 있는 사람은 암월화뿐이 없을 테니. 설마 방을 착각해서 나를 보고도 그리 행동한 것은 아니겠지?"

진파랑의 말에 청란은 어설프게 미소를 보였다.

"좋은 소식이 있어서 급하게 왔을 뿐이야."

"좋은 소식?"

진파랑이 좋은 소식이란 말에 반응을 보이자 청란은 고개를 끄덕이며 눈웃음을 보였다. 웃는 모습이 의외로 귀엽다는 생각이 진파랑의 머릿속을 스쳤다.

"알고 싶어?"

마치 약을 올리듯 말하는 그녀의 목소리에 진파랑은 안색을 찌푸리며 고개를 저었다.

"농담할 상대로는 적절하지 못한 것 같지 않나?"

"정보에는 돈이 들지?"

"돈을 달라는 말인가?"

"아니, 내게서 가져간 물건."

"아직도 포기하지 않았군?"

진파랑은 그 말에 안색을 찌푸렸다.

"당연한 거 아니야? 내 인생을 걸었는데?"

"헛것에 인생 낭비하지 말고 지금 사는 것에 최선을 다하는 것이 좀 더 현실적이지 않을까? 나는 그렇게 생각하는데?"

진파랑의 목소리가 낮게 흐르자 청란이 한숨을 내쉬며 인상을 찡그렸다.

"네 인생관을 나에게 알려줄 필요는 없어. 나는 단지 알고 싶을 뿐이니까."

"더 이상 네게 말해줄 이야기는 없어."

진파랑의 짧은 대답에 청란은 자리에서 일어섰다.

"그럼 그냥 갈게."

그렇게 말한 청란이 빠른 걸음으로 문 쪽으로 향하다 문득 걸음을 멈추며 고개를 돌렸다. 진파랑은 창밖으로 시선을 돌린 채 거리를 응시하고 있었다. 그 모습에 청란은 화가 나는지 허리에 손을 얹으며 말했다.

"보통 궁금해서라도 잡거나 물어보는 게 당연한 거 아니야?"

"내가 알고 싶어하는 정보가 어떤 것인지 알고는 있나?"

그 물음에 청란이 고개를 끄덕이며 미소를 보였다.

"당연히 알고 있으니 좋은 소식이라고 했지. 문자경이잖아? 지금 문자경이 이곳에 와 있다는 소식이야."

"과연."

진파랑은 그 말에 고개를 끄덕였다.

"잘해보라고, 옥정 분타에 있으니."

탁!

그렇게 말한 청란은 미련없이 문을 닫고 밖으로 나갔다. 그녀의 발소리가 완전하게 사라지자 진파랑은 고개를 돌려 창밖을 다시 한 번 쳐다보았다. 저 멀리 옥정 분타의 모습이 눈에 들어왔다.

"있었군……."

옥정 분타에 출근한 정두는 순찰을 나가려다 분타주의 부름을 받았다. 보통 단주인 그를 분타주가 직접 부르는 경우가 드물었기에 안 좋은 예감이 들었다.

분타주의 집무실로 들어간 정두는 상석에 앉아 있는 문자경을 발견하였다. 그리고 그 옆에 서 있는 석청림과 처음 보는 중년인 세 명도 눈에 들어왔다. 그들은 그저 조용한 시선으로 정두를 쳐다보았는데 잠시 눈이 마주쳤을 뿐인데도 전신이 긴장되는 것을 느껴야 했다. 모두 절정의 고수들이 분명해 보였다.

힐긋거리며 옆을 보자 분타주인 홍학이 경직된 표정으로
서 있었다.

"자네가 정두인가?"

문자경의 목소리에 정두는 얼른 허리를 숙였다.

"그렇습니다."

그런 정두의 옆으로 분타주인 홍학이 다가왔다.

"별일 아니니 너무 긴장하지 말게나."

"예."

홍학의 낮은 목소리에 정두가 대답하며 허리를 폈다. 그러
자 문자경의 시선과 정면으로 마주하게 되었다.

'정점……'

문득 정두의 머릿속으로 천문성의 거대한 모습이 지나쳤
다. 그리고 자신의 아내와 딸의 얼굴까지도.

"듣자 하니 자네가 진일이란 자와 동기라고 하더군. 사실
인가?"

정두는 역시나 하는 생각이 들었다. 자신의 불길한 예감이
맞았기 때문이다.

"그렇습니다."

정두의 경직된 대답에 문자경이 고개를 끄덕였다. 그리곤
주변을 둘러보며 말했다.

"이런! 분위기가 너무 딱딱한 것 같군그래. 이리 가까이 와
서 의자에 앉지."

문자경의 말에 홍학이 번개처럼 문자경의 맞은편에 의자를 놓았다. 홍학이 눈짓을 하자 정두가 굳은 표정으로 걸어가 문자경의 맞은편에 앉았다. 그제야 문자경은 부드러운 미소를 보였다.

　"그래, 진일은 어떤 자인가? 자네는 동기이니 잘 알 것 같은데?"

　"어릴 때 함께 지낸 것은 사실이나 친한 사이가 아니었기에 그저 얼굴만 알고 있을 뿐입니다."

　"호오… 그렇단 말이지?"

　"그렇습니다."

　문자경은 정두의 대답에 안색을 찌푸렸다. 정두의 말처럼 우림각에서 교육을 받은 아이들은 한두 명이 아니었고 몇백 명에 달했다. 몇백 명에 달하는 아이들이 모두 친하게 지내겠는가? 마음 맞는 사람끼리 친하게 지내는 법이다. 그러다 생각난 듯 조용히 다시 말했다.

　"그저 동기라는 이유로 자네를 핍박한다면 말이 되겠는가? 사소한 것이라도 좋으니 그저 진일에 대해서 알고자 했을 뿐이네."

　"잘은 모르나 감우의라는 동기와 자주 싸운 것으로 알고 있습니다."

　"그래?"

　감우의라는 말에 문자경은 잠시 눈을 빛냈다가 이내 안색을 굳혔다. 그는 죽었기 때문이다.

"그 외에는… 잘 모르겠습니다."

"그래, 알았네."

정두의 말에 고개를 끄덕인 문자경이 손짓을 했다. 곧 정두
는 자리에서 일어나 정중히 인사하고 밖으로 나갔다.

정두가 나가자 문자경은 옆에 서 있는 석청림을 향해 시선
을 던지며 말했다.

"어떻게 생각하시오?"

"저자의 말엔 거짓이 없어 보이네."

문자경은 턱을 매만지다 생각난 듯 옥정 분타주인 홍학에
게 눈을 돌리며 물었다.

"현마각에선 연락이 없소?"

"아직 없습니다. 조만간 인사각주께서 오신다면 달라질 것
으로 보이나, 아직은……."

"진일의 흔적을 쫓는 게 그리 어렵단 말이오?"

"현마각주가 죽었기 때문에 잠시의 공백이 존재할 뿐이지
요. 잘 아시다시피 현마각주가 죽었다고 해서 쉽게 우리의 눈
이 사라지겠습니까? 며칠 안으로 진일을 잡을 것이니 너무 걱
정하지 마십시오."

문자경의 말에 우측에 서 있던 오십대 초반의 중년인이 조
용히 대꾸했다. 그는 문사풍의 인물로 손엔 섭선을 쥐고 있었
다. 총군인 문대영이 거느리는 인물 중 한 명으로 정혁성이라

불렀다.

정혁성의 말에 문자경은 안색을 풀며 짧게 숨을 내쉬었다. 곧 그의 시선이 정혁성의 옆에 서 있는 다른 두 명에게로 향했다. 그들은 문자경이 개인적으로 데리고 다니는 인물들로 한 명은 과거 진일을 쫓은 적이 있는 궁귀 변양도였다. 다른 한 명은 삼십대 후반으로 보이는, 조금 작은 키에 유엽도를 허리에 차고 있는 인물로 곽원이라 불렸다.

그들을 쳐다보던 문자경은 곧 시선을 석청림에게 던졌다.

"진일의 무공에 대해선 어떻게 생각하시오?"

"절정 급이겠지."

딱 부러지게 석청림이 대답했다. 문자경도 고개를 끄덕였다. 보고서의 내용만 봐도 그가 절정의 무인이란 것을 알 수 있었기 때문이다. 그래도 석청림에게 다시 한 번 확인해 보고 싶었다.

"하지만 절정 급이라 해도 혼자. 성난 맹수가 산을 무너뜨리지는 못합니다. 그저 산에 들어오는 게 다이지요."

변양도의 조용한 목소리에 문자경은 고개를 끄덕였다.

타타탁!

"타주님!"

바쁜 걸음으로 수하 한 명이 방 안에 들어와 부복하며 분타주인 홍학에게 서찰을 건넸다.

"무슨 일이냐?"

홍학은 예의도 없이 급하게 들어온 수하를 향해 살기를 보이며 눈살을 찌푸렸다.

"밖에서 어떤 꼬마가 전해주고 간 것입니다."

"그래?"

홍학은 의구심이 담긴 눈동자로 서찰을 받아 들었다. 그리곤 펼쳐 읽다 안색을 굳히며 문자경에게 내밀었다. 문자경은 홍학이 전해준 서찰을 읽었다. 순간 그의 전신에서 살기가 피어나기 시작했다.

"무슨 내용이십니까?"

정혁성의 물음에 문자경은 서찰을 그의 앞으로 내밀었다. 정혁성은 서찰을 읽으며 고개를 끄덕였다. 그런 그의 입가에 미소가 걸렸다.

"쥐가 제 발로 덫을 향해 오는군요."

문자경이 굳어진 표정으로 고개를 끄덕였다. 곧 정혁성은 탁자 위에 서찰을 내려놓았다. 모두가 볼 수 있게.

진일을 찾고 있다면 수고를 덜어주겠소. 진일은 옥정에 있소. 그리고 곧 이곳으로 올 것이오.

"음……."

서찰을 확인한 석청림은 안색을 찌푸리며 눈동자를 굴렸다.

"누가 보냈을 것 같소?"

문자경이 사람들에게 묻자 정혁성이 미소를 보이며 다시 말했다.

"누가 보낸 게 중요한 것이 아니라 진일이 곧 이곳에 온다는 것이 중요한 것입니다."

"하지만 믿을 만한 것일까?"

석청림의 물음은 당연한 것이었다. 누군지도 모르는 꼬마가 슬쩍 던져 주고 간 서찰의 내용을 쉽게 믿을 수가 없었다. 하지만 정혁성은 달랐다. 석청림이 시선을 던지자 정혁성은 고개를 끄덕였다.

"아마 우리 말고도 진일을 잡고 싶어하는 사람이 또 존재하는 것 같군요."

정혁성은 그렇게 말하며 가볍게 웃고 있었다.

높은 거각의 지붕에 앉아 있는 청란은 멀리 보이는 옥정 분타의 모습을 눈으로 담고 있었다.

"훗!"

옥정 분타의 무사들이 어느 순간 바쁘게 움직이고 있는 모습과 순찰을 나갔던 많은 분타의 무사들이 모두 속속들이 복귀하는 모습에 눈웃음이 저절로 일어났다.

"재밌겠어."

가볍게 중얼거린 목소리가 사라지기도 전에 그녀의 모습

이 사라졌다.

　사람들이 하루의 일과를 마치고 집으로 귀가하는 시간이
었고, 뛰어 놀던 아이들도 집으로 향하는 시간이었다. 그리고
가족이 있는 천문성의 무사들도 집으로 향할 것이다.

　스릉!

　도를 들어 도집에서 꺼내보았다. 구양 분타에서 피를 본 이
후 잘 손질해서 그런지 도면은 선명하게 빛나고 있었다. 도면
에 비친 얼굴이 눈웃음을 그리고 있었다.

　탁!

　도를 도집에 넣은 진파랑은 오늘을 위해 준비한 흑색 무복
을 입었다. 흑색은 어둠이 깔리면 눈에 띄지 않는 색이다. 무
엇보다 피에 전 자신의 모습을 감춰준다. 얼마나 많은 피가
묻었는지, 또 자신이 얼마나 나쁜 사람인지… 얼마나 많은 사
람을 죽였는지조차도 흑색의 무복은 가려준다. 아마도 이 일
이 끝나면 동이 트기 전에 물을 찾아 옷과 몸을 씻을 것이다.
그렇게 피를 씻고 아침을 맞이한다면 많은 사람을 죽인 죄책
감도 사라질 것이다.

　"후읍!"

　숨을 크게 들이마신 진파랑은 곧 천천히 내뱉으며 밖으로
걸어나갔다. 문을 연 진파랑은 잠시 고개를 돌려 자신이 머문
방 안을 쳐다보았다. 꽤 오래 머문 것 같은데도 방 안은 처음

과 변한 게 거의 없는 것 같았다. 마치 이곳에 아무도 머문 사람이 없었던 것처럼 느껴졌다. 문득 자신의 모습을 보는 것 같았다. 곧 온기없는 방 안의 모습에서 고개를 돌린 진파랑은 빠르게 이동해 갔다.

*   *   *

두두두두!

거대한 천문성의 정문으로 사두마차 한 대가 빠르게 달려 들어 갔다. 사두마차는 한참을 달려온 듯 흙먼지에 싸여 황색을 띠고 있었다. 말들은 꽤나 지친 표정이었고 마부석에 앉은 청년 역시 무척 지친 표정이었다.

외성을 지나 내성으로 다가가는 마차의 모습에 무사들이 길을 막으려 했으나 마차의 뒤에 매달린 깃발을 발견하는 순간 길을 열어주었다. 각주 급 이상만이 달 수 있는 황색 천 자가 쓰여져 있었기 때문이다.

두두두!

마차는 내성의 정문을 통과하더니 곧 연무장의 끝에 멈춰섰다. 사람들이 마치 기다렸다는 듯이 마중 나왔고, 마차의 문을 열고 신주주가 내렸다. 그녀는 굳은 표정을 한 채 차가운 시선으로 마중 나온 사람들을 둘러보다 발걸음을 옮겼다.

"진일의 위치는?"

발걸음을 옮기던 신주주가 옆에 따라붙은 현마각의 부각주인 곽위에게 묻자 곽위가 빠르게 대답했다.

"구양 분타를 중심으로 그의 움직임을 수색하고 있으나 찾지 못했습니다. 하지만 조만간 꼬리가 잡힐 것입니다."

"음영대는 몇이나 투입시켰지?"

"삼 할입니다."

"삼 할?"

신주주가 그 말에 걸음을 멈추곤 어이없다는 듯 곽위를 쳐다보다 이내 차갑게 안색을 굳혔다. 그 변화에 곽위의 표정이 경직되었다. 그녀의 눈동자에서 살기가 피어났기 때문이다.

"현마각주를 죽인 놈이다. 그런데 삼 할이라고? 겨우 그 정도로 그놈의 움직임을 잡을 수나 있겠나?"

"하지만 삼 할이면 복건성 전체를 담당하는 인원입니다."

"과거 천문성에 있던 놈이다. 집 안에 있던 놈이 밖으로 나가 우리에게 칼을 겨누는데 너는 통상적인 절차로만 상대하려 하는구나? 음영대 칠 할과 혼영대 삼 할을 투입시켜. 구양 분타 주변을 수색하지 말고 구양에서 본 성으로 오는 길목을 찾으란 말이다."

"알겠습니다."

곽위가 분위기를 읽고 재빠르게 대답했다. 그러자 신주주는 그 옆에 서 있는 인사각 부각주 유영렬을 쳐다보며 말했다.

"별일없겠지?"

"그렇습니다."

신주주는 고개를 끄덕이며 빠르게 다시 걸었다.

"신 각주가 오셨습니다."

밖에서 들려온 목소리에 문대영이 자리에서 일어났다.

"안내해라."

그의 목소리에 곧 시비와 함께 신주주가 들어왔다. 신주주를 본 문대영이 미소를 그리며 한시름 놓았다는 듯 자리를 권했다. 신주주가 앉자 문대영이 말했다.

"여행은 즐거웠나?"

"잘 아시면서 묻는군요."

"하긴… 휴식을 취하라고 보낸 여행이지만 자네는 일을 하지. 하하."

문대영이 가볍게 웃어 보이자 앞에 앉은 신주주는 짧게 숨을 내쉬며 마음을 가라앉힐 수가 있었다. 긴장된 공기를 문대영이 일소시켜 준 것이다.

"별일은 없었나?"

"불러놓고 그런 말을 하시는군요."

"내 말은 부르기 전까지 별일이 없었냐는 거지."

찰나지만 문대영의 눈동자가 반짝이는 것을 신주주는 느낄 수가 있었다.

"늘 그렇듯이 순찰은 순조로웠지요, 살수를 만나기 전까진."

"살수?"

문대영은 그 말에 안색을 굳혔다.

"소식 들어서 알고 있을 텐데요?"

신주주의 물음에 문대영은 염무단 제삼단주의 죽음에 대해서 보고받은 것을 떠올렸다.

"음… 그렇지. 그 살수로군. 그래, 잡았나?"

"분타나 소수 문파들의 능력으론 일급 살수를 잡을 수가 없어요. 지금 조사 중인데 아직 소식이 없는 것으로 보아 놓친 것이 틀림없을 것 같군요."

신주주의 대답에 문대영은 살수 조직들을 머릿속에 떠올렸다. 하지만 그 이상은 생각하지 않았다. 그 이상의 문제들은 모두 수하들이 해야 할 일이기 때문이었다.

"문제는 진일이 아닌가요?"

"그렇지. 그런데 말이야, 조금 궁금한 게 있네."

그의 목소리에 담긴 의문에 신주주는 궁금한 표정을 그렸다.

"무엇이요?"

"그자가 왜 이제야 나타났는지 사실 그게 궁금하네."

"음……."

신주주가 그 말에 자신도 궁금한지 의문 섞인 표정으로 아미를 찌푸렸다. 그 모습에 문대영이 다시 말했다.

"궁금하지 않나? 분명 그자는 조 각주를 죽이고 도망친 놈이야. 그런데 이제 와서 왜 나타났을까? 그것도 칼을 겨누고 말이지. 천문성에 대해서 잘 알 텐데, 단주까지 지낸 놈이라면. 그런데도 그자는 우리에게 칼을 겨누었네. 자네는 어떻게 생각하나?"

"보통 이런 경우는 원한 정도밖에 답이 없는 것 같은데요?"

신주주의 말에 문대영은 고개를 끄덕였다. 자신의 생각도 같았기 때문이다.

"그래서 말인데… 그 진일이란 자에 대해서 조금 조사를 했었네."

그 말에 신주주가 눈을 반짝였다. 총군인 문대영이 직접 조사를 했다면 분명 소득이 있었을 것이다. 또한 자신의 직할대를 사용했다는 것인데, 그것은 그만큼 신경을 쓰고 있다는 이야기였다.

'자식이 걸려 있으니…….'

신주주는 문자경이 이 문제의 핵심에 있다는 것을 잘 알고 있었으나 애써 외면하였다. 그래야 했기 때문이다. 열 길 물속은 알아도 한 길 사람 속은 모른다고 했다. 지금 문대영은 눈앞에 앉아 있는 신주주가 문자경에 대해 원한을 가지고 있다는 사실에 대해서 알고는 있을까? 분명 모를 것이다.

"진파랑이라고 아는가? 강호상에 그래도 이름은 조금 있는 자였더군."

"들어본 것 같군요. 마지령과 함께 권왕을 상대했다는 그자에 대해서…….'

"그자가 진일이네."

"음……."

"그래서 진파랑이란 인물에 대해 조사를 했네. 수왕과는 동수를 이룰 정도로 대단히 뛰어난 고수라고 하더군."

"그렇군요."

신주주가 고개를 끄덕였다. 하지만 놀란 표정을 감추지는 않았다.

"천문성에서 지낼 때는 단주 급의 무인이었을 뿐인데 강호 상에 나가니 수왕과도 동수를 이룰 정도가 되었네. 그 정도의 재능이라면 정말 대단하다고 볼 수 있지."

"그렇군요. 불과 일이 년 사이에 그 정도의 성장을 이루었 다면 정말 뛰어난 인재가 확실하지요."

문대영은 입맛을 다시며 아깝다는 표정을 지어 보였다. 그 런 인재가 천문성의 단주로 썩고 있었다는 것이 아까웠던 것 이다. 일찍 눈에 띄었다면 단주가 되지는 않았을 것이다. 그 러다 생각난 표정으로 신주주에게 물었다.

"그런데 진일이란 자는 죽은 조 각주가 양자로 받아들이려 했다고 하던데, 자네는 알고 있었나?"

순간 신주주의 안색이 굳어졌다. 당황해서가 아니었다. 이 미 처음부터 그가 진파랑에 대해 조사했다는 말을 듣는 순간 예상했던 말이었다. 그렇기 때문에 연극을 해야 했다, 마치 아무것도 모르는 사람처럼. 그래야만 문대영의 눈을 피할 수가 있기 때문이다.

신주주는 마치 처음 듣는 것처럼 굳은 표정으로 문대영을 쳐다보다 곧 입을 열었다.

"양자를 얻고 싶다는 말은 자주 들었지만… 그 상대가 진일이라니… 몰랐군요."

신주주의 말에 문대영은 안색을 찌푸리며 시선을 창밖으로 돌렸다. 그리곤 조용히 중얼거렸다.

"조 각주는 불쌍한 사람이네, 양자의 손에 죽었으니……. 그 속에 담긴 사연에 대해서 잘 알지는 못하나, 분명 무언가가 있을 것이네. 신 각주는 죽은 조 각주와는 친분이 두터웠을 텐데, 이번 일에 사적인 감정이 조금 들어가겠군."

문대영 역시 신주주에게 사실을 말하지는 않았다. 문대영은 이미 그 속에 담긴 진실을 어느 정도 알고 있었다. 하지만 신주주에게 말할 수는 없는 문제였다. 그녀와 조영영의 사이가 각별했다는 것을 잘 알기 때문이었다. 그런데 자신의 아들이 조영영을 죽였다고 한다면 과연 신주주가 가만히 있을까? 절대적으로 문자경의 편에 서지 않을 것이다.

파벌 싸움이 일어나려 하는 이 시기에 신주주가 문자경을 등지면 문자경은 자신의 뒤를 이어 총군이 되기 힘들 것이다. 그런 생각에 사실을 숨긴 것이다.

문대영은 입을 닫으며 시선을 던지자 신주주는 말없이 고개를 끄덕였다. 그 모습에 문대영은 짧게 다시 말했다.

"현마각을 부탁하네. 또한 내 아들도……."

"예."

신주주의 목소리가 낮게 울렸다.

"후우……."

자신의 방으로 돌아온 신주주는 옷을 벗어 던지며 길게 숨을 내쉬었다.

스슥!

발소리와 함께 시비들이 새 옷을 준비해 다가왔다. 그러자 신주주는 아미를 찌푸렸다.

"목욕부터 하고 싶구나."

"준비하겠습니다."

신주주의 말에 시비들이 옷을 내려놓고 나가자 홀로 남은 신주주는 침상에 앉았다. 흘러내린 머리카락을 쓸어 올리며 문대영의 얼굴을 떠올렸다.

"어려운 사람……."

신주주는 그가 자신보다 분명 진파랑에 대해서 많은 것을 알고 있다고 여겼다. 그의 직속 수하들을 쓴다면 쉽게 알아낼 수 있었기 때문이다. 그만큼 문대영의 힘은 대단하였고, 그가 부리는 사람들 역시 특별한 사람들이었다. 성주를 제외하고 천문성의 정점에 앉아 있는 그인데 모르는 게 있을까? 그는 강호에 대해서 가장 잘 알고 있는 사람 중 한 명이 분명했다.

'어디까지 알고 있을까?

신주주는 문대영의 말속에서 무언가를 찾고자 했다. 하지만 짐작되는 것만 있을 뿐 사실을 알 수는 없었다. 단지 자신이 할 수 있는 일은 그의 눈을 속이는 것 정도였다. 자신이 이번 진일의 일에 깊게 관여되어 있다는 사실을 알릴 수는 없었기 때문이다.

"준비되었습니다."

문 밖에서 시비의 목소리가 들려오자 신주주는 생각을 정리하고 자리에서 일어섰다. 지금은 단지 오랜만에 목욕을 하고 싶은 마음뿐이었다.

"귀환도라……."

신주주는 집무실에 앉아 진일에 대한 보고서를 읽으며 중얼거렸다. 그녀의 앞에 서 있는 유영렬과 곽위가 그 말에 인상을 찌푸렸다. 마음에 안 드는 별호였기 때문이다.

"어차피 하급 무사들의 싸움에서 살아왔을 뿐입니다."

"그 한 번은 해남파와 독선문의 공격이었지."

보고서를 덮으며 신주주가 말하자 곽위가 입을 닫았다. 해남파와 독선문의 공격으로 흑수당이 초토화되었기 때문이다. 분타도 아닌 칠당 중의 하나가 그렇게 된 것이다. 그 피해가 클 수밖에 없었으며, 칠당은 하급 무사들이라고 볼 수도 없는 곳이었다.

"구양에서 최단거리로 천문성에 올 수 있는 곳은 옥정과 육성뿐이니 그곳에 인원을 대대적으로 배치하게. 지나가는 사람 중에 있을지도 모르니."

"그의 목적이 과연 천문성일까요?"

신주주의 말에 유영렬이 물었다. 유영렬의 질문에 신주주는 미소를 그렸다. 마음에 드는 질문이었기 때문이다.

"천문성이 목적이 아니라 해도 진일이 천문성을 목적으로 한다는 가정하에 수색해야 하지 않겠나? 적이라면 목표는 하나일 뿐."

신주주의 말에 유영렬이 더 이상 입을 열지 않았다. 그녀의 말처럼 적이라면 반드시 천문성으로 올 것이기 때문이다. 또한 가지 확실한 것은 그가 천문성에 들어오는 순간 절대 밖으로 나가지 못할 것이란 거였다. 시체조차 밖으로 내보내지 않을 테니.

"순찰당주는 옥정에 있나?"

"그렇습니다."

"그렇다면 옥정은 걱정없겠군."

"옥정에 갈 인원까지 육성으로 돌릴까요?"

곽위가 묻자 신주주는 조금 고민스러운 표정을 보이다 말했다.

"아니, 절반만 돌리게. 순찰당이 하는 일과 현마각이 하는 일은 다르니."

"알겠습니다."

"곽 부각주는 지금 호림원과 유림원에 가서 정예고수 백 명씩 덕산과 유산에 대기시키라 전하게. 옥정성이나 육성을 지난다면 덕산과 유산을 지날 테니 발견 즉시 죽이라 전하고."

"예."

곽위가 대답한 후 빠르게 밖으로 나가자 신주주는 유영렬을 향해 눈을 반짝이며 물었다.

"성의 변화는?"

유영렬은 그녀의 물음에 주변을 살핀 후 조용한 목소리로 대답했다.

"아직은 없습니다. 하지만 총군께서 직접 움직이시는 것 같습니다."

"그래……."

"또한 총군께선 순찰당주를 은연중에 감싸고 계십니다."

"아무래도 그러겠지."

신주주는 중얼거리며 죽은 문자경의 어머니를 떠올렸다. 아마 유일하게 총군이 사랑했던 사람이 있다면 그녀일 것이다. 하지만 그녀는 문자경만을 남겨두고 죽었다. 그러니 문자경에 대한 마음이 각별할 수밖에 없을 것이다.

"대부인께선?"

신주주가 물은 이가 총군의 두 번째 부인이라는 것을 알아들은 유영렬이 재빠르게 대답했다.

"아직… 조용히 계실 뿐입니다."

"알았다."

신주주는 고개를 끄덕인 후 곧 표정을 풀며 빠르게 물었다.

"다른 일은 없고?"

"아! 문서각주인 홍 각주가 호위무사들만 대동한 채 성을 빠져나갔습니다. 총군의 특별한 지시를 받았다고 하던데, 그 목적이 무엇인지 아무도 아는 사람이 없는 게 마음에 걸립니다."

"본인만이 알겠지. 아니, 총군도 알겠군."

신주주는 인상을 찌푸리며 생각에 잠겼다.

깔끔하게 정리된 방 안에 앉아 있는 이십대 초반의 여인은 상당한 미인이었다. 단지 그런 미녀가 검은 옷을 입고 있다는 것이 의외라면 의외일까? 왠지 어울리지 않는 것처럼 보이는 미인이었다.

홍수려는 창밖으로 노을지는 하늘을 쳐다보았다. 성을 나온 지 불과 반나절밖에 지나지 않았지만 왠지 모르게 오랜 시간 동안 나와 있는 것처럼 느껴졌다. 문득 문대영의 얼굴이 떠오르자 전신의 솜털이 곤두서는 기분이 들었다. 그는 이미 모든 것을 다 알고 있었기 때문이다.

스륵!

주렴을 헤치고 들어오는 장산을 확인한 홍수려는 다시 창밖의 하늘로 시선을 돌렸다.

"도대체 무슨 일인지 나에게도 말 안 할 거야?"

장산이 의자에 앉으며 묻자 홍수려는 고개를 저었다.

"아니… 알면 화낼 것 같아서."

"내가 화낼 일이라면 진일을 만나러 간다는 이유뿐일 것 같은데? 설마 만나러 가는 것은 아니겠지?"

"정확했어."

홍수려가 고개를 돌리며 빙긋 미소를 보이자 장산은 잠시 어이없다는 듯 홍수려를 쳐다보았다. 문득 장산은 그녀의 볼에 난 상처가 이제는 희미해져 자세히 봐야만 보인다는 것에 새삼스럽게 놀랐다.

"왜?"

"아니… 깨끗해서……."

자세히 쳐다보는 장산의 시선에 홍수려가 묻자 장산은 손을 들어 그녀의 볼을 만졌다. 그제야 홍수려는 그녀의 질문이 무엇을 의미하는지 알곤 미소를 보였다.

"할아버님의 말씀이 맞았어."

홍수려는 자신의 볼을 만지며 중얼거렸다. 무공만을 수련한다면 얼굴의 상처까지 사라질 거란 말이 떠오른 것이다. 그래서일까? 요즘 들어 면사를 쓰는 일이 없었다. 그만큼 노력했고 그 결과를 얻은 것이다. 무엇보다 좋은 것이 있다면 세상을 보는 시선이 달라졌다는 것과 무공이 높아짐에 따라 생긴 자신감이었다.

"도대체 만나면 어떻게 할 생각인데? 그자가 다시 천문성으로 올 것이라고 생각하는 건 아니겠지?"

"그런 생각을 가지고 만나는 게 아니야. 어쩌면……."

"어쩌면?"

"싸울지도 모르지."

가볍게 미소를 보이며 홍수려가 대답하자 장산은 잠시 어이없다는 듯 홍수려를 쳐다보았다. 그러다 이내 고개를 저으며 말했다.

"말도 안 되는 소리 하지 말고. 네가 설령 그놈과 싸운다 해도 승패는 이미 정해져 있어."

마치 자신이 패할 것처럼 장산이 말하자 홍수려는 안색을 찌푸렸다.

"정말 싸울지도 몰라."

"이길 생각조차 없잖아?"

장산의 물음에 홍수려는 입을 다물었다. 그녀의 말처럼 싸운다 해도 전력을 다할 것 같지 않았기 때문이다. 막상 만난다면 과연 검이나 들 수 있을까? 홍수려는 단지 진일이 다시 나타났다는 것에 기뻐하고 있을 뿐이었다. 장산이 볼 땐 그렇게 보였다.

"다른 무사들은?"

홍수려가 말을 돌리자 장산이 의자에 깊숙이 앉으며 대답했다.

"모두 쉬고 있어."

홍수려는 고개를 끄덕이며 말했다.

"하고 싶은 일이 있어."

"……?"

"진 가가를 문자경과 만나기 전에 보고 싶어. 묻고 싶은 것도 있고."

홍수려의 말에 장산은 안색을 찌푸렸다. 홍수려의 의도가 무엇인지 궁금했기 때문이다.

"나는 솔직히 네 생각이 무엇인지 모르겠어. 만난다 해도 오고 갈 정은 더 이상 없다고 생각하니까. 하지만 정 만나겠다면 최선을 다해 도와줘야겠지?"

그렇게 말한 장산이 빙긋거리며 미소를 보이자 홍수려도 마주 웃었다.

"고마워."

홍수려의 진심이 담긴 목소리였다. 장산은 그저 미미하게 고개만 끄덕일 뿐이었다.

* * *

"귀환도라……."

문자경은 의자에 앉은 채 조용히 중얼거렸다. 그의 목소리가 조용히 실내에 울리자 앉아 있는 사람들의 시선이 문자경을 향했다.

"그자의 별호가 귀환도라 하더군. 죽지 않고 살아 돌아온다고 말이야."

문자경의 말에 곽원이 안색을 찌푸리며 대답했다.

"어차피 하급 무사들의 싸움일 뿐, 운이 좋은 것이겠지요."

"그래도 그 악운이 그를 살린 것이고, 그만큼 고강한 무공을 지니게 한 게 아닌가?"

정혁성이 조용히 말하자 곽원도 이내 수긍하는 듯 고개를 끄덕였다.

"운이 좋다고만 볼 수도 없지. 자네의 화살조차 피한 인물이 아닌가?"

석청림이 조용히 말하자 변양도가 안색을 찌푸렸다. 자신의 실수도 이 일에 한몫 자리를 잡았기 때문이다. 다른 사람들은 아니라고 할지 모르지만 놓친 것은 사실이었고, 결국 그 결과 진일은 이렇게 칼을 갈고 나타난 것이다.

"그렇소. 하지만 이번엔 그렇게 하지 못할 것이오."

변양도의 굳은 목소리에 모두들 고개를 끄덕였다. 곧 문이 열리고 분타주인 홍학이 들어왔다. 그는 문자경의 앞에서 허리를 숙였다.

"준비는 끝냈습니다."

"그럼 기다리는 일만 남았군. 귀환도라는 별호처럼 제발 살아서 나갔으면 좋겠군. 그래야 재미있지 않겠나?"

문자경은 여유있는 표정으로 미소를 보이며 자리에서 일어섰다. 그러자 다른 인물들도 모두 일어섰다.

"오늘 왔으면 좋겠군."

문자경의 서찰을 떠올리며 그 내용이 사실이기를 바랐다. 그렇다면 분명 오늘 잡을 것이기 때문이다. 빠져나갈 곳은 없었다. 이곳에 들어오는 순간, 진일은 죽을 것이다.

"그럼 저는 제 자리로 가지요."

변양도가 나가자 그 뒤를 이어 곽원도 자신이 진파랑을 상대할 곳으로 갔다.

길을 걷는 진파랑은 사람들 사이로 가끔씩 보이던 순찰무사들이 없다는 것에서 이상함을 느꼈다. 저녁이라 해도 몇 개 조는 순찰을 다니게 마련이다. 하지만 천문성의 무사는 그림자도 보이지 않았다. 예감이 별로 좋지는 않았다. 그렇다고 발걸음을 돌리기엔 너무 늦었다. 이미 옥정 분타의 정문이 눈에 들어왔기 때문이다.

"하하하하!"

옥정 분타로 걷은 도중 골목에서 들리는 웃음소리에 자신도 모르게 고개를 돌렸다. 그곳에서 놀고 있는 아이들의 모습이 눈에 잡히자 진파랑은 잠시 걸음을 멈추었다. 왜 걸음이 멈춰진 것일까? 그 이유조차도 모른 채 잠시지만 아이들의 모습을 쳐다보았다.

"후후……."

놀고 있는 아이들의 모습에서 무엇을 본 것일까? 진파랑은 그렇게 잠시 웃음을 흘렸다. 하지만 웃음이 끝나자 그의 주먹이 조금 흔들리는 것 같았다. 누구의 모습을 떠올렸기 때문일까? 자신의 과거를 떠올린 것일까? 홍수려? 장산? 감우의? 진파랑은 그들의 모습을 생각한 것일지도 모른다.

망설임이 없을 리가 없었다. 그 추억 같은 일들이 천문성에서 있었기 때문이다. 그곳에 지금 자신은 칼을 겨누고 있는 것이다. 원한도 있지만 원한만큼 애정도 있었다. 감정이 소용돌이치는 가운데 서 있었다. 하지만 결론을 바꿀 수는 없었다. 처음에 스스로에게 다짐했던 말들과 천문성을 나올 때 느꼈던 감정을 잊지 못하고 있었기 때문이다.

이러한 감정은 끝이 나지 않을 것이다. 망설임은 잠시의 감정일 뿐. 진파랑은 다시 한 번 마음을 잡았다. 이곳을 지나면 천문성이 보일 것이다. 그리고 그곳으로 갈 것이다. 자신의 소중한 사람들이 아직 마음속에 남아 있는 그곳으로.

뚜벅! 뚜벅!

진파랑은 이내 천천히 걸음을 다시 옮기기 시작했다. 어차피 시작된 일, 끝은 분명 있어야 했다.

옥정 분타의 정문에 가까이 갈수록 진파랑은 기이한 열기를 느껴야 했다. 무엇보다 의구심이 든 것은 정문이 굳게 닫혀 있다는 것과 정문을 지켜야 할 무사들의 모습이 보이지 않는다는 것이었다.

진파랑은 정문 앞에서 걸음을 멈춘 채 서 있었다. 고요한 공기의 흐름이 느껴지고 있었으며 아직도 해는 서산에 걸려 있었다. 기이한 열기가 정문 안에서 느껴졌다.

'이들도 내가 온 것을 알고 있는 것 같군.'

스치듯 든 생각이었다.

"훗!"

저절로 입가에 미소가 걸렸다. 설혹 이들이 자신을 기다리면 어떤가? 이들이 함정을 파고 있다면 또 어떤가? 어차피 목적은 하나였고, 청란의 정보로는 분명 이 안에 그가 있었다. 그만 죽이면 그만이었다.

'문자경……'

끼이이익!

스스로의 손으로 정문을 밀어 열자 텅 빈 연무장의 모습이 진파랑의 눈 안으로 파고들어 왔다.

뚜벅! 뚜벅!

진파랑은 천천히 연무장으로 걸어 들어갔다. 그의 발소리가 고요함만 가득하던 옥정 분타의 연무장 안을 울리기 시작했다.

햇살에 등진 어두운 지붕의 그림자 사이에 앉아 있던 청란은 안색을 굳히기 시작했다. 자신의 생각과는 다르게 진파랑이 조금 이른 시간에 옥정 분타의 정문 앞에 나타났기 때문이다.

'한번 볼까? 구양 분타를 괴멸시키고 현마각주를 죽인 그 실력이 사실인지.'

청란의 눈동자가 반짝이기 시작했다.

연무장의 중앙에 선 진파랑은 걸음을 멈춘 채 주변을 둘러보았다. 하지만 눈에 보이는 것은 그저 적막한 건물들의 모습들뿐이었고 건조한 바람만이 간혹 불어와 전신을 훔치고 지나가는 게 다였다. 사람들의 인기척이라곤 하나도 없는 그곳에서 진파랑은 홀로 서 있었다.

"누구시오?"

진파랑은 예당의 문을 열고 나온 중년인에게 시선을 주었다. 그는 선비풍의 인물로 손에는 섭선을 쥐고 있었는데 무림인이 아니라면 분명 글선생이라고 할 것 같았다. 단지 그가 서 있는 곳이 강남무림의 중심인 천문성의 옥정 분타라는 게 문제라면 문제였다. 장소에 따라서 그가 선비인지 무인인지 판가름나기 때문이다.

"진일."

정혁성은 짐짓 놀란 듯 진일을 쳐다보더니 이내 가벼운 미소와 함께 섭선을 펼쳤다.

"아, 진일… 당신이 진일이구려."

말을 하는 정혁성은 더운지 섭선을 흔들기 시작했다.

"본인은 정혁성이라 하오."

진파랑은 이름을 듣는 순간 과거에 그의 이름을 들어본 기억이 있다는 것을 깨달았다. 그의 얼굴은 처음 보는 것이나 그의 명성은 이미 하급 무사로 지낼 때부터 듣고 있었다. 총군 문대성이 특별히 초빙한 고수로, 강남에선 손에 꼽는 고수가 그였다. 진파랑은 그가 장법이 특기라는 것을 떠올렸다.

"혼자 온 것이오?"

말이 없는 가운데 정혁성이 물어왔다. 진파랑은 고개를 끄덕였다. 눈에 보이는 그대로 그는 혼자였고 정혁성은 그것을 다시 한 번 확인한 것이다.

"설마하니 정말 혼자 온 것이오? 조력자도 없이?"

진파랑은 다시 한 번 고개를 끄덕였다. 그런 진파랑의 모습에 정혁성은 잠시 입을 닫고는 고개를 끄덕였다. 단순히 진파랑 혼자서 천문성을 상대할 거란 생각을 가지지 않았기에 물어본 것이었다. 그에게 조력자라도 있다면 그 수가 어느 정도인지 알아보고 싶은 마음도 있었기에 일부러 대화를 한 것이다.

"지금 진 소협이 하려는 짓이 어떤 짓인지 알고 있소?"

정혁성은 담담한 목소리로 묻자 진파랑이 이번에는 입을 움직였다.

"물론."

진파랑의 짧은 대답에 정혁성은 더 이상 입을 열지 않은 채 손을 들었다.

슈아악!

순간 강한 바람이 정혁성의 주변에서 일어나더니 그의 옷자락이 펄럭이기 시작했다.

"음……!"

진파랑은 안색을 굳히며 고개를 들었다. 예당의 지붕에 나타난 백여 명의 사람 때문이다. 그들은 궁을 들고 지붕에 늘어서 있었다.

"우리는 분명 진 소협을 죽일 이유가 있소. 한데 진 소협은 왜 우리에게 원한을 가진 것이오? 키워준 곳이 천문성일 텐데?"

정혁성의 물음에 진파랑은 가볍게 미소를 그렸다. 그의 표정이 변한 것은 아마 처음일 것이다.

"이유가 있다면 하늘이 본 것뿐이겠지."

진파랑의 대답에 정혁성은 피식거리며 말했다.

"사실은 어떤 이유인지 궁금하지도 않소, 죽을 테니까."

쉬쉬쉭!

순간 하늘로 솟구친 화살들이 비처럼 쏟아져 내려왔다.

第五章
비를 피하고 피를 흘린다

진가도

"오!"

청란은 하늘로 솟구친 화살비의 모습에 입술을 모았다. 예상외의 싸움이었기 때문이다. 무림인들 간의 대결은 보통 집단적으로 싸우지 않으며 집단과의 싸움에서나 볼 수 있는 궁수들이 있었기 때문이다. 그만큼 상대를 대우해 준다는 뜻이라고 봐야 할까?

"재미있겠는데?"

스륵!

청란은 흐릿한 잔상만을 남기며 사라졌다.

진파랑은 화살비가 날아들자 안색을 찌푸렸다. 위력도 있어 보였다. 어느 정도 수준 이상의 무인들을 궁수로 훈련시킨 듯했다. 그렇다면 일반 사람보다 위력이 배가될 수밖에 없을 것이다.

쉬쉬쉭!

대기를 가르고 날아드는 화살비의 모습을 눈에 담은 진파랑은 일 장 가까이 다가오자 눈을 부릅뜨며 도를 땅에 박았다.

쾅!

순간 강력한 폭음과 함께 연무장을 메운 돌들이 허공으로 솟구쳤다.

따다다당!

화살들이 솟구친 흙과 조각난 돌들에 튕겨 땅으로 떨어졌다. 그 모습에 놀란 것은 구경하던 정혁성이었다. 그는 설마 저렇게 막을 줄은 몰랐기 때문이다.

슈아아악!

순간 빛살 같은 섬광이 정혁성의 눈에 담겼다. 변양도의 화살이었다.

펑!

오 장 가까이 솟구친 흙무더기의 중앙이 변양도의 화살에 부딪치자 둥근 원과 함께 뚫렸다.

쾅!

또 한 번의 폭음과 함께 진파랑의 신형이 흙무더기 속에서 솟구치더니 뒤로 날아갔다.

타탁!

바닥에 내려선 진파랑은 몇 걸음 더 뒤로 물러섰다.

"음……."

진파랑은 안색을 굳히며 정면을 막고 있던 도를 내렸다. 도면을 쳐다보자 그곳에 붉은 점이 연기와 함께 나타나 있었다. 변양도의 화살을 막자 붉은 열기가 일어난 것이다. 고개를 든 진파랑은 지붕 위에서 화살을 겨누고 있는 중년인을 볼 수 있었다.

'……'

진파랑은 자신이 생각하는 인물일 거란 생각이 문득 들었다. 이 정도의 위력적인 화살을 날릴 수 있는 사람이 천문성에서 과연 몇이나 있겠는가?

변양도는 진파랑과 눈이 마주치자 진파랑이 생각보다 젊다는 것에 조금 놀랐다. 저 나이에 자신의 화살을 받아냈다는 것에서 놀란 것이다.

'후후.'

변양도는 놀란 마음이 있었지만 그것은 상대의 실력에 대한 것일 뿐이었다.

슉!

다시 화살 하나를 활시위에 건 변양도는 힘있게 뒤로 당겼다. 멀리 서 있는 진파랑의 얼굴이 그의 눈에 담겼다. 마치 어서 화살을 날려달라는 듯한 공격적인 그의 기도와 눈빛에 변양도는 만족한 표정으로 손을 놓았다. 자신의 실력을 발휘할 만한 충분한 상대를 만났다는 만족감이었다.

핑!

하나의 화살이 섬광과 함께 번개처럼 진파랑을 향해 날아갔다. 그 순간 변양도의 손이 그림자를 남기며 두 대의 화살을 차례로 당겼다. '피핑!' 거리는 소리와 함께 두 대의 화살이 처음의 화살 뒤로 시간차를 두고 날았다.

슈아악!

공기를 가르는 소리가 강렬하게 들려왔고 화살을 감싼 섬광 자체만으로도 눈이 부실 정도였다.

진파랑은 도기를 크게 일으키며 날아드는 화살을 향해 번개처럼 손을 움직였다. 그의 도기가 선을 만들기 시작하더니 사각의 방패 같은 백색 도막이 형성되었다.

쾅!

폭음과 함께 화살이 힘을 잃고 허공으로 솟구치는 순간, 사각의 도막 역시 사라졌다.

쉬악!

"……!"

들려오는 바람 소리와 함께 다시 눈앞에 나타난 두 대의 화살에 진파랑은 안색을 굳혔다. 놀란 것이다. 처음 화살에 감싼 섬광 때문에 뒤이어 날아든 화살을 못 보았다. 무엇보다 놀란 것은 소리조차 잘 들리지 않았다는 것이다. 그것이 이제야 보인 것이다.

이미 큰 힘을 쏟은 후였기에 또다시 막을 수는 없었다. 한순간에 도막을 형성한 만큼 기의 소모도 컸던 것이다.

파팟!

순간 진파랑의 신형이 두 개의 그림자를 만들며 뒤로 물러섰다. 그런 진파랑의 도가 십여 개의 원을 그리며 도기를 일으켰다. 하지만 도기를 가볍게 뚫고 화살이 이마를 향해 날아들었다.

땅!

도면을 들어 막는 순간 그 충격을 이기지 못하고 뒤로 물러섰으며 그 순간 또 하나의 화살이 가슴을 향해 날아들었다.

쉬릭!

진파랑의 신형이 옆으로 회전하며 공중을 돌았다.

쾅!

진파랑을 지나친 화살이 담장을 뚫고 지나쳤다. 땅에 내려선 진파랑은 슬쩍 시선을 던지다 안색을 찌푸려야 했다. 담장에 거대한 원형의 구멍이 뚫려 있었기 때문이다. 그 위력에 새삼스럽게 놀라고 있었다.

"음……."

진파랑은 신음과 함께 옆구리를 만졌다. 그 순간 또 하나의 화살이 눈앞에 점처럼 나타났다.

'피하다니⋯⋯.'

변양도는 세 번째 화살을 피한 진파랑의 모습에 안색을 굳혔다. 세 번째 화살은 처음과 두 번째와 다른 위력을 지녔기 때문이다. 막아도 상대가 죽을 수밖에 없는 단절시(斷絶矢)였다. 삼연시의 마지막 단절시는 상대가 막을 때 그 위력을 발휘하는 화살이었다. 화살에 담긴 탄강 자체가 상대의 호신강기를 무너뜨리기 때문이다. 또한 화살의 회전력이 다른 화살에 비해 수십 배나 높기 때문에 무기로 막는다 해도 그 무기를 부러뜨리는 위력을 지녔다. 자신의 비기였던 것이다.

막았다면 진파랑의 무기는 부러지진 않았어도 진파랑의 내부에 분명 충격을 크게 주었을 것이다. 그런 생각이 들자 네 번째 화살을 다시 날릴 수밖에 없었다.

쉬이익!

화살을 날리는 순간 화살의 밑으로 검은 그림자가 날아가는 모습이 잡혔다.

"저런⋯⋯!"

저도 모르게 변양도는 안색을 굳혔다. 날아가는 인영의 모습이 곽원이었기 때문이다. 곽원은 어느새 도를 들고 연무장을 낮게 달리고 있었다.

타닥!

연무장을 섬전처럼 달려가는 곽원의 생각은 하나였다. 진파랑의 목을 자신이 직접 거두는 것. 지금까지 변양도의 화살을 받은 진파랑은 중심을 잃었다. 그 틈을 이용해 기습을 하려는 생각이었다.

지금 이 기회에 자신이 직접 진파랑의 목을 친다면 그 공이 자신에게 떨어질 것이다. 곽원은 변양도에게 진파랑을 양보할 생각이 없었기 때문에 먼저 나선 것이다.

슈아아악!

그의 머리 위로 섬광과 함께 번갯불처럼 화살이 지나쳤다.

팟!

그와 동시에 곽원 역시 땅을 박차며 진파랑을 향해 날아들었다.

쾅!

폭음과 함께 진파랑의 신형이 뒤로 밀려 나가자 곽원은 자신의 예상이 맞았다고 생각하며 번개처럼 유성호월(流星湖月)이란 절초를 펼침과 동시에 마치 호수의 지면을 날아가는 제비처럼 진파랑의 허리를 베어갔다.

퍽!

진파랑의 눈동자가 부릅떠지며 그의 몸이 허리를 중심으로 위와 아래가 분리되었다.

"하하하! 내가 잡았다!"

소리치던 곽원은 신형을 돌리며 동료들을 향해 소리쳤다. 순간 그의 전신이 사시나무 떨듯 떨기 시작했다. 그의 앞에 불과 반 장 정도의 거리에 서 있는 진파랑의 등이 보였기 때문이다.

"이, 이럴 수가……!"

분명 손엔 살을 자르는 느낌이 있었다. 하지만 거짓말처럼 진파랑의 모습이 눈앞에 있지 않은가? 곽원은 믿을 수가 없다는 듯 진파랑의 등을 바라보다 어느 순간 옆구리가 아파온다는 느낌에 본능적으로 손을 움직여 옆구리를 잡았다.

주르륵!

손을 뚫고 검붉은 핏물이 쏟아지기 시작했다.

"커억!"

털썩!

곽원의 신형이 바닥에 쓰러지자 그의 주변으로 피가 고이기 시작했다. 진파랑은 뒤도 돌아보지 않은 채 걸음을 옮겨 앞으로 이동하였다. 꽤나 멀리까지 뒤로 밀려 나갔기 때문이다. 그런 그의 시선엔 지붕 위에 서 있는 변양도가 보였다.

"훗!"

진파랑의 입술에 미소가 그려졌다. 시선이 마주친 변양도는 지친 듯 땀을 흘리고 있었다. 진파랑은 자신감이 생겼다.

"앗!"

숨어 있던 청란이 자신도 모르게 눈을 부릅뜨며 입을 벌리다 얼른 입을 손으로 막았다. 설마 저렇게 빨리 결정될 거라곤 생각지도 못했기 때문이다. 하지만 그것도 잠시였다. 마치 귀신이라도 본 듯 청란의 눈동자가 흔들리기 시작했다.

진파랑의 모습에 눈에 집힌 순간 곽원의 허리에서 피가 흐르기 시작했던 것이다. 그리고 힘없이 곽원이 쓰러지자 청란은 자신의 눈을 양손으로 비볐다. 거짓말 같은 상황이 발생했기 때문이다.

"이럴 수가……."

변양도는 위에서 똑똑히 보고 있었다. 곽원이 진파랑의 허리를 자르는 순간 진파랑의 신형이 흐릿하게 곽원의 옆을 지나쳐 가는 것을. 그 움직임이 너무 빨라 자신의 눈으로도 언뜻 볼 뿐이었다.

진파랑의 무공이 생각 이상이란 사실을 알 수 있었다.

주륵!

그의 이마에서 흘러내린 땀방울이 그의 턱에 고여 떨어지기 시작했다.

"후욱!"

변양도는 숨을 크게 들이마셨다. 그런 그의 전신은 이미 땀으로 젖어 있었으며 호흡도 불안정해지기 시작했다. 지친 것이다. 그만큼 한 발 한 발에 자신의 모든 것을 쏟아 붓고 있었다.

"좀 쉬어야겠소."

변양도는 화살을 꺼내다 어느새 옆에 나타난 정혁성의 모습에 안색을 찌푸렸다. 그가 올라온 것도 모를 정도로 진파랑에게 집중해 있었던 것이다.

"아니오. 아직은……."

"적당한 휴식도 승리를 위한 길이오. 쉬기 위해서 수하들이 있는 게 아니겠소?"

정혁성은 그렇게 말하며 손을 들었다.

"공격해라!"

그의 외침이 크게 울리는 순간 허공중으로 화살비가 다시 한 번 진파랑을 향해 쏟아져 갔다. 그사이 예당의 문을 뚫고 수많은 무사들이 뛰쳐나오기 시작했다. 모두 그 안에서 정혁성의 명령만을 기다리고 있었던 것이다.

단 한 사람을 상대하기 위해서 저 많은 무사들이 달려들고 하늘엔 화살비가 마치 별을 수놓듯 수놓는 모습에 청란은 감탄하지 않을 수 없었다.

"호랑이는 토끼를 잡을 때도 최선을 다한다고 하였다. 과연 천문성……."

청란의 눈엔 아직도 진파랑이 토끼로 보이고 있었다. 그럴 수밖에 없을 것이다. 천문성이란 곳이 어떤 곳인가? 일개인이 상대할 수 없는 곳이 아니던가? 그런 곳과 싸우는 진파랑의 모습이 가련하게 보일 수도 있었다.

하지만 진파랑은 당당했다. 오히려 그 모습이 바보처럼 보일 수도 있었다. 하지만 영웅과 바보는 종이 한 장 차이라는 말이 있었다. 만약 진파랑이 천문성을 상대로 끝까지 싸워 나간다면 그는 분명 강남의 영웅이 돼 있을 것이다. 또한 그만큼 원한 역시 많아질 것이다. 그녀도 알고 있었다.

강해지면 질수록, 명성이 올라가면 올라갈수록 원한도 그만큼 올라간다는 것을. 청란은 진파랑의 미래가 눈에 보이는 것 같았다.

날아드는 화살비의 모습에 진파랑은 화가 난다는 듯 도를 들곤 강하게 일 장 앞바닥을 내려쳤다.

콰콰쾅!

순간 강력한 폭음과 함께 흙과 돌무더기가 허공으로 솟구쳤다.

파파팟!

화살들이 소리를 발산하며 흙과 돌무더기에 부딪쳐 바닥으로 떨어져 내렸다. 그러자 지붕 위의 무사들이 궁을 버리고 허리에 찬 도를 들고 뛰어내리기 시작했다.

"와아아아!"

함성 소리가 크게 일어나고 있었으며 솟구쳤던 흙무더기가 땅으로 떨어져 내린 후 진파랑의 눈으로 수많은 무사들의 모습이 잡혀들었다. 그들은 일제히 무기를 들고 자신에게 달려들고 있었으며, 그들의 눈동자엔 강한 투지가 담겨져 있었다.

진파랑은 그들이 오직 자신 한 명만을 상대하기 위해 목숨을 버리려 한다는 것을 알고 있었다. 또한 그들이 자신과 같았던 천문성의 수많은 무사들 중 일부라는 것도 알고 있었다. 그저 위에서 내려온 명령에 충실히 따를 수밖에 없는 사람들이었다. 자신도 그 처지에 있었기 때문에 이들의 모습이 더욱 가깝게 다가왔다.

"후웁!"

저절로 호흡을 깊게 들이마시며 도를 든 팔에 힘을 넣었다.

쉬리릭!

그의 백도에 아지랑이 같은 백색의 연기가 마치 뱀처럼 도를 감싸기 시작하더니 이내 빛을 뿌리기 시작했다.

"하앗!"

진파랑은 순간 도를 들고 좌우로 크게 휘둘렀다.

번쩍!

콰쾅!

"크아악!"

"아악!"

비명성이 크게 일어나며 달려들던 천문성의 무사들이 일

제히 걸음을 멈추었다. 진파랑의 삼 장 앞으로 거대한 구덩이
가 길게 나타났기 때문이다. 마치 산처럼 큰 지렁이가 지나간
것처럼 땅이 파였으며 그 사이로 수많은 사람들의 시신들이
널브러져 있었다. 단 한 수에 그렇게 된 것이다. 그 모습에 천
문성의 무사들은 주춤거릴 수밖에 없었다.

"싸우고 싶나?"

진파랑은 망설이듯 서 있는 무사들을 향해 조용히 물었다.
그의 목소리에 일제히 무사들의 표정이 굳어졌다. 진파랑의
의도가 도대체 무엇인지 모르기 때문이다. 그러자 진파랑은
번개같이 허공중에 떠오르더니 무사들의 머리를 넘어 예당의
건물을 위에서 내려쳤다.

콰쾅!

강력한 폭음 소리와 함께 허공중으로 먼지구름이 솟구쳤
다. 진파랑은 먼지가 가라앉자 천천히 예당 안으로 걸어 들어
갔다. 하지만 아무도 진파랑의 앞을 막는 사람이 없었다.

천문성의 무사들은 진파랑의 뒷모습을 쳐다볼 수밖에 없
었다. 진파랑이 내려친 예당은 정확하게 그 중앙이 마치 빈
것처럼 사라져 버렸기 때문이다. 어찌 보면 거대한 도끼가 찍
은 것 같은 모습이었다. 도기가 그 큰 예당을 가로지른 것이
다. 그것이 가능한 고수가 과연 몇이나 있을까? 천문성에도
몇 없을 것이다.

후원에 앉아 있던 문자경은 폭음 소리에 자리에서 일어나 작은 연무장으로 걸어나왔다. 연무장은 그리 크지 않았으며 주변엔 이름 모를 꽃들이 피어 있었고 연무장을 둘러싸고 은행나무들이 곧게 자라나 있었다.

한쪽엔 작은 다탁과 의자가 놓여져 있었다. 문자경은 그곳에 걸어가 앉아 미리 마련되어진 차를 따라 마셨다.

"고강한 인물이군."

어느새 나타난 것일까? 안개 같은 움직임과 함께 석청림이 나타나 말하자 문자경의 안색이 굳어졌다. 석청림이 저리 말한다면 분명 절정의 고수가 분명하였다. 석청림은 거의 놀라는 일이 없는 사람이었다. 그런 그가 상대에 대해 후한 점수를 준 것이다. 문자경은 이내 표정을 풀며 찻잔을 들었다.

"어느 정도인 것 같소?"

"적어도 삼원의 원주 급은 되겠지. 아니면 그 이상이거나."

"......!"

찻잔을 들던 문자경의 손이 멈춰졌다. 상당히 놀랐기 때문이다. 하지만 그것도 잠시였다. 이내 문자경의 눈동자에서 차가운 한기가 흘러나오기 시작했다.

"대단하군."

문자경은 가만히 중얼거렸다.

휘릭!

그때 바람처럼 은행나무 사이로 정혁성과 변양도가 모습

을 보였다. 변양도는 상당히 지친 듯 땀에 젖은 모습이었고 정혁성은 여전히 변함없는 표정이었다.

"어떻소?"

문자경이 묻자 정혁성이 고개를 끄덕였다.

"대단한 자요. 곽 형이 손 한 번 써보지도 못한 채 죽었소이다."

그의 말에 문자경과 석청림이 침음을 흘렸다. 곽원은 이름 없는 인물이 아니었기 때문이다. 그런 그를 손쉽게 죽였다는 말에 크게 놀란 것이다.

"그는 분명 이곳으로 올 것이오."

정혁성이 확신한다는 표정으로 말하자 문자경이 자리에서 일어섰다.

"과연……."

문자경은 고개를 끄덕이며 정혁성의 머리 위를 쳐다보았다. 순간 사람들의 안색이 굳어짐과 동시에 신형을 돌렸다.

"……!"

모두의 표정이 경직되었다. 어느새 나타난 것일까? 은행나무 위에 진파랑이 서 있었다. 나무의 가장 꼭대기에 서 있는 진파랑의 신형이 불어오는 바람에 흔들리고 있었다.

진파랑은 차가운 눈동자로 작은 연무장에 서 있는 사람들을 쳐다보고 있었다. 그의 시선이 일행들 중 가장 젊은 문자경을 향했다.

"훗!"

진파랑과 문자경은 거의 동시에 살기 어린 미소를 입가에
걸었다.

*　　　*　　　*

천문성은 크게 삼원으로 이루어져 있는데 호림원과 유림원,
그리고 무림원이었다. 호림원은 대대로 문씨 성이 원주였고
칠당이나 순찰당과 칠각까지도 호림원에 속해 있었다. 유림원
은 천문성의 삼대기둥 중 하나인 금호방이 담당했으며 무림원
은 역시 삼대기둥 중 하나인 용천세가가 담당하고 있었다.

신주주의 명으로 유림원주의 승인을 받고 백 인의 정예고
수들이 천문성을 빠져나갔다. 그들은 덕산으로 향했으며, 그
곳에서 옥정성은 불과 이백여 리에 불과하였다.

유림원은 일대부터 오대까지가 정예였으며 위로 갈수록
그 수가 줄었다. 특히 일대는 불과 열 명이었으며 이대는 이
십 명이었다. 또한 삼대는 삼십 명이고 사대가 오십 명이었
다. 오대의 수는 백 명이었는데, 덕산에 온 일백 고수는 유림
원의 오대였다. 육대부터 십이대까진 각대마다 이백의 인원
을 유지하고 있었는데, 일반 분타나 칠당의 무인들보단 한 단
계 위의 고수들이었다. 그들은 자신이 유림원에 속했다는 것

에 대단한 자부심을 지니고 있었다.

유림원은 바로 천문성을 지키는 수호신이라 불렸기 때문이다. 그들은 또한 천문성의 영역 안에서 일어나는 적의 공격을 해결하는 무력 집단이기도 했다.

신주주가 유림원과 호림원을 부른 이유도 거기에 있었다. 무림원이 외부 세력과의 싸움을 하는 곳이라면 유림원은 천문성이 관장하는 영역 안에서의 싸움을 하는 곳이기 때문이다. 두 원은 그 색이 확연히 달랐으며, 서로에 대한 강한 적대감을 지니고 있었다.

진일이 천문성의 영역 안에 있기 때문에 무림원이 아닌 유림원을 택한 것이다. 만약 유림원이 아닌 무림원을 택했다면 두 원은 크게 싸울 것이 분명했다.

유림원 십이대주 중 오대주인 귀혼창(鬼魂槍) 석도위는 오년 전 불과 이십 세라는 젊은 나이에 유림원의 정예라는 오대주에 앉은 인물이었다. 그 일 하나만으로도 천문성에 화제가 되었던 인물이다.

그는 덕산에 도착하자 일백의 수하들에게 야영을 지시했다. 언제든지 명령이 떨어지면 출발할 수 있는 만반의 준비를 한 채였다.

석도위는 품에서 서찰을 하나 꺼내 읽었다. 서찰을 보낸 사람은 호법원의 부원주이자 자신의 숙부인 석청림이었다.

석청림이 직접 쓴 서찰의 내용은 진일에 관한 여러 가지 상세한 정보들이었다. 혹시라도 문서각이나 현마각에서 빠진 게 있을지도 모른다는 생각에 그가 직접 보내온 것이었다. 그만큼 그를 생각한다는 뜻이기도 했다.

슥!

석도위는 발소리에 서찰을 접었다. 곧 수하가 옆에 서서 말했다.

"준비가 끝났습니다."

"그럼 휴식을 취하거라. 명령이 떨어질 때까진 모두 편히 쉬라고 전하고, 무엇을 해도 좋으나 이 지역을 절대 벗어나지는 말라고 해라."

"예!"

수하가 대답하고 신형을 돌리자 석도위가 생각난 듯 물었다.

"현마각에선 연락이 없느냐?"

"아직은 없습니다. 하지만 현마각의 인원들이 대대적으로 성을 빠져나갔답니다."

"홋!"

석도위는 그 말에 미소를 그리며 고개를 끄덕였다. 현마각에서 대대적인 인원이 나갔다면 얼마 안 가 진일의 꼬리가 잡힐 것이다. 곧 수하가 밖으로 나가자 석도위는 졸린 듯 눈을 감았다.

"조금 쉬다가 다시 복귀할지도 모르겠군."

그는 별 걱정 없다는 듯 중얼거렸다. 이번 일도 그저 지금까지 행해왔던 임무들과 다름없다고 생각한 것이다. 천문성처럼 거대한 덩치를 가진 세력에 대해서 좋지 않게 생각하는 사람들은 분명 존재했다. 그런 그들에게 죽음을 선사하는 사람들이 바로 자신이었다.

진일 같은 인물이 어디 한둘인가? 그리고 그들의 최후는 언제나 같았다. 비참함. 그 이상도 이하도 아니었다.

곧 코를 고는 소리를 내며 석도위가 잠에 빠져들었다. 하지만 그것도 잠깐이었다. 빠른 발걸음과 함께 수하가 달려왔기 때문이다.

"대주님!"

석도위가 그 시끄러움에 눈을 떴다.

"진일이 옥정 분타에 나타났다고 합니다!"

"그래?"

석도위는 고개를 끄덕이며 자리에서 일어나 미소를 지었다.

"좋은 소식이군."

*　　　*　　　*

"진일이군."

문자경의 목소리는 그리 크지 않았다. 하지만 진파랑의 귀에 선명하게 들려왔다. 진파랑은 그와의 거리가 십 장 정도라는 것을 생각해 보았을 때, 그의 무공이 상당하다는 것을 알 수 있었다.

진파랑이 대답도 하지 않은 채 연무장에 내려서자 그를 중심으로 가벼운 훈풍이 불기 시작했다. 그의 기세가 바람이 되어 나타나기 시작한 것이다.

'이자가 문자경…….'

문자경을 쳐다보는 진파랑의 눈동자는 조금 흔들리고 있었다. 처음 천문성을 빠져나가던 날 들었던 목소리의 주인공을 만났기 때문이다. 그날의 기억을 지금도 잊지 못하고 있었다. 아니, 잠시 잊었지만 감우의가 끄집어내 준 것일지도 모른다.

지금 눈앞에 있는 자가 자신의 양어머니를 죽이고 감우의를 죽인 자였다. 무슨 말이 더 필요할까? 진파랑의 전신으로 살기가 맴돌기 시작했다.

실제 보는 것은 처음이지만 마치 오래전부터 봐왔던 것 같은 기분이 드는 것은 왜일까? 진파랑은 도를 고쳐 잡으며 문자경을 향해 입을 열었다.

"문자경?"

문자경은 고개를 천천히 끄덕였다. 진파랑이 처음으로 입을 열었기 때문이다. 그 말이 자신의 이름이라는 것이 조금은 의외였다.

스릉!

문자경이 이내 검을 손에 쥐며 한 발 앞으로 나왔다. 문자경은 자신의 손으로 진파랑을 죽이고 싶었기 때문이다. 진파랑 때문에 귀찮았던 일들이 얼마나 많았던가? 일개 무사 한 명 때문에 자신이 이렇게까지 성에서 구박을 받아야 한다는 것 자체가 자존심 상하는 일이었으며, 가축처럼 여기던 천문성의 하급 무사가 자신의 친구를 죽인 것 또한 화나는 일이었다.

"성을 무사히 나갔으면 평생 인적없는 산속에 숨어 살면 그만일 것을……."

문자경은 혀를 차며 안쓰러운 표정으로 진파랑을 쳐다보았다.

"언젠가는 올 생각이었지. 단지 그 시기가 앞당겨졌을 뿐."

진파랑의 조용한 목소리에 문자경은 안색을 찌푸렸다. 진파랑은 처음부터 숨어 살 생각이 없었으며 애초에 천문성을 나갈 때 다시 돌아올 생각을 가지고 있었던 것이다. 천문성의 적으로서.

"웃기는 놈이군."

문자경은 가만히 중얼거리며 살기를 발산하기 시작했다. 진파랑의 자신감이 과욕으로 보였기 때문이다. 천문성이 무엇인지 진파랑은 모르는 것처럼 보였다.

"그렇게 죽고 싶었나?"

"죽이고 싶었지."

진파랑의 짧고 날카로운 목소리에 문자경의 눈동자에 기광이 서렸다. 잠시 말없이 서로를 보던 두 사람이었다.

진파랑은 문자경을 노려보다 이내 시선을 돌려 어느새 물러선 사람들을 쳐다보았다. 그들의 표정은 굳어져 있었으며, 둘의 싸움에 끼어들 생각이 없는 듯 보였다. 그만큼 문자경의 무공을 믿고 있는 것처럼 보였다. 그렇지 않다면 저렇게 구경만 하려 하지 않을 것이다. 누가 뭐라 해도 문자경은 천문성의 장자였고, 어릴 때부터 무공을 수련한 인물이었다. 동배의 수많은 무림인 중에 단연 최고의 고수였다.

진파랑은 곧 문자경에게 시선을 던지며 가벼운 목소리로 말했다.

"네 목소리를 들었지."

"……?"

갑작스러운 진파랑의 말에 문자경이 의문스럽게 쳐다보았다.

"조 각주께서 네 검에 죽는 날… 네 목소리를 나는 똑똑히 들을 수가 있었다. 조 각주님을 죽여서까지 나를 죽이려 한 진정한 이유가 무엇인지 듣고 싶었지. 나의 목적은 오직 너 하나야, 문자경."

"……!"

문자경을 비롯한 뒤에 서 있던 사람들의 안색까지 굳어졌다. 진파랑의 말이 어떤 의미인지 모두들 잘 알기 때문이다. 진일이 조영영을 죽이고 도망친 것에 대해서 성의 고위들은 거의 대다수 알고 있었다. 하지만 진일의 말은 문자경이 조영영을 죽였다는 것이다.

"훗! 재미있는 말을 하는군."

문자경은 대수롭지도 않다는 듯 피식 웃으며 말했다. 그런 문자경의 시선이 슬쩍 물러선 정혁성을 향했다. 이곳에서 정혁성만이 자신의 사람이 아니었기 때문이다. 하지만 크게 걱정하지는 않았다. 그 역시 아버지인 문대영을 모시는 사람이었기 때문이다.

"겨우 그 이유가 알고 싶어서 도망쳤던 본 성으로 돌아와 이빨을 드리운 것인가?"

"겨우?"

"키워준 은혜를 저버리는 놈이로군."

문자경의 말에 진파랑은 안색을 굳히며 대답했다.

"키워준 은혜? 그 은혜는 이미 갚았다고 생각하는데? 한때는 평생 동안 천문성의 사람으로서 살고 싶었다. 하지만 천문성은 그런 나에게 죽음을 내리더군. 미친 듯이 싸웠고 수없이 천문성을 위해서 사람을 죽였다. 그리고 천문성을 위해서 살아남았었다. 그런 나에게 천문성이 과연 무엇을 주었나? 개처럼 일하고 싸웠다. 네가 말하는 것처럼 은혜를 갚기 위해 이빨을 드리우고 적을 상대했지. 하지만 남은 것은 배신과 하나뿐인 양어머니의 죽음뿐."

진파랑의 차가운 목소리엔 분노가 담겨져 있었다. 하지만 문자경은 그저 웃음을 흘릴 뿐이었다. 진파랑의 말이 한탄으로밖에 들리지 않았기 때문이다. 하지만 석청림과 변양도의 안색은 흔들리고 있었다. 진파랑의 말을 어느 정도는 이해하기 때문이다.

고개를 끄덕인 문자경은 곧 안색을 굳히며 진파랑에게 물었다.

"그런 이유 때문에 현마각주인 이소궁을 죽인 것이냐?"

"이소궁? 그자의 이름이 이소궁이었나 보군."

진파랑의 말에 문자경은 안색을 찌푸리며 분노 섞인 눈으로 진파랑을 노려보았다.

"나에게 원한이 있다면 나를 찾아오면 되지 않았을까? 굳이 현마각주를 죽인 이유가 궁금하군."

"네 친구라고 들었다."

진파랑의 입술에 미소가 그려지자 문자경의 어깨가 미미하게 떨리기 시작했다. 사실 문자경의 친구라서 죽인 게 아니라 그가 현마각주이기 때문에 죽인 것이다. 그래야만 문자경을 성에서 나오게 할 수 있었기 때문이다.

"내게 복수를 하겠다고 내 친구를 죽였다는 것이냐?"

진파랑은 말없이 고개를 끄덕였다. 그러자 문자경이 기가 막히다는 듯 진파랑을 쳐다보다 이내 웃음을 흘리기 시작했다.

"하하하! 재미있는 놈이로구나. 그래, 내가 조영영을 죽였다."

쉬악!

말이 끝남과 동시에 문자경의 신형이 진파랑의 앞으로 날아가 검을 찔러 넣었다. 급작스러운 한 수였기에 피하기는 어려워 보였다. 하지만 진파랑은 가볍게 옆으로 신형을 움직였다.

"홍수려의 사주였나?"

가볍게 피한 진파랑의 물음에 문자경은 잠시 흠칫 놀란 듯 전신을 멈췄다. 순간 진파랑의 도가 문자경의 목을 베어갔다. 문자경은 재빠르게 신형을 낮추며 진파랑의 허벅지를 잘라갔다.

파팟!

둘의 신형이 순식간에 교차되더니 삼 장 거리로 떨어졌다. 진파랑의 허벅지엔 가벼운 검상이 생겼고, 문자경의 오른 어깨엔 도상이 생겨났다. 가볍게 스치고 지나갔기에 붉은 선만이 나타나 있었다. 하지만 서로의 실력에 대해서 어느 정도 가늠할 수 있는 한 수였다.

"죽일 수밖에 없는 놈이로군."

문자경은 진파랑이 모든 것을 알고 있다고 생각되자 자신도 모르게 중얼거린 것이다. 외부에 알려지면 골치 아픈 문제였기에 진심으로 진파랑을 대해야겠다고 생각하였다.

문자경은 어깨의 상처를 손으로 만지다 거대한 살기를 뿌림과 동시에 그의 검에서 백색 아지랑이가 피어나기 시작했다. 천문오검 중 일검 독로검을 펼칠 생각이었다.

천문오검은 다섯 개의 검법을 하나의 초식으로 바꾼 것으로, 각검마다 특징이 뚜렷하였다. 그중 일검인 독로검은 초식이 자유로운 검법으로 수십에서 수백에 달하는 초식들을 지니고 있었으며 검기를 이용한다는 것이 특징이었다.

쉭!

문자경의 신형이 바람처럼 진파랑을 향해 날아들었으며 그의 검에서 발출된 검기가 반 장 가까이 늘어나 있었다. 그러한 검기가 진파랑의 허리를 잘라갔다. 진파랑의 신형이 그 순간 빠르게 움직여 검기를 피함과 동시에 문자경의 앞으로 접근해 갔다.

따다당!

도기에 감싸인 백도와 검기에 감싸인 검이 부딪치자 금속음이 일어났으며, 사방으로 강력한 돌풍이 날아가기 시작했다.

쏴아아아!

연무장에서 일어난 강한 바람 때문에 주변에 있던 많은 나무들이 소리 내며 흔들렸다. 검기와 도기를 이용해 근접전을 펼치다 보니 바람이 일어날 수밖에 없었다.

'대단하군…….'

나무와 나무 사이의 그림자에 몸을 숨기고 살짝 고개만 내민 청란은 풀숲 사이에서 눈만 보이는 듯했다. 그녀의 전신은 이미 땅에 들어가 있는 상태였고, 잠행술을 펼친 채 구경하고 있는 중이었다.

파파팟!

바람이 강하게 일어나 풀과 나뭇잎이 흔들렸다. 둘의 근접전에서 일어나는 기와 기의 부딪침에 바람이 일어난 것이다. 그러한 둘의 움직임이 청란의 눈엔 그저 멀게만 느껴졌다.

'저 정도일 줄이야……'

청란은 설마하니 진파랑의 무공이 저토록 고강하리라곤 생각지도 못하였다. 천문성의 후계자라는 문자경과도 호각을 이루었기 때문이다.

아니, 문자경의 이마에 땀방울이 맺힌 것으로 보아 진파랑이 오히려 한 수 위라는 생각이 들었다. 진파랑의 모습은 변한 게 없었기 때문이다.

검기와 도기를 일으켜 싸우는 일이 얼마나 힘든 일인가? 조금이라도 잘못되거나 기에서 밀린다면 바로 무기와 함께 몸이 잘릴 것이다.

상대가 떨어져 있다면 검기나 도기를 휘두르면 그만이었다. 하지만 가까이서 상대가 기를 일으켜 달려든다면 이야기가 달랐다. 조금이라도 내력이 멈춘다면 무기가 잘리기 때문이다. 그만큼 검기나 도기의 위력은 대단한 것이다.

콰쾅!

청란은 진파랑이 검기를 피하자 검기에 닿은 나무가 잘려 쓰러지는 모습에 살짝 눈을 감았다.

따땅! 따다당!

검과 도가 빠르게 부딪치고 있었으며, 둘의 신형이 더욱 어지럽게 작은 연무장에 발자국을 만들기 시작하였다.

'와아……!'

청란이 그 수십 개로 늘어난 둘의 모습에 감탄한 듯 입을 벌렸다. 순간 바람 소리가 그녀의 귓가에 들려왔다.

스스슥!

일반적인 바람 소리가 아니었다. 그렇다고 진파랑과 문자경이 부딪쳐서 만든 것도 아니었다. 이것은 사람이 지나갈 때 생기는 소리였던 것이다.

'……'

청란은 더욱 깊숙이 몸을 숨기며 주변을 살폈다. 그런 그녀의 전신으로 식은땀이 흘러내렸다. 수많은 사람들이 이 주변을 가득 감싸고 있었기 때문이다. 소리없이 주변을 포위한 것이다. 그 뒤로 수많은 사람들의 인기척이 느껴졌다. 아마도 분타와 순찰당의 무사들이 분명하였다. 그들이 어느 정도 거리를 둔 채 이 주변을 포위한 것이다.

'음영대……'

청란은 자신과 가까이에 위치한 십여 명의 그림자가 어떤 존재인지 눈치 챌 수 있었다. 천문성에서 이 정도로 은밀하게 움직일 수 있는 곳은 음영대 하나였기 때문이다.

다행히도 그들 역시 청란과 마찬가지로 진파랑과 문자경의 대결을 지켜보느라 정신이 없는 듯했다.

'끝까지 따라간다.'

청란은 음영대와의 잠행술에 경쟁이라도 생긴 듯 땅속으로 몸을 숨겼다.

팍!

검과 도가 중앙에서 교차되듯 부딪쳤다.

파파팟!

순간 강한 바람이 둘 사이에서 일어나 사방으로 퍼져 나갔다. 검과 도를 교차시킨 채 쳐다보는 둘의 시선엔 불꽃같은 살기가 맴돌고 있었으며, 머리카락과 옷자락이 휘날리고 있었다.

"뜨겁군……."

문자경이 조용히 중얼거렸다. 그의 말처럼 검기와 도기가 마주친 채 교차되어 있자 뜨거운 바람이 일어나고 있었다. 아지랑이 같은 기운들이 서로의 눈에 들어오고 있었다. 보기에는 안개 같으나 조금이라도 아지랑이에 닿게 된다면 살이 베일 것이다.

주륵!

문자경의 볼을 타고 땀방울이 흘러내렸다. 그 모습에 진파랑의 눈동자가 기광을 뿌리기 시작했다. 문자경의 내력이 달리기 시작한 것이다. 그것을 확인할 수가 있었기에 진파랑은 도에 더욱 강력한 기운을 쏟기 시작했다.

츠츳!

도기가 거세게 일어나자 문자경의 안색이 굳어지더니 어금니를 강하게 깨물었다. 하지만 상체가 뒤로 기울기 시작하자 분노하지 않을 수가 없었다. 자존심 상했기 때문이다.

"왜 그러나, 힘이 없어 보이는데?"

슥!

말과 함께 진파랑의 도가 검신을 자르고 들어왔다. 하지만 문자경은 집중력을 잃지 않고 검에 신경을 집중시키자 살짝 검을 자른 도가 멈춰 섰다. 문자경의 내력에 막힌 것이다.

파파팟!

둘의 살기가 다시 부딪치자 더욱 강한 바람이 원형을 그리고 일어나 사방으로 퍼져 나갔다. 마치 호수의 수면에 물방울이 떨어져 생긴 것 같은 바람이었다.

쏴아아아!

강한 바람에 나뭇가지들이 흔들리자 차가운 소리가 울렸다. 그 소리를 들으며 문자경은 아미를 찌푸렸다.

주룩!

그의 입술을 뚫고 핏방울이 흘러내렸다. 내력에 밀리자 내상까지 각오한 채 모든 기운을 일으켰기 때문이다. 그 모습을 눈으로 확인한 순간 진파랑의 전신으로 강력한 기운이 솟구쳤다.

"핫!"

팡!

소리침과 동시에 진파랑은 도를 옆으로 쳤다. 마치 검과 함께 문자경의 목을 자르겠다는 듯.

"크윽!"

뒤로 밀려 나간 문자경을 향해 진파랑의 도가 마치 도끼로 장작을 패듯 내려쳐 왔다. 그 모습에 문자경은 입술을 깨물며 선천진기까지 끌어올렸다.

"하앗!"

쉬쉬쉬쉭!

순간 수십 개의 백색 점이 마치 송곳처럼 변하여 진파랑의 전신을 뚫어버릴 듯 날아들었다. 진파랑의 안색이 굳어짐과 동시에 신형을 멈추곤 빠르게 도를 앞으로 내밀었다.

파팟!

"......!"

문자경은 순간 어이없다는 듯 눈을 부릅떴다. 자신의 천문 오검 중 이검인 섬광검이 사라졌기 때문이다. 동시에 마치 파도가 밀려오듯 무색투명한 무언가가 전신을 덮쳐 오자 자신도 모르게 수십 개의 원을 그리며 검기를 크게 일으켰다.

파파팟!

순간 문자경의 눈동자에 피가 튀어 오르는 모습이 잡혀들었다.

"......!"

문자경은 놀란 눈으로 진파랑을 쳐다보았다. 그런 그의 발밑으로 걸레처럼 변한 자신의 상의가 떨어져 내렸다.

주르륵!

상체에 수십 개의 횡으로 된 붉은 선들이 나타나더니 피를 흘리기 시작했다. 진파랑의 천풍육도 중 혈소풍이 펼쳐진 것이다. 문자경 역시 혈소풍의 얇은 도풍들을 모두 막지 못한 것이다. 하지만 깊게 상처를 주지도 못하였다. 그저 피부만 살짝 벤 것이다.

"이럴 수가……."

문자경은 무언가 이상한 투명한 것이 파도처럼 밀려온다고는 생각했었다. 하지만 그것이 자신의 검막을 뚫고 들어올 줄은 생각지도 못하였다. 아니, 막지 못했다는 것이 놀라운 듯 진파랑을 쳐다보았다.

주륵!

어깨를 타고 내려온 핏물이 손바닥 안에서 검을 타고 내려갔다. 끈적한 느낌이 손안에서 느껴지자 문자경은 그제야 자신이 무림인이란 사실을 실감하게 되었다. 목숨을 잃을지도 모른다는 생각이 든 것이다. 그런 생각이 든 것은 태어나서 처음이었다. 이런 감정에 대해서 문자경은 어떻게 대처해야 할지 몰라 잠시 멍하니 진파랑을 쳐다보았다.

슈악!

순간 진파랑의 도가 백색 섬광에 휩싸인 채 문자경의 목을 향해 종으로 베어갔다.

문자경은 진파랑의 분노한 눈동자와 자신을 향해 도를 휘두르는 모습이 선명하게 눈에 들어왔다. 저것을 막지 못하거나 피하지 못한다면 자신이 죽는 것도 알고 있었다. 죽는 것이 어떤 의미인지 분명 알고 있었다. 하지만 왜일까? 손이 움직여지지 않았다.

획!

그 순간 진파랑의 도가 여지없이 문자경의 목을 잘라갔다.

빡!

"큭!"

문자경이 충격을 이기지 못하고 뒤로 물러섰다.

"어서 피하게."

순간 들려온 목소리에 문자경은 자신의 앞에 서 있는 석청림의 옆얼굴을 쳐다보았다. 석청림의 검이 진파랑의 도를 막은 것이다. 그는 검을 늘어뜨린 채 진파랑을 노려보고 있었다.

문자경은 잠시 멍하니 석청림을 쳐다보다 이내 정신을 차리고 벌떡 일어서더니 매우 화가 난 표정으로 석청림에게 말했다.

"저놈은 내 상대요!"

"자넨 문씨가 아닌가? 그리고 아쉽게도 저놈의 실력은 자네보다 위인 듯 보이네."

"무슨 헛소리를 하십니까!"

문자경이 화가 난 목소리로 외쳤지만 석청림의 시선은 문자경이 아닌 변양도와 정혁성에게로 향해 있었다.

"일단 물러서게. 이곳은 나에게 맡기고."

"알겠습니다."

변양도가 그 뜻을 이해하고 문자경의 어깨를 잡았다. 순간 문자경이 비틀거리며 변양도의 어깨에 기대었다. 이미 그는 일어서 있는 것조차 힘들 정도로 모든 체력과 내력이 고갈된 상태였다. 마지막 혈소풍을 막으면서 그리된 것이다. 그것을 석청림은 알고 있었기에 나선 것이다.

"크으윽!"

문자경은 이빨을 강하게 물더니 변양도를 밀치고 다시 신형을 세웠다. 하지만 변양도가 문자경의 어깨를 다시 잡았다.

슈악!

순간 바람과 함께 석청림의 머리를 넘은 진파랑의 도가 문자경의 머리를 향해 내려쳐 갔다. 그 모습에 문자경의 안색이 굳어졌다. 하지만 석청림이 누구인가?

쾅!

"큭!"

진파랑은 석청림의 검과 부딪치는 순간 충격을 이기지 못하고 뒤로 날아가 바닥에 내려섰다.

"아직도 팔팔하군. 대단해……."

석청림은 진정 감탄한 표정으로 진파랑을 쳐다보았다. 아무리 뛰어난 무인이라 해도 검기나 도기를 그렇게 장시간 사용할 수 없기 때문이다. 하지만 진파랑은 문자경이 지칠 때까지 도기를 사용한 것이다. 그런데도 진파랑의 안색엔 변화가 없었다.

석청림은 진파랑을 물러서게 한 후 걱정된다는 표정으로 고개를 돌렸다. 다행히 문자경은 진파랑과 자신의 부딪침에서 일어난 강한 충격에 정신을 잃고 쓰러진 것을 보자 안심되었다.

"그럼."

변양도가 가볍게 고개를 숙이며 문자경을 안아 들고 빠르게 움직여 갔다. 그 뒤로 정혁성이 따랐다. 석청림은 곧 고개를 돌려 진파랑을 향해 검을 겨누었다.

"다시 하지."

석청림의 무심한 목소리에 진파랑의 안색이 굳어졌다. 석청림의 기백이 강하게 다가왔기 때문이다. 하지만 그것도 잠시뿐, 진파랑은 빠르게 석청림을 향해 날아들었다.

슈아악!

석청림은 번개처럼 다가오는 진파랑의 모습에 검기를 일으킴과 동시에 진파랑의 목을 찔렀다. 순간 '팟!' 하는 공기의 떨림이 생기자 백색 섬광이 진파랑의 목 앞까지 나타났다. 한순간에 일 장 거리까지 검기가 늘어난 것이다.

"……!"

진파랑의 눈동자가 그 모습에 흔들렸다. 예상치 못한 일격이었기 때문이다. 보통 검기는 반 장이 한계에 가까웠다. 그 이상 검기를 늘어나면 그 형체를 유지하는 것조차 어려웠고 검기의 위력 역시 없는 것과 마찬가지였다. 하지만 일 장까지 늘어난 검기는 분명 검의 모습이었고 날카롭게 다가왔다.

휘리릭!

진파랑은 검기를 피하기 위해 재빠르게 발을 바꾸어 회전했다.

핏!

"크윽!"

진파랑의 왼 볼을 검기가 스쳤으나 깊게 베이지 않아서일까? 진파랑은 마치 활에서 떠난 화살처럼 허리를 구부리더니 앞으로 튀어나갔다.

"궁신탄영!"

석청림이 그 모습에 놀라 외치며 강력한 검기를 일으킴과 동시에 뻗어 나오는 진파랑의 도끝을 향해 부딪쳐 갔다.

쾅!

"으윽!"

석청림의 신형이 뒤로 십여 걸음이나 물러서더니 비틀거리듯 진파랑을 쳐다보았다. 순간 진파랑의 신형이 번개처럼 석청림의 앞으로 달려들어 왔다.

슈아악!

다가오는 진파랑의 앞에서 마치 파도가 치는 것처럼 바닥의 먼지들이 일어나자 석청림의 안색이 굳어졌다. 분명 문자경과의 대결에서 같은 것을 보았기 때문이다.

"하압!"

석청림은 재빠르게 검막을 펼치며 뒤로 물러섰다.

파팟!

"큭!"

검막이 혈소풍과 부딪쳐 사라지는 순간, 진파랑의 도가 수십 개로 늘어나 앞으로 뻗어 나왔다. 석청림은 더 이상 자신이 물러설 수 없다는 것을 본능적으로 알고 있었다. 한번 수세에 몰리면 끝이기 때문이다. 그리고 지금 자신은 수세에 몰려 있었으며 진파랑의 무공을 볼 때 빠져나가기가 힘들 것 같았다.

석청림은 허리를 낮춤과 동시에 마치 반동을 타듯 앞으로 한 발 나서며 수십 개로 변하여 날아드는 도기 사이로 검을 뻗었다. 순간 검기가 도기를 뚫고 진파랑의 이마를 향해 일직선으로 뻗었다. 그의 절초인 검도일선(劍道一線)을 펼친 것이다. 순간 석청림은 눈을 부릅떠야 했다. 자신의 검도일선을 밀고 들어오는 열십자의 도기 때문이었다. 진파랑은 천풍육도 중 십살풍을 펼친 것이다.

쾅!

문자경을 안아 들고 후문을 지나던 변양도가 잠시 걸음을 멈추었다. 문 밖에 서 있는 순찰당의 수많은 무사들 때문이었다. 그들의 표정은 굳어 있었으며 눈동자엔 투기가 넘쳐흐르고 있었다.

쾅! 하는 폭음 소리가 하늘 높이 솟구친 것은 그때였다.

"……!"

변양도가 그 강력한 소리에 고개를 돌리다 정혁성에게 문자경을 넘기며 말했다.

"아무래도 내가 남아야겠소."

"석 형이 걱정돼서 그러시오?"

변양도가 고개를 끄덕이자 정혁성이 안색을 찌푸렸다.

"도움을 줘야 할 것 같소. 석 형만으로는 저자를 막을 수가 없을 것 같구려."

"음… 정 그렇다면 그리하시오. 대신 석 형과 함께 덕산으로 와야 하오. 그곳에서 기다릴 테니."

정혁성은 유림원의 오대가 덕산에 있다는 것을 알기에 그곳으로 오라 한 것이다. 변양도 역시 그 사실을 알고 있었다.

"물론이오."

변양도가 고개를 끄덕이자 정혁성은 문자경을 안고 빠르게 걸어갔다. 그의 뒤로 순찰당의 무사들이 따르기 시작했다. 이 정도의 인원이면 충분히 진파랑을 잡을 것 같았으나 정혁성은 그들을 함께 대동하였다. 지금의 진파랑과 싸운다면 그저 쓸데없는 희생만 늘어날 것이라고 여겼기 때문이다.

"굴욕이군……."

정혁성은 조용히 중얼거리며 주먹을 쥐었다.

쾅!

"크으윽!"

피투성이로 변한 석청림이 뒤로 밀려 나가며 입술을 깨물었다. 그의 상의는 이미 걸레처럼 변하였고 검을 들고 있는 오른손은 경련이라도 일어난 듯 떨리고 있었다.

"우엑!"

피를 토한 석청림은 부릅뜬 눈으로 진파랑을 쳐다보았다. 진파랑의 안색을 여전히 무심했으며 눈동자엔 살기만이 맴돌고 있었다.

"믿을 수가 없군……."

석청림은 놀랍다는 듯 중얼거렸다. 이 정도의 무공을 지녔다는 것 자체가 놀라울 뿐이었다. 그런 인물이 어째서 지금까지 무명이었고 천문성에서 하급 무사로 지낼 수가 있었을까? 온몸을 누르는 고통은 사실이었고 눈앞에 있는 청년이 자신에게 만든 상처였다.

"잘 가시오."

진파랑이 처음으로 입을 열었다. 그리고 그 말을 듣는 석청림은 멍한 시선으로 진파랑을 쳐다볼 뿐이었다. 문득 지금까지 자신이 지내온 수많은 시간들이 허무하다는 생각이 들었다. 그렇게 많은 노력을 기울여 지금의 위치까지 올라온 석청림이었다. 세상에 적이라곤 몇 없다고 자부하던 자신이었다. 그 몇 없는 적 중에 설마하니 이렇게 젊은 인물이 있을 것이라고 상상이나 했겠는가?

쉭!

바람처럼 진파랑과 함께 날아드는 도날을 쳐다보았다. 백색 도가 이상하게 거울 같다는 생각이 들었다. 다가오는 백도가 왜 그렇게 느리게 보이는지……. 석청림은 불현듯 지나치는 과거의 모든 일들이 후회되었다. 이렇게 허무하게 죽을 줄 알았다면 좀 더 노력했어야 했다고.

"멈춰라!"

슈앙!

순간 외침과 강력한 빛살이 진파랑을 향해 날아들었다. 변양도의 화살이 진파랑의 도가 석청림의 목을 지나가려던 순간 날아온 것이다. 진파랑은 한순간 당황할 수밖에 없었다. 변양도의 화살이 너무 빨랐기 때문이다. 하지만 보고 생각하는 것보다 몸이 더욱 빨리 반응하였다.

쾅!

진파랑은 도면으로 화살을 막으며 흙먼지와 함께 뒤로 날아가 나무에 부딪쳤다. 하지만 나무가 날아오는 진파랑의 힘을 이길 리가 없었다.

콰쾅!

세 그루의 나무를 부러뜨리며 뒤로 밀려난 진파랑은 이빨을 깨물었다. 시선을 들어 석청림을 찾자 어느새 변양도의 어깨에 기대어 담을 넘고 있는 모습이 잡혔다. 진파랑은 번개처럼 앞으로 뛰어나갔다.

第六章
끈질긴 사람

진가도

강호는 지금 상당히 시끄럽게 변하고 있었다. 구양 분타를 괴멸하고 천문성의 칠각주 중 현마각주를 죽인 진일에 대한 소문이 퍼진 것이다. 화젯거리를 좋아하는 강호인들의 속성상 진일에 대해서 이런저런 말들이 많이 흘렀고 천문성은 화제의 중심에 서게 되었다.

지금 강호에서 진일을 모르는 사람은 없었다. 하지만 그가 진파랑이란 사실을 아는 사람은 그리 많지 않았다. 불과 몇 명만이 알고 있을 뿐이었다.

모용세가 역시 진일에 관한 소문을 들어서 알고 있었다. 하지만 크게 관심을 갖지 않고 있었다. 천문성의 일이었기 때문이다. 단지 새로운 고수가 등장했다는 것에 관심을 가지는 정도였다.

모용세가의 후원을 조용히 걷고 있는 마지령 역시 진일의 소문을 들어서 알고는 있었다. 하지만 그녀는 요즘 들어 아무것도 생각하지 못하고 있었다. 검법을 수련해도 마음속에 무언가 알 수 없는 것이 남아 누르고 있는 듯한 기분을 느끼고 있기 때문이었다.

'심마……'

마지령은 그렇게 생각했다, 심마라고. 다른 말로 표현할 만한 것이 없었다. 그저 심마에 빠진 것처럼 요즘 들어 마음이 무언가에 눌린 것 같았다.

"후……"

마지령은 짧게 숨을 내쉬며 작은 호숫가 옆에 마련된 의자에 앉았다.

"보고 싶을 것이오."

진파랑의 목소리가 들려왔다. 하지만 그것은 환청일 뿐이지 진파랑은 지금 이곳에 없었다. 그날 이후 그는 사라진 채 소식조차 없었다.

걱정이 되는 것일까? 아니면 불안한 것일까? 그것도 아니면 보고 싶은 것일까? 마지령은 알 수 없는 마음의 소용돌이에 빠져 있는 상태였다. 요 근래 계속해서 이런 상태였다.

"마 언니."

마지령은 빠른 발걸음으로 다가오는 아정의 모습을 보고 일어섰다. 그러자 아정이 다가와 말했다.

"손님이 오셨어요. 모용 언니가 찾으세요."

"손님?"

"네, 남궁세가에서 온 분이세요."

아정의 남궁세가란 말에 누구인지 알 수 있었다.

모용선의 거처엔 작은 정원이 있었고 그곳엔 따로 객청이 있었다. 그곳에 앉아 있는 남궁성은 모용선과 이런저런 대화를 나누고 있었다.

"천외성의 움직임이 심상치 않은 모양이야. 조만간 이곳에서 사대세가와 사천맹의 큰 회의가 있을 것 같아. 아버님도 그 일 때문에 숙부님을 보낸 것이고. 나야 그냥 따라왔지만."

남궁성이 가볍게 미소를 보이며 말했다.

"천외성이?"

모용선은 천외성이란 말에 살짝 안색을 찌푸렸다. 당가에 갔을 때 마지령에게서 천외성의 사람들을 만났다고 들었기 때문이다.

"요즘 천외성의 악인들이 자주 움직이나 봐. 나야 자세한 건 모르지만."

"큰 싸움은 싫은데……."

모용선이 낮은 목소리로 중얼거리고 있을 때 발소리가 들려오며 마지령이 다가왔다. 그녀가 들어오자 가벼운 인사가 오고 갔다. 조금 거리를 두고 서 있던 시비들이 의자에 앉은 마지령의 앞에 차를 따라주었다. 마지령을 쳐다보던 남궁성은 이내 주변을 둘러보며 물었다.

"그러고 보니 진 형이 안 보이네? 떠났지?"

남궁성이 모용선을 향해 시선을 던지자 모용선은 깜짝 놀란 표정을 보였다. 하지만 마지령은 담담한 표정이었다.

"어… 어떻게 알았어?"

모용선은 거의 외부로 알려지지 않은 일을 남궁성이 알고 있자 놀란 것이다. 남궁성은 모용선의 표정이 재미있는지 웃음을 흘렸다.

"정말 아무것도 모르는 모양이네?"

"진 형이 어디에 있는지 알고 있다는 소리야?"

모용선이 놀란 듯 묻자 남궁성은 미소를 보이며 고개를 저었다.

"아니, 그건 아니고… 호호."

남궁성은 자신만 알고 있다는 것에 기분이 좋아졌다. 마지령 역시 진파랑이 어디에 있는지 모르는 것 같았기 때문이다.

"무슨 말이야? 궁금하잖아. 안다는 거야? 모른다는 거야?"

모용선의 물음에 남궁성은 웃으며 고개를 저었다.

"진 형과의 약속도 있으니 말하기가 그러네."

"약속?"

모용선은 조금 화가 난다는 표정으로 남궁성을 쳐다보았다. 다른 것보다 진파랑이 자신보다 남궁성과 더 가깝다는 생각이 든 때문이다. 모용세가에서 같이 지낸 시간이 몇 년인가? 그리고 함께한 날들이 얼마인데 어떻게 몇 번 마주친 정도인 남궁성이 자신보다 더 잘 안단 말인가? 화가 날 만한 일이었다.

"휴우⋯⋯."

남궁성은 잠시 웃다 곧 숨을 길게 내쉬었다. 진파랑을 떠올리니 한숨이 흘러나왔던 것이다.

"하긴… 곧 죽을지도 모르는데 약속이 중요할까."

"⋯⋯!"

"뭐?"

마지령의 변하지 않던 표정이 변하였고 모용선이 눈을 크게 떴다. 생각지도 못한 말을 들었기 때문이다. 남궁성은 그런 두 사람을 번갈아 쳐다보며 다시 물었다.

"정말 아무것도 모르는 거야?"

말을 한 후에도 두 사람의 표정에 거짓이 없자 남궁성은 잠시 어이없다는 듯 고개를 저으며 말했다.

"지금 복건성에서 천문성하고 싸우고 있잖아. 진일이란 이름으로."

"......!"

순간 두 사람의 눈동자가 커졌다. 청천벽력과도 같은 말이었기 때문이다. 정신을 차린 모용선이 낮고 빠르게 말했다.

"그게 사실이라면 이 일은 우리 세 사람만 아는 것으로 해야 해. 진 소협이 천문성의 사람이었다는 것을 아버님이나 오라버니가 알게 된다면 크게 화를 내실 테니."

"그렇겠지."

남궁성이 고개를 끄덕이며 마지령을 쳐다보았다. 마지령은 짧게 눈동자를 빛내다 이내 입을 열었다.

"사실인가요?"

마지령은 남궁성에게 다시 한 번 확인을 받고 싶은 듯했다. 남궁성은 안색을 굳히며 걱정된다는 듯 말했다.

"사실이야. 나 역시도 우연히 듣게 된 것뿐이지만, 천문성에서 자랐고 진일이란 이름으로 활동했던 모양이야."

"그렇군요."

마지령은 짧게 대답한 후 다시 입을 닫았다. 왠지 모를 차가움이 그녀의 표정에서 흘러나오고 있었다.

"우리만 아는 거야. 알았지?"

모용선이 조심스럽게 다시 한 번 확인하자 마지령은 곧 고개를 끄덕였다.

*   *   *

진파랑은 상당히 화가 나 있었다. 문자경을 만나기 위해 힘을 숨겼으며 최대한 참으려고 하였다. 그래서 문자경을 만나는 데 큰 어려움이 없었다. 정혁성은 설마하는 생각으로 대했으며 변양도 역시 과거의 자신으로만 생각했기 때문이다.

하지만 문자경을 만나자 화를 주체할 수가 없었다. 그랬기 때문에 본신의 실력을 보인 것이다. 그러자 이제는 방해자가 나타나 문자경을 지켰다. 그게 너무 화가 났다. 자신의 목적을 방해한다는 것에서. 그리고 지금도 방해자들은 있었다.

"……."

진파랑은 걸음을 멈추고 굳은 표정으로 앞을 바라보았다. 십 장의 거리 앞에 서 있는 수많은 사람들 때문이다. 무엇보다 그들의 눈이 진파랑의 발을 잡고 있었다. 목숨을 걸겠다는 각오가 담긴 눈이었다. 진파랑은 그 표정들을 바라보며 자신 역시도 저런 눈으로 싸워왔다는 것을 깨달았다.

슥!

진파랑은 도를 고쳐 잡으며 도 등을 밑으로 했다. 화가 났지만 이들 모두와 싸울 수는 없었다. 그렇다고 죽일 수도 없었다. 그렇게까지 마음이 모질지는 않았다. 과거의 자신이었다면 마음을 모질게 먹을 수도 있었을 것이다. 그때는 힘이 없어 독해야지만 살아남을 수가 있었기 때문이다.

하지만 지금은 달랐다. 힘이 있었고 사람을 죽이지 않아도 살아남을 수 있는 방법이 많이 있었다. 자신이 원하는 상대는 문자경이지, 이들이 아니기 때문이다.

파곽!

진파랑은 빠르게 앞으로 달려나갔다. 이렇게 많은 사람들이 둘러싸고 있는데도 진파랑에겐 두려움이 없었다. 아니, 오히려 마음이 진정된 것 같았다.

쉬쉭!

앞으로 달리자 세 개의 도가 머리와 양어깨를 내려쳐 왔다. 세 명이 한 조가 되어 상대와 싸우는 천문성만의 전법이란 사실을 진파랑은 알고 있었다. 그렇기 때문에 허점 또한 잘 알고 있었다.

땅!

중앙에서 머리를 내려치는 도를 쳐냄과 동시에 앞으로 한 발 나서며 도 등으로 상대의 어깨를 찍었다. 좌우에서 내려쳐 오는 도는 애초에 생각할 필요도 없었던 것이다.

빡!

"크아악!"

뼈가 부러지는 고통은 말로 표현할 수 없을 만큼 고통스러운 것이다. 진파랑은 도 등으로 어깨를 찍어 뼈를 부러뜨렸다. 이 정도의 부상이라면 쉽게 움직이지 못할 것이다. 이 정도면 충분했다. 진파랑은 주저없이 앞으로 달려나가며 백도를 휘둘렀다.

빡! 빠각!

"크악!"

수많은 사람들에게 둘러싸여 있는 진파랑은 여전히 앞으로 나가고 있었으며, 그의 도가 움직일 때마다 뼈가 부러지는 소리와 함께 비명성이 터져 나왔다. 그렇게 삼십여 보를 빠르게 앞으로 전진했을 때였다. 진파랑은 시간이 없다는 생각에 앞에서 날아드는 도를 살짝 어깨만 움직여 피한 후 재빠르게 다리를 들었다.

팍!

내려쳐 오는 도 등에 올라선 진파랑은 상대가 깜짝 놀라 눈을 부릅뜨고 있는 찰나 그 얼굴을 밟고 허공으로 뛰어올랐다.

쉬아악!

그의 신형이 십여 장이나 중인들의 머리를 넘어 떨어져 내렸다. 순간 그의 하체를 노리고 십여 개의 도와 창들이 뻗어 올라왔다. 진파랑은 신형을 틀어 머리를 밑으로 하며 백색 원을 도로 그렸다.

파팟!

순간 허공으로 찌르던 도와 창들이 힘없이 잘려 나갔으며, 진파랑은 여전히 같은 방법으로 가까이에 있는 무사의 어깨를 밟았다.

뿌득!

"크악!"

발을 밟자 어깨뼈가 으스러지는 고통에 이름 모를 무사의 입에서 비명성이 터져 나왔다. 하지만 진파랑은 이미 다시 한 번 허공으로 뛰어오른 상태였다. 문득 하늘을 쳐다보자 해가 이미 완전하게 사라졌다는 것을 알 수 있었다. 곧 별이 뜨고 어둠이 짙게 깔릴 것이다.

*   *   *

"으음……."

어둠이 짙게 깔린 관제묘의 안에서 눈을 뜬 문자경은 전신이 아파오는 것을 느껴야 했다.

"여긴 어딘가?"

문자경은 주변을 살피다 문 앞에 서 있는 정혁성을 발견하고 물었다.

"덕산 초입입니다."

고개를 끄덕이고 앉은 문자경은 한숨을 길게 내쉬다 곧 이빨을 깨물었다.

"이 무슨 개망신인가……."

뿌드득!

이빨을 가는 소리가 정혁성의 귀에까지 들려왔다. 하지만 정혁성은 이렇다 할 말을 할 수가 없었다.

"수하들은?"

"이 주변에서 휴식을 취하고 있지요."

정혁성의 말을 들은 문자경은 어깨를 미미하게 떨었다. 그것은 끓어오르는 분노 때문이었다. 이곳이 어디인가? 복건성이었다. 복건성에서도 천문성에서 그리 멀지 않은 지역이었다. 그런 곳에서 적에게 일격을 당한 것이다. 그것도 하룻강아지 같은 존재에게. 문자경의 자존심은 상할 수밖에 없었다.

"내상약 있나?"

"물론입니다."

정혁성이 다가와 환약을 꺼내 건넸다. 문자경은 내상약을 먹은 후 눈을 감으며 말했다.

"운기를 마칠 때까지 부탁하네."

"예."

정혁성의 짧은 대답에 문자경은 운기조식을 하기 시작했다. 일단 내력부터 회복하는 게 최우선이었기 때문이다.

잠시 문자경을 쳐다보던 정혁성은 곧 신형을 돌렸다. 밖으로 나가는 그의 안색은 상당히 구겨져 있었다. 진파랑의 무공이 생각 이상으로 강했기 때문이다. 구양 분타나 현마각주를 죽일 때 보여주었던 무공에 대해서 여러모로 조사를 했지만 절대 석청림의 위는 아니었다. 하지만 그가 보여준 무공은 절정을 넘어서고 있었다. 이미 보고서는 올렸지만 조금 늦은 감이 있었다. 그리고 지금이 위기라는 것도 본능적으로 알고 있었다.

'장로 분들 중에 한 분만이라도 오신다면 일이 좀 더 수월하게 해결될 터인데……'

정혁성은 천문성의 괴물 같은 장로들을 떠올리며 고개를 저었다. 아직 그들이 나설 만한 단계가 아니었기 때문이다. 좀 더 진파랑이 위협이 된다고 느껴진다면 그들이 나설 것이다.

"당주님께선 괜찮으십니까?"

정혁성은 옆으로 다가온 삼십대 후반의 순찰단 부당주 형도공의 물음에 고개를 끄덕였다.

"크게 걱정할 필요는 없다. 외상은 가벼운 것이고 내상은 운기하면 어느 정도 회복될 테니. 반 시진 정도 운기하면 깨어나시겠지. 문제는 진가 놈이다."

진파랑의 무공으로 볼 때 절대 석청림이 오래 견디지는 못할 것 같았다. 단지 석청림이 최대한 시간을 끌어줄 것이라고 믿어보는 수밖에 없었다.

쉬쉭!

그때였다. 바람처럼 정혁성의 옆으로 세 명의 복면인이 나타나 부복하였다. 정혁성은 음영대의 삼 인이 나타나도 별로 놀란 기색이 없었다. 이미 다가오는 것을 감지했기 때문이다. 그들 역시 정혁성의 앞에 나타날 때 미리 기척을 내었다. 그렇지 않고 접근한다면 정혁성이 공격할지도 모르는 일이었다. 하지만 갑작스러운 그들의 등장에 형도공은 놀란 표정으로 물러섰다.

"반 시진 후 진일이 이곳으로 올 것입니다."

"반 시진? 허… 대단하군."

정혁성은 그 말에 상당히 놀란 듯 수염을 쓰다듬기 시작했다. 애써 담담한 표정을 유지하려 했지만 진파랑의 공격이 너무 매섭게 다가왔다.

"변 형은?"

"지금 오는 중입니다."

"다른 지원은 없느냐?"

"유림원의 오대가 한 시진 후에 도착할 것입니다."

그 말에 정혁성의 표정이 풀리며 짧게 숨을 내쉬었다. 안심이 되는 말이었기 때문이다. 유림원의 오대라면 적어도 장로한 명 정도의 무력에 맞먹었기 때문이다. 그 정도면 충분히 진파랑의 목을 벨 수 있었다.

"그렇다면 반 시진만 버티면 되겠구나."

"그렇습니다."

"알았다."

정혁성이 손을 들자 그들의 신형이 어둠 속으로 사라졌다. 곧 정혁성은 형도공에게 말했다.

"이곳 주변 공터를 중심으로 불을 피우게. 변 형이 쉽게 찾을 수 있도록. 또한 진가 놈도 우리를 쉽게 찾을 수 있게 해야겠지."

"알겠습니다."

형도공은 대답한 후 곧 수하들을 시켜 불을 피우기 시작했다. 얼마 지나지 않아 관제묘를 중심으로 열 개의 큰 불길이 솟아올랐다. 저 멀리 어둠 속에서도 볼 수 있게. 이 불은 진파랑을 위한 것도 있지만 이곳으로 향하는 유림원의 오대를 위한 불길이었다. 그들이 최대한 빨리 위치를 찾아올 수 있도록 한 것이다.

               *   *   *

퍽!

나무 쪽으로 날아간 도는 여지없이 박혀 들어갔다. 하지만 분명 나무에 박힌 것인데 피가 흘러내렸다.

"크으윽!"

신음 소리와 함께 검은 인영이 백도를 가슴에 안은 채 나타나더니 바닥으로 쓰러졌다. 그 앞엔 어느새 나타난 진파랑이 서 있었다.

"소문으로만 듣던 음영대인가?"

진파랑은 중얼거리며 도를 뽑아 들었다. 곧 그의 귓가에 발자국 소리가 요란하게 들려왔다. 그것은 삼십 장까지 다가왔던 음영대가 백 장 뒤로 물러나는 소리였다. 백 장 정도의 거리라면 진파랑도 쉽게 듣지 못할 거리였다. 그곳까지 물러선 것이다.

탁!

진파랑은 나뭇가지를 타고 곧 빠르게 어둠 속으로 날았다. 변양도의 발걸음 소리를 들었기 때문이다.

음영대의 대원 한 명이 석청림을 안아 들고 달리고 있었다. 그 뒤로 변양도가 경공을 발휘하고 있었으나 뒤에서 들리는 진파랑의 기척을 따돌릴 수는 없었다. 그런 그의 눈에 저 멀리 밝게 빛나는 불빛들이 들어왔다.

"먼저 가게."

"예."

음영대원이 미련없이 대답하며 앞으로 달렸고, 변양도는 잠시 신형을 멈춘 후 청각에 신경을 집중하면서 활시위를 당겼다.

스슥!

풀잎을 스치는 발소리가 명확하게 들려오기 시작했다. 거리는 이십 장 정도였다. 그리고 '팟!' 하는 소리가 울리며 기척이 위로 솟구친 것을 느낀 순간 활시위를 놓았다.

피잉!

슈아아악!

진파랑은 허공으로 몸을 솟구쳐 나무 정상을 밟고 궁신탄영을 발휘하려 하였다. 하지만 그 찰나에 날아드는 빛살에 안색을 굳혔다.

"변양도!"

진파랑의 백도가 강력한 백광에 휩싸이며 날아드는 화살 끝을 때렸다.

쾅!

폭음성과 함께 진파랑의 신형이 잠시 주춤하며 뒤로 날아가 바닥에 내려섰다. 순간 '쉬쉬쉭!' 하는 소리와 함께 이십여 개의 비도가 어둠을 뚫고 전신을 향해 날아들었다. 진파랑이 빈틈을 보이자 음영대의 공격이 날아온 것이다.

"흥!"

진파랑은 싸늘한 표정을 한 채 몸을 회전시키며 도풍을 크게 일으켰다.

따다다당!

회전하는 도풍에 부딪친 비도들이 바닥에 떨어져 내리자 진파랑은 음영대의 인기척을 찾아냈다. 하지만 그 순간 음영대의 인기척은 이미 그의 오감에서 사라져 버렸다. 번개처럼 접근했다 물러선 것이다.

"휴우……."

진파랑은 길게 숨을 내쉬었다. 그런 그의 볼을 타고 땀방울이 흘러내리고 있었다. 숨소리도 조금 거친 것이 약간은 지친 듯했다.

두 시진 가까이 도기를 일으키며 내력을 끊임없이 소모하고 있었다. 그런데도 이 정도면 정말 대단한 체력이라고 말할 수 있었다. 아무리 고수라도 긴 시간 동안 많은 내력을 소모하진 못하기 때문이다.

진파랑의 내력이 어느 정도인지 짐작할 수가 있는 싸움이었다. 하지만 그렇게 하고도 목적을 달성하지는 못하고 있었다. 진파랑은 저 멀리 보이는 불빛을 향해 천천히 걸음을 옮기기 시작했다. 걷고 있는 동안 체력을 보충할 생각이었다. 이게 다 진풍자에게 전수받은 풍영공의 덕이었다.

풍영공은 진풍자의 독문 무공으로, 천풍육도는 이 풍영공에 맞추어져 개발된 도법이라 할 수 있었다. 그렇기 때문에 천풍육도는 풍영공과 어우러져 조화를 이루어야만 진정한 위력을 발할 수가 있었다. 진파랑은 천풍육도의 기본기를 익히고 풍영공과 함께 본격적으로 천풍육도를 수련하였다. 그러다 보니 실력이 일취월장할 수밖에 없었다.

풍영공의 성취가 현재 구성이니 천풍육도 역시 구성의 경지에 이르고 있었다. 하지만 그 정도만으로도 지금처럼 이렇게 천문성의 문자경을 압박할 수가 있었으며 석청림 같은 고수를 몰아붙일 수가 있었다.

나무 꼭대기에 올라선 변양도는 활과 화살을 든 채 눈을 감고 있었다.

쏴아아아!

바람에 흔들리는 나무들의 소리가 세차게 들려왔으나 그가 찾는 발소리는 오직 진파랑 하나였다. 그리고 미세한 소리가 그의 귓가를 때리는 순간 눈을 번쩍 뜬 변양도의 화살이 허공을 날았다.

파팟!

연속해서 세 발의 화살을 어둠 속으로 발사한 변양도는 남은 마지막 한 발의 화살을 활시위에 먹이더니 전신의 기력을 모두 모아 불어넣었다. 그런 그의 손에서 빛무리가 일어났다. 곧 활을 허공중에 겨누더니 활시위를 놓았다.

둥!

작은북이 울리는 소리가 시위에서 들리더니 화살이 빛과 함께 솟구쳤다. 곧 화살은 타원형을 그리며 번개처럼 떨어져 내렸다. 곧이어 금속음과 함께 '쾅!' 하는 강력한 폭음 소리가 울렸다. 그 소리를 들은 변양도는 재빠르게 위로 사라졌다.

"크……."

진파랑은 커다란 구덩이가 파인 곳 바로 옆에 앉아 안색을 찌푸리고 있었다. 그의 왼 소매가 걸레처럼 변해 떨어져 내렸으며 왼팔 전체가 멍이라도 든 것처럼 색이 변색되었기 때문이다. 고통이 심하게 머리를 때리기 시작했다. 처음 세 발은 피했으나 마지막 한 발은 마치 피할 장소를 알기라도 하듯이 떨어져 내렸다. 막으려 했으나 그 위력이 너무 강해 피했는데 그 순간 왼팔을 스친 것이다. 스친 것만으로도 왼팔의 감각이 사라졌다.

진파랑의 전신으로 더욱 큰 살기가 피어나기 시작했다. 변양도 한 명 때문에 얼마나 많은 진기를 소모했던가? 또한 체력과 시간을 허비한 것을 생각하면 죽이고 싶을 수밖에 없었다. 그러한 모든 게 살기로 변하기 시작했다.

파팟!

진파랑의 신형이 번개처럼 숲을 헤치고 앞으로 나아갔다.

*　　　*　　　*

문자경은 아직 눈을 뜨지 못하고 있었다. 운기를 마치려면 적어도 일다경 이상은 필요한 것 같았다.

쉭쉭!

바람 소리를 일으키며 사람들 사이로 석청림을 안은 음영대의 대원이 달려왔다. 석청림의 모습을 확인한 정혁성은 저절로 안색이 찌푸려졌다. 몰골이 말이 아니었기 때문이다. 천하의 석청림도 이렇게 정신을 잃고 쓰러질 때가 있다는 것에서 다시 한 번 놀라고 있었다.

"석 형을 빨리 본 성으로 이송하게나."

"예."

음영대원은 대답과 함께 석청림을 안고 숲 사이로 사라졌다. 정혁성은 석청림의 모습을 보는 순간 그가 필요없다는 것을 안 것이다. 이곳에 있다면 오히려 짐만 될 뿐이었다.

팟!

곧 변양도가 날아들었다.

"그놈은 어디에 있소?"

"곧 올 것이오. 그런데 왜 이곳에서 가만히 있는 것이오? 본 성으로 가야 하는 게 아니오?"

변양도가 조금 불만 어린 표정으로 말하자 정혁성이 안색을 찌푸리며 관제묘를 쳐다보았다.

"당주께서 운기 중이시오. 그러니 지킬 수밖에."

정혁성의 말에 변양도의 안색이 굳어졌다. 지금 이 시기에 운기라는 말을 들으니 화가 날 수밖에 없었다. 하지만 표정으로 보이지는 않았다.

"정 형이 말렸어야지요. 진가 놈이 코앞까지 왔는데 이 무슨……. 답답하오."

"설마하니 이렇게까지 빨리 올 줄은 몰랐기에 말리지 못했소. 운기를 마친 후에 출발해도 늦지 않을 거라 생각했소이다. 내 불찰이오."

정혁성이 자신의 잘못을 시인하자 변양도도 더 이상 뭐라 말할 수가 없었다. 하지만 이곳에서 문자경이 운기를 마치고 눈을 뜰 때까지 있어야 한다는 게 마음에 걸렸다. 최대한 빨리 문자경이 눈 뜨기를 바라야 했다.

"다행히 유림원의 오대가 가까이 왔소이다. 그들이 올 때까지만 힘을 냅시다."

정혁성의 말이 다시 이어지자 변양도의 안색이 조금은 밝아졌다. 유림원의 오대 백 명이라면 커다란 힘이기 때문이다.

쉬아아악!

그 순간 강력한 바람 소리와 함께 어두운 하늘에 나타난 검은 그림자의 모습이 모두의 눈에 잡혔다. 변양도의 눈동자가 차갑게 식어갔다. 너무 빨리 나타났기 때문이다. 아까 날린 화살로 어느 정도 숨을 돌릴 수 있을 것이라 여겼지만 그것은 자신만의 생각일 뿐이었다. 숨 쉴 시간도 주지 않은 채 진파랑은 달려온 것이다.

"괴물 같은 새끼……."

"쳐라!"

형도공의 외침이 터졌다. 정혁성은 인상을 찌푸렸다. 진파랑의 신형이 땅으로 떨어지지 않고 순찰당의 무사들을 넘어 정혁성과 변양도를 향해 내려쳐 왔기 때문이다.

쾅!

강력한 폭음 소리를 내며 관제묘가 부서져 나뭇조각이 사방으로 날아갔다. 그 앞을 변양도와 정혁성이 막은 채 서 있었으며 그들 뒤로는 문자경이 앉아 있었다. 피하지 못하고 문자경을 지킨 것이다. 문자경만 없었다면 그들은 분명 피했을 것이고 쓸데없이 기력을 낭비하지 않았을 것이다. 하지만 문자경은 여전히 눈을 감고 있었다. 그것을 진파랑은 확인하였다.

"죽여라!"

순간 형도공의 외침이 다시 한 번 터졌고, 순찰당의 무사들이 일제히 달려들었다.

진파랑은 사방에서 밀려드는 순찰당의 무사들을 쳐다도 안 봤다. 오직 그 눈엔 변양도와 정혁성의 너머에 있는 문자경만 담겨 있었다. 이제 얼마 남지 않았다는 생각이 들었다. 그 순간 자신을 방해하는 모든 사람들에게 지금까지 참아왔던 감정을 아낌없이 내보였다.

"으아아압!"

강한 외침과 함께 그의 신형이 회전하자 그를 중심으로 오장 정도의 공간에 회색빛 기류가 마치 회오리바람처럼 일어났다. 천풍육도의 사초 극살풍을 펼친 것이다.

"크아악!"

회색 기류에 닿은 무기들은 힘없이 부러졌으며 사람들 역시 추풍낙엽처럼 쓰러져 갔다. 그것을 본 정혁성과 변양도의 눈동자가 떨리기 시작했다.

"도… 강……."

불현듯 그렇게 비친 것이다. 순간 회색기류가 사라지며 진파랑을 중심으로 오 장여 안에 있던 삼십여 명의 무사가 피를 흘린 채 쓰러져 있었다. 그 참담한 모습에 다들 말을 잃어버렸다.

"크윽!"

진파랑은 가슴을 잡으며 안색을 찌푸렸다. 무리하게 내공을 운용했더니 가슴이 아파왔던 것이다. 극살풍은 지금까지 한 번도 펼친 적이 없었다. 하지만 기선 제압을 해야 한다는 생각에 펼친 것이다. 이 정도의 위력이라면 아무리 많은 수의 무리가 있다 해도 쉽게 덤비지는 못할 것이다. 그러한 생각에 펼친 것이다. 온몸이 마치 빈 껍데기가 된 것 같은 허탈감을 맛봐야 했다. 극심한 내력 고갈이 가져다준 고통이었다.

"크으으윽!"

형도공은 주먹을 움켜쥐며 죽어 있는 수하들의 모습을 쳐다보았다. 그런 그의 눈에서 눈물이 흘러내리고 있었다.

"죽여라!"

형도공이 울분에 찬 외침을 토하며 진파랑을 향해 달려들었고, 그 뒤로 순찰당의 무사들이 악에 받친 듯 함성을 외치며 달려들었다.

쉬악!

진파랑은 바람 소리와 함께 형도공이 날아들자 그의 유엽도가 목에 닿으려는 찰나 허리를 숙이며 형도공의 복부에 도를 찔렀다.

퍽!

백도가 형도공의 등을 뚫고 빠져나왔다.

"죽어!"

형도공의 사나운 눈동자가 진파랑의 얼굴을 노려보더니 어깨를 잡아왔다. 순간 진파랑의 안색이 차갑게 굳어졌다. 설마 상대가 이렇게까지 할 줄은 몰랐기 때문이다.

파팟!

그때 십여 명의 무사가 사방에서 달려들어 왔다. 진파랑은 입술을 깨물며 도를 비틀어 형도공의 배를 갈랐다.

팟!

도가 빠져나오는 순간 형도공의 육체를 발로 찼으며 신형을 돌려 십여 개의 도를 막아갔다.

따다다당!

금속음과 불꽃이 피어났으며 진파랑의 신형이 뒤로 물러섰다. 그 모습에 변양도와 정혁성의 눈동자가 반짝이기 시작했다. 진파랑의 내력이 달리기 시작한 것을 눈치 챈 것이다. 무엇보다 진파랑의 이마에서 식은땀이 흘러내리기 시작했다.

"크악!"

상대의 몸을 벤 진파랑은 가장 가까이에서 날아드는 도를 막았다. 그때였다. 그의 눈에 변양도가 자신에게 활을 겨누고 있는 것이 보였다.

팅!

화살도 없이 활시위만 당겼다. 하지만 '쉬익!' 하는 바람 소리가 선명하게 귓가에 들려오자 진파랑은 상대를 밀치며 도를 들어 바람을 막았다.

팍!

"음……!"

진파랑은 신음성을 내며 뒤로 물러섰다. 순간 순찰당의 무사 한 명이 목을 잘라왔다. 그 거리가 일 장이라 아주 가까웠으며, 도의 선명한 백색 빛이 진파랑의 눈에 들어왔다.

팟!

순간 진파랑이 허리를 숙였으며, 도는 숙인 진파랑의 머리카락을 자르고 허공을 베었다. 뒤이어 진파랑은 상체를 일으키며 상대의 사타구니에서 도를 위로 올렸다.

"아아악!"

처절한 비명 소리가 울렸다.

"후우… 후우……!"

진파랑의 입에서 거친 호흡 소리가 흘러나오기 시작했다. 하지만 포기할 수는 없었다. 눈앞에 문자경이 있었기 때문이다.

두둥!

그때 북이 울리는 듯한 소리가 들리더니 칼날 같은 바람이 날아들었다. 진파랑은 도를 들어 날아드는 바람을 베었다.

파팍!

두 개의 바람을 베어버리자 순찰당의 무사들이 다시 달려들고 있었다. 진파랑은 그들의 도를 피하며 변양도에게 달려들었다. 변양도를 우선 죽여야 했기 때문이다.

핏!

순간 어깨에 도가 스쳤고 피가 튀었다. 진파랑의 신형이 그 짧은 고통에 주춤거리자 기다렸다는 듯이 변양도가 활의 시위를 튕겼다.

띠디디딩!

아까와는 다르게 날카로운 소리가 울렸고, 진파랑은 입술을 깨물며 살기 어린 표정으로 도를 휘둘렀다. 혈소풍을 만든 것이다.

파파파팟!

허공중에서 바람 소리와 충격음이 일어났다. 그로 인해 사방으로 큰바람이 불었으나 사람들을 밀어낼 정도는 아니었다. 여전히 순찰당의 무사들이 달려들었고, 등 뒤에서 찔러오는 무사의 도가 가장 가까웠다. 진파랑은 순간 신형을 낮게 돌리며 무사의 다리를 잘랐다.

"으악!"

비명성이 울리자 진파랑은 그 무사의 머리를 넘어 뒤로 뛰었다. 그리곤 숲 속의 어둠에 몸을 숨겼다.

"……?"

정혁성은 의외라는 듯 몸을 숨긴 진파랑을 쳐다보았다. 아무리 몸을 숨긴다 해도 음영대가 사방에 깔려 있는 곳이었다. 또한 순찰당의 무사들이 못 찾을 리는 없었다. 무엇보다 진파랑이 이대로 물러설 것처럼 보이지 않았다. 그리고 그의 예상대로 진파랑은 다시 공터에 모습을 드러냈다.

쉭!

진파랑의 도에 도기가 다시 일어났다. 백색 도기가 도를 감싸고돌자 사람들의 안색이 굳어졌다.

"후후."

진파랑은 짧게 웃음을 흘리며 한 걸음 앞으로 나섰다. 각오가 선 것이다. 그의 눈은 죽음이 없었다. 아니, 죽음조차도 생각하지 않았다. 오직 문자경만 죽일 수 있다면 여기에서 눈을 감아도 후회는 없다고 생각하는 듯했다. 그런 생각이 들자 마음이 편해졌으며 삼 할 감추고 있던 진기까지 끌어낸 것이다.

"죽여라!"

정혁성이 외쳤고, 순찰당의 무사들이 달려들었다. 그리고 진파랑의 신형이 그들을 향해 마주쳐 갔다.

"크악!"

또다시 비명성이 울렸으며, 무기를 휘두르며 진파랑은 빠르게 변양도를 향해 나아갔다. 그리고 오 장 가까이 접근하는 순간 진파랑의 눈에 다가오는 도날이 비쳐졌다.

퍽!

순찰당의 무사는 진파랑의 머리를 잘랐다고 생각했다. 하지만 그의 모습이 어느새 허깨비처럼 사라졌다는 것에 눈을 부릅떠야 했다.

"으윽!"

배에서 오는 고통에 자신도 모르게 배를 잡았다. 그리고 고개를 돌리자 변양도의 앞에 나타난 진파랑의 뒷모습이 잡혔다.

털썩!

쉬악!

유종보를 펼침과 동시에 변양도의 머리를 향해 도를 내려쳤다.

띠딩!

변양도 역시 그냥 구경만 하고 있을 사람이 아니었다. 단지 문제가 있다면 더 이상 물러설 데가 없다는 것이다. 뒤에 문자경이 있기 때문이었다.

파팟!

날아가는 바람의 화살을 베어버린 진파랑의 도가 어느새 변양도의 머리에 닿으려 했다. 그 찰나 섬광 하나가 진파랑을 향했다.

콱!

"크윽!"

신음성과 함께 옆으로 튕겨 나간 진파랑을 땅을 구르다 일어섰다. 그리고 연검을 들고 서 있는 정혁성을 쳐다보았다. 마지막에 정혁성이 일검을 날린 것이다. 그가 드디어 손에 검을 쥐고 서 있었다.

정혁성은 진파랑을 노려보다 변양도의 앞을 막으며 물었다.

"변 형, 괜찮으시오?"

"크윽!"

변양도의 입에서 신음 소리가 흘러나오자 정혁성의 안색이 굳어졌다.

"훗!"

순간 진파랑의 입술 사이로 비웃음을 흘러나왔다. 그 소리에 정혁성의 눈동자가 커졌다.

팍!

변양도의 활이 반으로 잘렸으며 그의 이마에서 붉은 선이 나타났다.

"변 형!"

정혁성이 놀라 외치는 순간 변양도의 신형이 앞으로 쓰러졌다.

털썩!

"이럴 수가⋯⋯."

정혁성은 놀랍다는 듯 진파랑을 쳐다보다 변양도의 시신을 쳐다보았다. 도저히 믿을 수가 없는 듯했다. 자신의 눈으로도 진파랑이 어떻게 손을 썼는지 잘 안 보였기 때문이다. 하지만 변양도는 죽어 있었다. 진파랑은 정혁성의 검이 날아드는 순간 변양도의 이마를 찌르고 막은 것이다. 본능적으로 활을 들어 진파랑의 도를 막았지만 활이 진파랑의 도를 막을 수는 없었다.

"크악!"

순간 비명 소리에 정신을 차린 정혁성은 고개를 돌려 순찰당의 무사들을 베어가는 진파랑을 쳐다보았다.

"혈귀로군."

정혁성은 자신도 모르게 피에 젖은 진파랑의 모습을 보고 말했다.

"크아악!"

비명성은 쉬지도 않고 어두운 밤 공기를 울리고 있었다.

정혁성은 자신이 오늘 죽을지도 모른다는 생각이 들었다. 지금이라도 문자경이 눈을 뜬다면 살아날 확률은 훨씬 높을 것이다. 하지만 문자경이 눈을 뜨지 않는 이상 그를 지켜야 했다. 그게 의무이기 때문이다. 문대영에게 약속한 것이 바로 문자경의 안위였다. 그 약속을 지켜야 했다. 설령 자신이 죽는다 해도 말이다.

퍼퍽!

순식간에 두 명의 무사를 베어버린 진파랑은 남아 있는 십여 명의 무사를 차가운 눈동자로 쳐다보았다. 그들은 표정이 경직된 채 어깨를 떨고 있었다. 하지만 물러서지는 않았다.

"으아압!"

기합과 함께 또다시 진파랑을 향해 달려들었다. 진파랑은 그들을 향해 도기를 펼치며 가볍게 베어갔다. 그런 진파랑의 마음속에는 오직 하나, 문자경의 목숨만이 보였다.

"놀라워……. 학살이군… 학살이야. 하지만 나도 만만한 상대가 아닐세."

정혁성은 어이없다는 듯 자신의 눈앞에 서 있는 진파랑을 쳐다보고 있었다. 진파랑의 전신은 피에 젖어 있었으나 눈동자만은 선명하게 빛을 발하고 있었다.

'한 명… 이제 한 명이다.'

진파랑은 정혁성의 말이 귀에 들어오지 않았다. 지친 듯한 그의 눈은 오직 정혁성의 뒤에 있는 문자경만이 보일 뿐이었다. 그리고 앞으로 뻗어나갔다, 단 한 명만 남은 상대를 죽이기 위해서.

쉬아악!

십여 개의 도광이 정혁성의 전신으로 날아들었다. 정혁성은 한 발 앞으로 나섬과 동시에 연검을 들어 찔렀다. 순간 백여 개의 송곳 같은 검기 다발이 일어났다.

"……!"

진파랑이 놀라. 걸음을 멈추며 삼십여 개의 원을 그림과 동시에 회전하였다.

따다다다당!

요란한 금속음과 함께 정혁성이 앞으로 나서자 진파랑이 물러서기 시작했다. 진파랑은 정혁성의 공격에 당황하였다. 손을 쓸 수 없을 만큼 빠르게 전신을 찔러왔기 때문이다. 쾌검술을 펼치고 있는 것이다. 진파랑 역시 쾌도를 익혔다. 그 움직임을 분명 쫓아갈 수가 있을 터인데도 밀리기 시작한 것이다. 기력과 체력이 바닥났기 때문에 일어난 현상이었다.

둘의 그림자가 삽시간에 교차되더니 사방으로 바람을 만들어내기 시작했다.

'보이지도 않는군.'

타오르는 불빛 사이로 정혁성과 진파랑의 싸움을 지켜보던 청란이 안색을 구겼다. 진파랑의 손과 정혁성의 손이 허공중에 불꽃만 만들 뿐이지 눈에 보이지는 않았기 때문이다.

스슥!

그때 그녀의 귓가에 음영대의 움직임이 들려왔다. 그들이 좀 더 가까이 접근하기 시작한 것이다.

'끝인가…….'

청란은 문득 그런 생각이 들었다.

'천문성엔 도대체 얼마나 많은 고수들이 있는 것일까? 저 인물도 처음 보는 인물인데… 대단한 실력자고.'

청란은 다시 한 번 천문성의 무력에 감탄하지 않을 수가 없었다.

파파팍!

검과 도가 스치듯이 부딪치며 미세한 소리를 만들고 있었다.

"큭!"

진파랑은 신음성을 토하며 끝없이 이어지는 정혁성의 쾌검을 막아가고 있었다. 그런 그의 상체는 이미 넝마로 변해 버린 옷과 그 사이에서 흘러나오는 피로 젖어 있는 상태였다.

피핏!

또다시 정혁성의 검이 옆구리를 스치고 지나갔다. 평소라면 피할 수가 있었을 것이다. 하지만 지금은 지칠 대로 지쳐 있었다. 또한 생각대로 몸이 움직여지지 않고 있었다. 그 순간이 비록 찰나일지라도 고수 간의 싸움에서 목숨이 걸린 일이었다.

팟!

진파랑의 눈에 정혁성의 검이 찔러오는 게 느리게 보였다. 하지만 자신 역시 그 검을 막고 있는 손이 느렸으며 공격하는

찰나에 다시 찔러오는 정혁성이었기에 막는 데만 급급하였
다.

팍!

검면을 스치듯 지나쳐 그 방향을 틀어주는 게 다였다. 힘이
있었다면 완전하게 방향을 바꾸겠지만 그러지 못하고 있었
다. 그렇기 때문에 몸에 상처가 생긴 것이다.

'짧게……'

팍!

진파랑은 문득 진풍자의 얼굴이 떠올랐다. 그리고 그가 늘
하던 말도.

"최대한 짧고 간소하게 움직임을 펼쳐라. 짧고 간략한 움직임
이 혈소풍의 비밀이다."

파팍!

두 개의 검을 막아내었다.

'짧게… 간략하게……'

진파랑의 손이 모두 움직이는 게 아니라 손목만 움직이는
것처럼 흔들렸다.

파팟!

"……!"

정혁성의 안색이 굳어졌다. 물러서던 진파랑의 도에 갑자

기 속도가 붙었기 때문이다. 하지만 여기에서 되받아쳐야 했다. 물러설 곳은 없었다. 물러서면 죽기 때문이다.

'짧게… 더… 더…….'

진파랑은 무의식중에 생각난 말처럼 날아드는 검의 모습을 눈에 담으며 도를 움직여 갔다. 도를 피하는 정혁성의 움직임이 확연하게 들어왔으며 검과 도가 부딪치는 모습까지 눈에 담기기 시작했다.

순간 도와 검이 빠르게 스치기 시작하며 사방으로 강한 바람이 휘날려 갔다. 두 사람이 만든 바람이었다.

'짧게… 짧게… 짧게… 혈소풍!'

진파랑의 손이 한순간에 사라지듯 없어졌다.

팟!

"……!"

정혁성은 눈을 부릅뜬 채 정지했다. 여전히 검을 앞으로 뻗은 모습 그대로였으며, 검은 진파랑의 목젖 바로 앞에 멈춰 서 있었다. 조금만 뻗으면 진파랑의 목을 꿰뚫을 것이다. 하지만 그러지 못하고 있었다. 파도가 밀려와 전신을 스치고 지나가는 느낌을 받았기 때문이다.

핏!

순간 그의 양어깨에서 피가 분수처럼 튀어 올랐다. 정혁성은 힘을 잃은 듯 멍한 표정으로 물러서고 있었다. 그의 눈은 어이없다는 듯 진파랑을 보고 있었다. 그때 그의 얼굴에 십여 개의 붉은 세로 줄무늬가 나타나더니 바닥으로 털썩, 쓰러졌다.

정혁성이 쓰러지자 진파랑은 비틀거리며 뒤로 물러섰다.

"허억! 허억!"

진파랑은 거칠게 숨을 몰아쉬었고 비틀거리다 다리를 짚어 쓰러지려는 몸을 막았다. 당장에라도 누워서 쉬고 싶었으나 아직 해야 할 일이 있었다. 그렇기 때문에 다리를 잡은 것이다. 그리고 상체를 일으키는 순간 진파랑은 안색을 굳혀야 했다. 문자경의 미소가 눈에 들어왔기 때문이다.

파파팟!

그리고 발소리와 함께 백여 명의 무인이 문자경의 뒤에서 나타나는 것까지 진파랑은 볼 수 있었다.

"유림원 오대 대주 석도위가 순찰당주를 뵈오."

"오랜만이네, 석 대주."

문자경의 눈은 여전히 진파랑을 향하고 있었으나 말은 옆에 다가온 석도위에게 던졌다. 석도위 역시 진파랑에게 시선을 고정시키고 있었다. 진파랑은 비틀거리며 도를 늘어뜨리곤 고개를 숙였다. 그런 그의 입에서 웃음소리가 흘러나왔다.

"후후… 후후후후……."

진파랑은 허탈하게 웃었다. 다 잡은 고기를 놓친 것 같았기 때문이다. 하지만 포기할 수는 없었다, 아직 눈앞에 있기에.

"자, 덤비라고."

진파랑은 도를 늘어뜨린 채 문자경을 노려보며 말했다. 하지만 비틀거리는 몸을 제대로 유지할 수는 없었다. 자신도 모르게 한 발 물러선 진파랑은 결국 한쪽 무릎을 꿇었다.

"목을 자르기엔 더없이 좋은 자세다."

문자경이 비웃듯이 중얼거리며 한 발 나서자 진파랑은 눈에 살기를 일으킴과 동시에 일어섰다. 그 순간 바람처럼 진파랑의 옆에 한 사람이 나타났다.

"앗!"

순간 사람들의 안색이 굳어졌다. 그리고 놀란 순간 그는 진파랑을 안아 들고 숲 속으로 내달렸다.

"잡아라!"

문자경이 외쳤고 석도위를 비롯한 오대의 백 명이 번개처럼 숲 속으로 치달렸다. 그리고 음영대까지 모습을 보인 채 경신술로 뒤를 따라갔다.

"허……."

문자경은 어이없다는 듯 헛웃음을 흘렸다.

第七章
진실은 쓰다

쉬쉬식!

경신술로 청란을 따라갈 자는 현 강호에 거의 없을 것이다.
아무리 음영대의 경신술이 뛰어나다 하나 그들은 경신보다
잠행에 능했다. 거기다 어두운 밤이었고. 전력을 다해 한 시
진을 달리자 자연스럽게 청란은 모두를 떨쳐 낼 수가 있었다.
또한 밤의 이점이 있다면 바로 흔적을 찾기 어렵다는 점이었
다.

'적어도 반나절은 번 셈이다.'

청란은 그 반나절을 벌었다는 것에 만족하고 있었다. 그 정
도의 시간이면 완전히 천문성의 음영대를 따돌릴 만한 시간

이었기 때문이다.

　삼문현에 위치한 고애장의 담을 넘는 월성은 기분이 좋지
않았다. 구자용에게 꾸지람을 들었기 때문이다. 이유는 청란
때문이었다. 청란이 잘못했는데 자신이 꾸지람을 들었다. 근
본적인 문제는 그날 그 시각에 구자용의 옆에 있었다는 게 문
제였다. 화가 난 상태의 구자용은 옆에 있는 월성에게 꼬투리
를 잡아 화풀이를 한 것이다.
　'내가 왜 자매 싸움에 끼어야 하는데!'
　월성은 자신의 처지가 안쓰러웠다.
　"어허! 문은 들어오라고 만든 것인데 왜 쓸데없이 담을 넘
고 그러느냐?"
　월성은 나무의 그림자 사이로 움직이다 들려온 목소리에
깜짝 놀라 시선을 돌렸다. 그곳엔 자신을 쳐다보는 반백의 노
인이 한 명 서 있었다.
　"장로님을 뵙습니다."
　월성은 허리를 숙여 보였다. 상대가 하오문의 십대장로 중
한 명인 한태였기 때문이다. 한태는 과거 천하에서 가장 빠른
인물로 꼽혔던 자였다.
　"문주가 보냈느냐?"
　월성의 인사를 받은 한태가 수염을 쓰다듬으며 묻자 월성
은 허리를 다시 숙였다.

"그렇습니다."

"란아는 안에 있다. 하지만 지금 들어가지 말거라, 기분이 몹시 안 좋은 것 같으니."

한태의 말에 월성의 안색이 굳어졌다.

"저기… 제가 온 것은 한 사내 때문입니다. 란이는 분명 한 사내를 데리고 왔을 것입니다."

월성은 조심스럽게 말했다. 청란의 스승이 바로 눈앞에 서 있는 한태였기 때문이다. 또한 그는 구자용을 그리 좋게 생각하지 않는 인물이었다. 그렇기 때문에 구자용에게 충성하는 칠성에 대해서도 좋게 생각하지는 않았다.

"왔지……."

한태는 조금 씁쓸한 표정으로 안색을 찌푸리더니 다시 말했다.

"남자를 데리고 왔다고 하기에 남편 감인 줄 알고 좋아했었는데 그게 아니더구나. 아는 놈이냐?"

"예. 지금 복건성에서 천문성과 싸우는 인물입니다."

"호오… 그거 재미있는 놈이군."

한태는 천문성의 앞마당인 복건성에서 감히 천문성에 대항하는 인물이 있을 줄은 몰랐다. 하긴 예전에는 그런 인물들이 몇 있긴 있었다. 지금은 모두 죽었지만.

"그래서 온 것입니다. 혹시라도 이곳의 위치가 천문성에게 발각될 우려가 있기 때문입니다."

월성의 말에 한태는 가볍게 웃음을 흘렸다.

"발각되어 내가 죽기를 바라는 게 아니고?"

"절대 그런 일은 없습니다. 혹여 그런 일이 생긴다면 제가 막아야겠지요."

월성은 대답은 했지만 혹시나 하는 생각이 들었다. 구자용의 생각을 그녀도 알 수 없었기 때문이다.

"란이를 감시하러 온 것이냐? 아니면 그놈이 목적이냐?"

"둘 다입니다."

월성은 솔직하게 대답했다. 한태에게 굳이 숨길 필요가 없다고 생각했기 때문이다.

한태는 가만히 고개를 끄덕이며 무언가를 생각하는 것 같았다. 곧 월성에게 말했다.

"따라오너라. 마침 란아와 식사를 하려고 가던 길이니 같이 가자꾸나."

"예."

월성은 조용히 한태의 뒤에 서서 걸음을 옮기기 시작했다.

"감시만 하라고 했지 누가 구하라고 했냐? 이렇게 문주님이 말씀하셨어."

월성이 안색을 굳히며 앞에 앉아 차를 마시는 청란에게 말하자 청란은 시선을 회피하듯 고개를 돌려 창밖을 쳐다보았다. 그 옆에는 한태가 조용히 앉아 둘의 대화를 듣고 있었다.

"소식도 빠르군."

"화성이 네 뒤를 쫓았으니까 금방 알 수 있었지."

"화성이? 어쩐지 뒤가 구리다고 했더니… 그놈이었군."

청란은 화성의 음흉스러운 얼굴을 떠올리며 안색을 찌푸렸다. 칠성 중 가장 여자를 밝히고 변태 같은 인물이었기 때문이다. 취미가 여자 속옷 모으는 놈이기에 더욱 싫었다.

"그놈은 어찌 되었는데?"

"쉬고 있어. 정신을 차리지는 못했지만 곧 깨어나겠지."

월성의 물음에 청란은 귀찮다는 듯 대답했다. 그러자 월성이 다시 물었다.

"그놈을 어떻게 할 건데? 이 일로 문주님은 천문성과의 관계가 악화될 것 같아 많이 걱정하고 계셔. 확실하게 처리해야 할 놈인데. 설마… 진정으로 구하려는 것은 아니겠지?"

월성의 호기심 어린 눈동자가 청란의 눈에 들어왔다. 청란은 그 시선에 여자로서 월성이 묻는 것 같다는 생각이 들었다.

"설마… 내가 저놈에게 관심이 있다고 생각하는 건 아니겠지?"

월성은 고개를 끄덕였다.

"그렇지 않으면 왜 구했는데? 아무런 이유도 없이 구했어? 천문성과 우리의 관계에 대해선 생각도 안 하고 구한 것은 아니겠지? 여긴 복건성이고 천문성이 상대야. 죽을 작정 없이 구할 수가 있겠어? 아니면 그만큼 좋아한다거나."

"쓸데없는……."

청란이 그 말에 안색을 찌푸렸다. 그러자 월성이 다시 물었다.

"도대체 네 목적이 무엇인지 모르겠어. 애정도 아니라면 그를 구할 이유가 없을 텐데."

"천지검."

"……!"

월성의 안색은 그 순간 굳어졌다. 한태 역시 눈을 가늘게 뜨며 청란을 쳐다보았다. 생각지도 못한 말이 튀어나왔기 때문이다. 청란은 차를 한 모금 마시며 답답한 마음을 진정이라도 시키듯 한숨을 길게 내쉬었다. 그리곤 빠르게 말했다.

"천지검을 쫓을 때 마지막까지 있던 놈이 저놈이야. 똑똑히 기억하고 있지."

"형산에서의 일이라면 거의 죽었다고 알고 있는데… 천지검의 행방은 오리무중이었지. 또한 본 문은 진풍자로 인해 그 사건을 종결시켰고."

"진풍자?"

한태가 안색을 굳혔다. 진풍자라는 이름 때문이었다.

"그자가 나타났었느냐?"

"예."

월성은 그 당시의 일에 대해서 자세하게 한태에게 설명하였다. 그러자 한태가 안색을 찌푸리며 청란에게 말했다.

"아무래도 천지검은 진풍자에게 갔을 것이다. 그자를 이길 자는 현 강호에 일기를 제외하고 없다고 봐야 할 테니……."

한태의 말에 청란의 안색이 굳어졌다.

"그럴 리가 없어요."

청란이 차갑게 말하며 일어나 밖으로 나갔다. 그녀가 가는 곳은 진파랑이 누워 있는 곳이었다.

"크으윽!"

진파랑은 손끝을 타고 오르는 고통 때문에 눈을 떴다.

"후욱! 후욱!"

거칠게 숨을 몰아쉬며 주변을 둘러보자 어두운 천장이 보였고 낡은 주변 풍경이 들어왔다. 창고 같은 곳이었고, 자신은 사각의 나무판에 누워 있다는 것을 알았다.

"일어났군."

목소리가 들려오자 진파랑은 고개를 돌렸다. 그리고 청란이 어두운 그림자 사이로 모습을 보였다. 그녀를 알아본 진파랑은 물었다.

"나를 구한 건가?"

"구해? 호호! 호호홋!"

청란은 크게 웃기 시작했다.

"내가 왜 너를 구해야 하지?"

청란의 차가운 목소리에 진파랑은 안색을 찌푸렸다. 예상치 못한 반응이었기 때문이다. 그리고 자신의 몸이 움직일 수 없는 상태라는 것을 알았다. 다리와 양팔이 큰대 자로 묶여 있었기 때문이다. 그리고 양쪽 손바닥에 침이 박혀 있었다. 고통은 그곳에서 밀려오는 것이었다.

"크으윽!"

진파랑은 신음성을 내뱉으며 팔에 힘을 주려 했다. 하지만 양팔에 힘이 들어가지 않았다. 손바닥에 박힌 침 때문이었다. 그 침 하나가 기혈을 막고 고통까지 주고 있었던 것이다. 진파랑은 안색을 굳히며 청란을 쳐다보았다.

"도대체… 이게?"

진파랑의 목소리에 담긴 서늘함에 청란은 미소로 받아주었다.

"침? 아, 손바닥에 박힌 게 너무 아파서 그런 거야?"

진파랑은 살기 어린 눈동자로 청란을 쳐다보았다. 그러자 청란이 신형을 돌려 앉더니 무언가를 뒤적이기 시작했다. 진파랑의 눈에 그 모습이 잡히지 않았다. 단지 그녀의 머리만이 보일 뿐이었다. 곧 일어선 청란은 큰못과 망치를 들고 있었다. 그 모습이 기괴하게 보였다.

"이 정도면 되겠어."

그렇게 말한 청란은 진파랑의 다리 쪽으로 움직였다. 그리곤 허벅지에 못 끝을 살짝 올려놓더니 스산한 표정으로 진파랑을 향해 입을 열었다.

"말해. 천지검은 어디에 있지? 네놈은 그때 실종되었다가 나타났어. 그것도 사라질 당시와는 전혀 다른 사람으로 변해서 말이야."

진파랑은 그녀의 물음에 어금니를 깨물었다. 설마하는 생각을 하긴 했었다. 하지만 이렇게 강경하게 나올 줄은 알지 못했다. 그녀에게 천지검이 어떤 비중을 차지하고 있는지 알 것 같았다.

"그때 말한 게 내가 아는 전부였다."

"헛소리하지 마! 분명히 뭔가 알고 있을 거야. 아니, 알고 있어야 해!"

슥!

청란은 망치를 크게 위로 들었다. 그러자 진파랑이 조용히 말했다.

"그래도 치료는 해주었군. 고맙다고 해야 하나?"

진파랑의 말에 청란은 들었던 손을 미미하게 떨었다.

"흥! 외상약만 발라주었을 뿐이야. 착각하지 말아줘. 네가 정신을 차려야 하기 때문에 그런 것이니까."

"그래서 침술로 치료했고?"

"내가 박지는 않았어. 단지 도망치지 못하게 하고 싶었을 뿐이야. 천지검에 대해서 솔직하게 말해준다면 외상과 내상이 모두 나을 때까지 숨겨주지."

"그때 이야기한 게 내가 아는 전부다."

"시끄러!"

휙!

진파랑은 청란이 소리치며 망치로 내려치는 모습을 쳐다보다 이내 눈을 감았다.

빡!

"으악!"

진파랑의 입에서 소리가 터져야 하는데 청란의 입에서 비명성이 터져 나왔다. 그녀는 자신의 손가락을 잡고 온몸을 떨기 시작했다.

"제기랄!"

청란은 소리치며 자신의 왼손을 붙잡고 허리를 숙이더니 이내 너무 아픈지 눈물 고인 얼굴로 고개를 들었다. 못을 쳐야 하는데 자신의 손가락을 때린 것이다. 망치질을 해본 적이 없으니 그런 사고가 일어난 것이다.

"풋!"

그 모습에 진파랑은 저도 모르게 웃음을 터뜨렸다.

"하하하하!"

진파랑의 웃음소리에 청란은 화난 표정으로 다시 못을 잡아 들었다.

"이번에는 실패하지 않을 테니 말해."

청란의 강한 살기와 차가운 표정에 진파랑은 미소 띤 얼굴로 말했다.

"천지검에 대해서 그렇게 알고 싶어?"

"물론이지. 내 전부니까."

"그럼 풀어주고 이야기하는 게 어떨까?"

"그건 안 돼. 풀어주면 도망갈 테니까."

단호히 거부하자 진파랑은 미소를 거두고 다시 말했다.

"천지검은 일기에게 물어보는 게 가장 빠를 거야. 그날 나는 일기에게 구출되었으니까."

"……!"

청란의 눈동자가 부릅떠졌다. 일기라는 말이 진파랑의 입에서 튀어나왔기 때문이다.

"일기라고? 일기가 천지검을 알고 있다고?"

진파랑은 고개를 끄덕였다. 그런 진파랑의 눈은 거짓을 말하고 있지 않았다. 청란 역시도 처음부터 진파랑이 사실만 말했다는 것을 알고 있었다. 하지만 오기 때문에 이렇게까지 한 것이다. 뭔가 더 있을지도 모른다는 생각을 버리지 못한 것이다.

"천지검에 대한 미련은 버리는 게 좋아. 내가 아는 한 천지검의 소재는 일기만이 알고 있는 것이니까."

진파랑은 모든 것을 털어놓고 싶었으나 자신과 천지검, 그리고 일기와의 관계에 대해서 말하지 않았다. 진풍자를 떠올렸기 때문이다.

청란은 잠시 멍하니 생각에 잠기다 다시 망치와 못을 들었다. 그리곤 망치를 치켜들며 말했다.

"거짓말하지 마."

그 모습에 진파랑은 차가운 표정으로 말했다.

"고통을 줄 것이라면 나를 죽이는 게 좋아. 만약 내가 살아 그 고통을 기억한다면 너를 찾아갈 것이니까."

진파랑의 말에 청란은 잠시 망설이며 어깨를 떨어야 했다. 낮고 담담한 목소리였으나 알 수 없는 살기를 느껴야 했기 때문이다. 그때였다, '쾅!' 하는 폭음 소리가 가까운 곳에서 터져 나온 것은.

"……!"

청란이 놀라 고개를 돌렸다. 진파랑 역시 생각지도 못한 소리에 놀란 표정이었다.

팍!

순간 문이 열리며 월성이 뛰어들어 왔다.

"어서 피해! 들켰어!"

"헉!"

청란이 놀라 눈을 부릅떴다. 순간 월성이 청란의 손을 잡았다.

"어서!"

"하지만."

청란이 진파랑을 쳐다보자 월성도 진파랑을 쳐다보았다.

적어도 묶인 것은 풀어줘야 했기 때문이다. 하지만 월성은 청란을 잡은 채 놓아주지 않았다.

"천문성의 목적은 저놈이야. 우리까지 목숨을 잃을 필요는 없지 않아? 적어도 복건성을 빠져나갈 때까지 저놈을 데리고 갈 수는 없어. 저런 부상자를 데리고 가다간 우리까지 죽어."

월성의 차가운 말은 사실을 말해주고 있었다. 하지만 청란은 망설이는 듯 진파랑을 쳐다보았다.

콰쾅!

순간 또 한 번의 폭음 소리가 울렸다. 월성이 다시 말했다.

"어차피 죽고 사는 것은 운명이야."

"알아!"

청란이 월성의 차가운 말에 소리치며 진파랑의 팔과 다리를 풀어주었다. 월성은 안색을 찌푸리며 그 모습을 쳐다보았다. 하지만 말리지는 않았다. 어차피 지금 상태라면 죽음을 피하긴 어렵다고 생각했기 때문이다.

"내가 해줄 수 있는 것은 여기까지야."

청란의 말에 진파랑은 고개를 끄덕이며 불편한 표정으로 일어나 앉았다.

"죽어도 원망은 하지 마. 나도 살아야 하니까."

"그러지."

진파랑은 최소한의 도움을 줬다는 것에 불만없다는 표정으로 고개를 끄덕였다. 곧 청란은 월성과 함께 밖으로 나갔다. 그러다 무언가를 말하려는 듯 청란은 진파랑을 쳐다보았다. 하지만 이내 몸을 돌리곤 월성과 함께 사라졌다. 그 모습에 진파랑은 쓸쓸히 고개를 저으며 일어나 자신의 백도를 손에 쥐었다.

"후우……."

조금을 움직였는데도 온몸의 근육이 비명을 지르는 듯 아팠다. 진파랑은 저절로 안색을 찌푸리며 느린 걸음으로 밖을 향해 걸어나갔다. 빛이 들어오는 곳으로 가봐야 지금이 어떤 상황인지 알 수 있었기 때문이다.

"역시… 천문성은 너무 버거운 상대였나……."

밖으로 나온 진파랑은 그리 넓지 않은 공터와 담장 너머로 보이는 몇 개의 지붕들을 쳐다보았다. 고개를 돌리자 창고 같은 작은 건물이 눈에 들어왔다. 역시 자신의 생각처럼 창고에 있었던 것이다.

"적막하군."

진파랑은 좀 전과는 다르게 고요함이 흐르자 그 조용함에 안색을 찌푸리며 중얼거렸다.

쉬이익!

그때 동편에서 바람이 불어오자 진파랑은 고개를 돌려 바람을 맞았다. 곧 신형을 돌리던 진파랑은 순간적으로 눈을 부릅뜬 채 담장 위를 쳐다보았다. 그곳엔 마치 처음부터 거기에 있었던 것처럼 검은 인영이 한 명 서 있었다.

"오랜만이군요."

"연서……!"

*　　　　*　　　　*

남평까지 내려온 신주주는 남평 분타에 머물고 있었다. 굳
이 움직일 필요는 없었으나 진일을 잡기 위해 직접 움직인 것
이다.

"놓쳤다고? 음영대조차도 따돌렸다는 말을 나더러 믿으라
는 소리냐?"

석청림을 업고 온 음영대주를 향해 신주주는 목소리를 높
였다.

"죄송합니다."

신주주는 안색을 찌푸리며 잠시 짧게 숨을 내쉰 후 천천히
말했다.

"지금까지 너무 안이하게 살았던 모양이군. 늘 목숨을 걸
고 움직인다면 이렇게 놓치는 일도 없었을 터인데."

신주주의 중얼거림에 음영대주의 어깨가 미미하게 떨렸
다. 음영대를 비웃는 말이었기 때문이다. 하지만 아무 말도
할 수 없었다. 진일을 놓친 것은 사실이었기 때문이다.

"진일을 데려간 놈이 누구인지 파악되지도 않았겠지?"

"죄송합니다."

음영대주는 같은 말만 반복하고 있었다. 그의 옆으로 현마각의 부각주인 곽위가 다가와 말했다.

"총력을 다해 파악하도록 하겠습니다."

"그렇게 해야지."

신주주는 고개를 끄덕이며 음영대주에게 말했다.

"옥정에 배치했던 음영대는 삼문까지 확대시키고 길목을 지키게. 수상한 자를 발견하면 즉시 보고하도록."

"예!"

음영대주가 크게 대답하고 자리에서 일어섰다.

신주주는 시선을 곽위에게 돌렸다.

"호림원 오대는 어디 있지?"

"곧 이곳에 도착할 것입니다."

"순찰당주께서 오셨습니다."

곽위가 대답하는 순간 문밖에서 무사의 목소리가 들려왔다. 신주주는 안색을 굳히며 자리에 앉았다. 곧 문자경과 석도위가 걸어 들어왔고, 신주주의 옆으로 곽위와 유영렬이 보좌하듯 좌우로 나누어 섰다. 문자경이 가볍게 인사했다.

"오랜만에 뵙소."

"몰골이 말이 아니군. 앉지."

신주주의 말처럼 문자경은 헝클어진 머리카락과 너덜거리는 옷차림으로 들어와 앉았다. 그의 모습에서 그가 얼마나 크게 싸웠는지 알 수 있었다. 불쌍하다는 생각도 들 만했지만 문자경을 쳐다보는 신주주의 안색을 차가움 그 자체였다.

"보고를 들어보니 운기 때문에 수하들을 모두 잃었다고 하던데?"

"내 불찰이오."

문자경은 살기 어린 눈동자로 낮게 대답했다. 그 역시도 그 사실에 대해서 아파했기 때문이다. 아니, 자신의 어리석음을 한탄하고 있었다.

"잘 아니 다행이군."

"음……."

문자경은 신경을 긁는 신주주의 말에 주먹을 떨었다. 금방이라도 화가 폭발할 것 같은 표정이었다. 하지만 상대가 상대인만큼 자제하려 노력하였다.

"석 대주는 진일을 보았나?"

"예."

"왜 못 죽였지? 보았다면 죽였어야지."

석도위는 고개를 숙인 채 대답하지 못했다. 신주주의 눈동자에 비친 자신의 모습이 너무 초라해 보였기 때문이다.

"자네의 숙부인 석청림은 다행히 몇 달 요양하면 일어날 것이네. 하지만 그 명예는 영원히 지워지지 않을 상처로 남겠지. 자네가 그 상처를 치료하게."

"기필코 진일을 죽이겠습니다."

석도위가 다짐하듯 대답하며 허리를 숙이자 그 모습에 만족한 신주주였다.

"자네의 능력을 믿지. 이 일은 총군께서도 각별히 신경 쓰고 계신 일이니 공을 세우게나."

"명심하겠습니다."

신주주는 석도위의 믿음직한 대답에 고개를 끄덕이다 곧 시선을 다른 사람들에게 돌리며 말했다.

"잠시 나가 있게, 순찰당주와 할 말이 있으니."

"예."

"그럼."

문자경을 제외한 수하들이 모두 빠른 걸음으로 나가자 곧 집무실 안엔 정적이 맴돌았다. 신주주는 문자경을 쳐다보고 있었으며 문자경은 시선을 피해 창밖을 쳐다보고 있었다. 먼저 정적을 깬 것은 문자경이었다.

"무엇 때문에 나 혼자 남겨둔 것이오?"

"신분을 떠나서 이야기하자."

"······?"

문자경이 그 말에 조금 놀란 듯 신주주를 쳐다보았다. 그러자 신주주가 차를 마신 후 천천히 말했다.

"그 상황에서 운기라니··· 네가 상대를 무시해도 너무 무시했구나. 변양도와 정혁성이 죽은 일은 본 성에서 봐도 큰일이 아닐 수 없다. 이 일 때문에 네 능력에 대한 재평가가 내려질지도 모른다."

"그놈의 무공이 예상보다 고강했을 뿐이오."

문자경의 대답에 신주주는 차가운 표정으로 다시 말했다.

"일단 지금은 내 선에서 보고를 막았지만 진일을 죽인 후에는 보고할 수밖에 없는 입장이다. 상대를 경시하고 상대를 멸시하는 마음으로 어찌 천하를 논한다는 천문성의 장자란 말이냐?"

"훈계를 하려는 것이오? 어릴 때 하도 들어서 이제는 귀에 딱지가 붙었소."

문자경은 안색을 굳히며 찻잔을 들었다.

"네가 똑바로만 했다면 변양도와 정혁성이 왜 죽었겠느냐? 아니, 오히려 석도위와 함께 진일을 죽였겠지."

"그만 하시오."

차를 마시려던 문자경은 찻잔을 내려놓으며 안색을 찌푸렸다. 그 일을 생각하면 지금도 화가 났기 때문이다.

"흠……."

신주주는 곧 숨을 짧게 내쉬며 의자에 몸을 깊숙이 기대었다. 머리가 아픈지 손으로 이마를 만지며 다시 말했다.

"그래, 네 말대로 그만 하기로 하자. 한데 그놈의 무공이 그리 대단하더냐? 네 몰골을 보니 안쓰럽구나."

그 말에 문자경은 잠시 마음이 누그러지는 것을 느꼈다. 그래도 신주주는 어릴 때부터 자신을 돌봐준 이모 같은 존재이지 않은가? 사춘기 땐 그녀를 안고 싶다는 생각까지 했을 정도로 좋아했었다. 아니, 동경했다고 해야 할까?

"휴……."

문자경은 한숨을 길게 내쉬었다. 그리곤 빠르게 물었다.

"대단했소. 하지만 죽이지 못할 정도는 아니었소. 운이 나빴을 뿐, 조금만 더 시간이 있었다면 그놈을 죽였을 것이오."

"도망친 진일에게 동료가 있을 거란 생각은 안 해보았느냐? 앞으로 어떤 일을 할 땐 꼭 눈에 보이는 것만을 생각하지 말거라. 그 사람에게 어떤 조력자가 있을지도 생각해야 한다. 이번 일은 네 경험 부족이 부른 실수라고 봐야겠지."

문자경은 그 말에 대답하지 않았다. 인정하는 부분이기 때문이다. 곧 신주주가 다시 말했다.

"진일을 죽일 때까지 내 말에 따라야 한다. 알겠느냐?"

"음……."

문자경은 그 말에 입술을 깨물며 침음을 흘렸다. 자존심이 상했기 때문이다. 하지만 대답하지 않을 수가 없었다.

"그렇게 하겠소."

"좋아."

신주주는 그 대답에 표정을 풀며 미소를 보였다.

"가서 쉬거라. 목욕도 좀 하고 마음 편히 운기도 해라. 천공단도 하나 줄 테니 복용하고."

"그럼."

문자경은 대답하며 일어나 밖으로 걸어나갔다. 그가 나가자 신주주의 표정이 차갑게 변하였다.

그날 저녁 늦게서야 집무실에서 나온 신주주는 자신의 방
으로 향했다. 하루 종일 앉아 있었더니 피곤했다. 하지만 그
녀의 발걸음을 현마각의 부각주인 곽위가 잡았다. 곽위가 급
한 발걸음으로 뛰어들어 온 것이다.

"보고드릴 게 있습니다."

"무슨 일이냐?"

자리에서 일어난 신주주는 안색을 찌푸리며 물었다. 그러
자 곽위가 전서를 내밀었다.

"문서각주인 홍 각주께서 보내온 것입니다."

"그래?"

전서를 펼쳐 읽은 신주주의 표정이 경직되었다. 진일을 찾
았다는 내용이 적혀 있었기 때문이다.

"모두 불러라."

"예!"

곽위가 크게 대답한 후 밖으로 달려나갔다.

문자경은 옷을 갈아입고 거울을 보았다. 잘생긴 자신의 얼
굴과 백의가 거울에 반사되어 비치자 미소를 입가에 그렸다.
하지만 그 미소도 진일을 떠올리자 굳어질 수밖에 없었다.

'개자식……'

문자경은 주먹을 쥐며 살기 어린 눈동자로 거울 속의 자신을 노려보았다. 그러는 사이에 발소리와 함께 젊은 무사가 들어와 부복했다.

"각주님께서 오시랍니다."

"쉬라고 할 땐 언제고… 무슨 일이냐?"

"진일을 찾았다고 합니다."

"……!"

순간 문자경의 눈동자가 흔들리더니 이내 살광을 뿌리기 시작했다.

"그거 잘됐구나."

팟!

문자경의 신형이 무사의 머리를 넘어 밖으로 사라져 갔다.

"순찰당주는?"

신주주는 문자경을 제외한 모두가 모이자 안색을 찌푸리며 문자경을 찾았다. 그러자 보고를 받은 곽위가 안색을 굳히며 고개를 숙였다.

"그, 그게……."

"무슨 일이 있느냐?"

곽위는 어쩔 수 없다는 표정으로 힘겹게 입을 열었다.

"떠, 떠났습니다."

"뭐?!"

신주주가 어이없다는 듯 자리를 박차고 일어섰다.

"저기… 진일을 찾았다고 하니까 급히 호위무사 몇 명만 대동한 채 나갔다고 합니다."

"이런 미친 새끼를 봤나!"

쿵!

탁자를 내려친 신주주는 쌍욕까지 입에 담았다. 그러자 주변에 있던 간부들의 안색이 퍼렇게 변하였다. 그녀의 살기가 방 안을 가득 채운 때문이다. 또한 이렇게까지 화가 난 신주주의 모습을 그들도 처음 보았기에 놀라고 있었다.

"석 대주."

신주주의 시선에 석도위가 재빠르게 부복했다. 아예 눈조차도 마주칠 생각을 버린 것이다.

"당장 문자경을 쫓아가게. 무슨 일이 있어도 그를 데려오고 진일과 만나면 최선을 다해 도와주게나. 나도 곧 뒤따를 테니."

"예!"

석도위가 대답하고 일어나 빠르게 밖으로 나갔다. 신주주는 의자에 앉으며 이마를 짚었다. 머리가 아파온 것이다. 진일도 그렇고 문자경도 그렇고 요즘 젊은 놈들은 말을 안 듣는다고 생각했다.

'싸가지없는 놈……'

빠직!

순간 탁자에 금이 가더니 '우르르!' 거리며 무너져 내렸다. 그 모습에 신주주는 더더욱 아미를 찌푸려야 했다. 탁자 위에 정리한 문서들 때문이다. 그게 헝클어진 것이다.

"아침까지 삼문으로 떠날 준비를 해라. 우리도 떠난다."

"예!"

이구동성의 대답 소리를 들은 신주주는 곧 자리에서 일어나 자신의 방으로 향했다. 잠시 눈을 붙이고 싶었다.

*   *   *

홍수려는 진일의 위치를 파악하고 그를 찾아 나섰다. 그리고 그가 관제묘에서 싸우는 것을 멀리서 볼 수 있었고 청란에 의해 구출된 것도 보았다. 청란이 손을 쓰지 않았다면 자신이 나섰을 것이다.

청란의 경신술이 아무리 대단해도 홍수려를 떼어놓을 수는 없었다. 무엇보다 진파랑을 업고 이동하는 그녀였기에 평소보다 어느 정도 속도가 떨어질 수밖에 없었다. 그래도 홍수려 역시 끝까지 따라갈 수는 없었다. 홍수려는 삼문촌 근처에서 청란을 놓쳤다. 하지만 홍수려는 포기하지 않았다.

삼문촌의 큰 집부터 수색을 시작한 것이다. 그리고 삼 일째가 되는 날 고애장을 찾을 수가 있었다.

슥!

가볍게 계단을 밟듯이 홍수려는 한 발을 허공중에 올려놓았다. 그러자 그녀의 신형이 소리없이 천천히 땅으로 내려왔다.

뚝! 뚝!

늘어뜨린 그녀의 검끝에서 붉은 선혈이 흘러내리고 있었다. 이곳까지 오면서 꽤 많은 수의 사람을 벤 것 같았다.

"찾았어요."

홍수려의 목소리에 진파랑은 어깨를 미미하게 떨어야 했다. 알 수 없는 이중성 때문이다. 무엇보다 그의 눈은 홍수려의 얼굴에서 떠나지 않고 있었다. 그 시선에 홍수려는 자신의 볼을 만졌다.

"왜요? 이상한가요?"

진파랑은 고개를 저었다. 그저 흔적만이 미세하게 남은 그녀의 얼굴만을 쳐다볼 뿐이었다. 그 시선에 홍수려는 가볍게 미소를 보이며 다가왔다.

"이제야 제 얼굴을 봐주시는군요."

진파랑은 곧 한 발 물러서며 안색을 굳혔다.

"이상하군."

"······?"

"나를 죽이려 했던 여자가 나를 찾다니 말이야."

진파랑의 말에 홍수려의 눈동자가 흔들렸다. 어떤 말을 해야 할지 머릿속에 떠오르지 않았기 때문이다. 무엇보다 진파랑의 모습이 너무 초라해 가슴이 아파왔다. 결국 저렇게 만든 사람도 자신이란 생각에 목이 메어왔다.

"전⋯⋯."

슥!

한 발 앞으로 다가가자 순간적으로 진파랑이 도를 꺼내 손에 쥐었다. 그런 진파랑의 전신으로 투기가 흘러나오기 시작했다. 그 모습에 홍수려는 전신을 떨어야 했다. 육체적인 고통은 없었다. 하지만 왜 이렇게 아픈 것일까? 홍수려의 눈가에 물기가 맺히기 시작했다.

홍수려는 멍하니 진파랑의 경계 어린 눈동자를 쳐다보다 입술을 깨물었다. 이대로 진파랑을 놔둘 수 없었기 때문이다.

"미안해요."

쉭!

"⋯⋯!"

진파랑은 눈을 부릅뜨며 사라진 홍수려를 찾으려 했다.

뚝!

순간 등 뒤에서 느껴지는 따끔함에 전신을 떨었다. 마혈을 제압당한 것이다. 어느새 등 뒤로 갔을까? 홍수려의 목소리가 귓가에서 들려왔다.

"쉬세요."

말과 함께 수혈마저 제압당하자 진파랑은 의지와는 상관없이 눈을 감아야 했다.

쉬쉭!

진파랑을 품에 안은 홍수려는 바람 소리에 고개를 돌렸다. 그곳에 장산이 서 있었고 그녀의 뒤로는 현마각에서 문서각으로 넘어온 수연이 부복해 있었다. 곧 그 뒤로 바람처럼 십여 명의 호위무사가 도열했다.

"모두 처리했어."

홍수려는 장산의 대답에 고개를 끄덕인 후 장산과 시선을 마주쳤다. 하지만 장산은 진파랑을 쳐다보고 있었다. 그의 상태가 조금 심각해 보이자 저절로 인상을 찌푸리며 말했다.

"처참하군."

불편한 꿈이라도 꾼 것일까? 진파랑은 힘겹게 눈을 뜨며 어두운 천장을 쳐다보았다.

"으음……."

순간 들린 목소리에 진파랑은 안색을 굳히며 몸에 힘을 주려 했다. 일어나기 위함이다. 하지만 물먹은 솜처럼 한없이 무겁게만 느껴지는 몸이었고 고개를 돌려 쳐다본 곳엔 홍수려가 침상에 몸을 기대어 잠들어 있는 상태였다.

옆에는 호롱불이 빛나고 있었으며 바닥에 대야와 물수건들이 널브러져 있었다. 진파랑은 자신이 아무것도 입지 않은 상태라는 것을 그제야 알 수 있었고, 소매를 걷은 홍수려의 모습에 그녀가 자신의 몸을 닦아주었다는 것도 알았다.

"산 언니… 그건 내 거야……."

음식이라도 먹고 있는 꿈을 꾸는 것일까? 홍수려의 낮은
잠꼬대에 진파랑은 저도 모르게 미소를 그리며 손을 들었다.
홍수려의 머리카락이라도 만져 주기 위함이다. 하지만 막 손
이 그녀의 머리에 닿으려는 찰나 허공중에서 멈춰졌다.

슥!

진파랑은 조용히 손을 다시 내렸다. 이렇게 가까이에 있는
그녀였지만 만질 수가 없었다. 어떻게 예전처럼 그녀를 만질
수가 있을까? 차라리 모르는 사이였다면 아무런 생각 없이 만
졌을 것이다. 하지만 감우의가 죽은 것도, 조영영이 죽은 것
도 모두 눈앞에 있는 홍수려 때문이었다. 그 원흉이 눈앞에
있었다.

'왜 나를 구했을까. 설마하니… 아냐, 그럴 리가 없
어…….'

진파랑은 애써 마음을 다잡으며 눈을 감았다. 문득 그녀가
예전처럼 돌아가자고 하면 과연 그럴 수가 있을까? 그냥 눈을
감자 든 생각이었다. 하지만 아무리 생각해도 과거로 다시 돌
아갈 수는 없었다. 이미 너무 많은 길을 걸어왔기 때문이다.

더욱이 사랑했던 만큼 그녀에게 느낀 배신감은 되돌릴 수
없을 만큼 컸고 아팠다. 그 감정이 아직 사라지지 않은 진파
랑이었다. 그런 생각이 들자 저도 모르게 살기가 일어났다.

"음……."

그 살기 때문일까? 홍수려가 눈을 떴다. 그녀는 주변을 둘러보다 누워 있는 진파랑의 얼굴을 쳐다보았다. 자고 있는 모습이 너무 평온하게 보였다.

슥!

홍수려는 자신도 모르게 손을 들어 진파랑의 볼을 만지려 했다. 하지만 막 손끝이 볼에 닿으려는 찰나, 홍수려는 손을 거두어야 했다. 막상 만질 용기가 나지 않았던 것이다.

'이렇게 가까이에 있는데……'

홍수려는 저도 모르게 입술을 깨물어야 했다. 아무것도 할 수 없는, 용기없는 자신의 모습이 싫었기 때문이다. 진파랑의 몸을 닦아낼 때는 그저 치료에만 전념했기에 가능했다. 하지만 막상 그러한 생각 없이 오직 애정으로 가득 찬 마음에서 만지려 하니 벽에 막힌 것 같았다. 왜 그런 것일까?

스윽!

홍수려는 자리에서 일어났다. 옆에 있으려니 마음만 아파오는 것 같았다. 밖으로 나가 밤하늘이라도 봐야 할 것 같았다.

수연의 보고를 받은 장산은 홍수려를 찾아왔다. 하지만 호롱불빛에 반사되는 방 안의 모습에 고개를 저으며 신형을 돌렸다. 삼 일 동안 잠 한숨 못 자고 진파랑을 돌봐준 홍수려를 걱정했기 때문이다. 이제야 겨우 잠이 들었는데 다시 깨우고 싶지는 않았다.

드륵!

하지만 문이 열리는 소리에 장산은 다시 신형을 돌렸다. 문 밖으로 나온 홍수려와 장산의 눈이 마주쳤다. 장산은 그녀의 모습이 조금 지쳐 보인다고 생각했다.

"어?"

홍수려가 장산을 발견하고 조금 놀란 표정으로 눈을 크게 떴다.

"이 밤중에 무슨 일이야?"

"아니, 그냥… 잘 자나 해서."

장산은 다가오는 홍수려의 눈을 마주치지 못하고 고개를 돌리며 대답했다.

"무슨 일 있어?"

장산의 반응에 홍수려가 묻자 장산은 안색을 찌푸리며 숨을 길게 내쉬었다. 말을 해야 할 것 같았기 때문이다.

"사실… 여기에 진일이 있다는 것을 보고했었어."

"……!"

장산의 말에 끝나는 순간 홍수려의 눈이 커졌다.

"그게……."

"아니… 우리가 돌봐준다고 보고한 것은 아니고 그냥 찾았다고만 했어."

"산 언니."

홍수려의 목소리가 낮게 가라앉자 장산은 안색을 찌푸렸다. 홍수려는 화가 나면 저렇게 목소리를 낮추기 때문이다. 그래도 크게 화를 내지 않는다는 것을 알자 마음이 놓였다.

"미안……."

홍수려는 아무런 대답 없이 장산을 쳐다보았다. 장산은 고개를 돌려 홍수려의 눈을 쳐다보며 말했다.

"하지만 내 입장에선 어쩔 수가 없었어. 진일은 우리의 적이잖아? 이렇게 치료해 준다고 해서 그가 달라질 것 같아? 절대 아니야."

장산의 말에 홍수려는 대답없이 안색만 굳힐 뿐이었다. 장산의 말을 이해하지 못해서 화가 난 것은 아니기 때문이다. 그러자 장산이 숨을 길게 내쉬며 다시 말했다.

"삼 일 후에 도착한다고 하니 그전에 우리도 합류할 곳으로 출발해야 할 것 같아."

"언제?"

"내일 저녁은 돼야겠지."

홍수려는 장산의 대답에 힘없이 신형을 돌렸다. 그런 그녀의 안색이 어둡게 변하자 장산 역시 기분이 좋지 못했다. 하지만 홍수려가 진파랑을 구해주고 치료해 준 사실은 숨겨야 했다. 그 시간이 필요한 것이다.

걸음을 옮겨 안으로 들어가려는 홍수려의 뒷모습을 잠시 바라본 장산이 조금 큰 목소리로 물었다.

"한 가지만 묻자."

장산의 목소리에 홍수려는 고개를 돌렸다. 장산이 빠르게 물었다.

"그놈이 다시 너를 좋아해 줄 거라고 믿어?"

홍수려는 잠시 아무런 대답 없이 장산을 쳐다보았다. 그러다 이내 미소를 보이며 고개를 끄덕였다. 장산은 그 모습에 어쩔 수 없다는 듯 한숨을 내쉬며 고개를 저었다.

"아침에 보자."

장산은 가볍게 손을 흔들며 월동문으로 걸어나갔다. 그녀가 나가자 홍수려는 곧 방 안으로 들어갔다.

"어머!"

방 안으로 들어간 홍수려는 침상에 앉아 있는 진파랑의 모습에 깜짝 놀란 표정을 지으며 눈을 크게 떴다. 설마 진파랑이 깨어 있을 줄은 몰랐던 것이다. 호롱불빛에 반사된 진파랑의 얼굴은 차갑게 가라앉아 있었다.

일어났다는 반가움에 기쁜 표정을 보이던 홍수려는 진파랑의 따가운 살기를 피부로 느끼곤 표정을 풀었다. 그러다 진파랑의 앉은 자리 옆에 있는 옷을 발견하곤 애써 웃는 표정으로 다가갔다.

"옷이 다 떨어져서 새로 하나 구했어요. 입어보세요. 맞는지 알아야 할 것 같아요."

홍수려는 옷을 집어 들며 말했으나 진파랑은 고개조차 돌리지 않았다.

"저기… 진 가가……."

진파랑은 '진 가가' 란 말에 이빨을 깨물었다. 저절로 어깨
가 떨렸으며 단전이 아파왔다. 아직 내상이 다 낫지 않았기
때문이다.

홍수려는 그 모습을 가만히 지켜보고 있었다. 자신도 모르
게 전신을 떨어야 했다. 진파랑이 입을 열면 안 될 것 같다는
불안감도 들었다. 그녀는 곧 생각난 듯 웃으며 말했다.

"아! 맞다! 진 가가를 위해서 탕을 준비했다는 걸 깜빡했네
요. 잠시만 기다리세요."

그렇게 말한 홍수려는 재빠르게 밖으로 나갔다. 그녀는 정
신이 없는 듯 문을 닫는 것조차 잊어버렸다. 진파랑은 고개를
돌려 열린 방문 밖의 하늘을 쳐다보았다. 촘촘히 박힌 별들이
눈에 들어왔다.

타닥!

곧 빠른 발걸음 소리와 함께 홍수려가 김이 피어나는 탕을
들고 들어왔다. 분명 미리 만들었다가 식어버린 탕일 것이다.
그것을 오는 동안 진기를 이용해 뜨겁게 만든 것이다.

"드세요. 특별히 몸에 좋은 것들을 많이 넣은 탕이에요. 내
상에 정말 좋다고 해요."

홍수려는 미소 띤 표정으로 진파랑에게 다가가 탕을 내밀
었다. 탕 냄새가 진파랑의 코를 자극했다. 하지만 진파랑의

표정은 변화가 없었다. 하지만 그것도 잠시뿐, 진파랑은 차갑게 입을 열었다.

"왜 내게 이렇게 친절하지?"

진파랑의 말에 홍수려는 어깨를 떨었다. 비수가 가슴에 박힌 것 같은 고통이 느껴졌으나 입술을 깨물고 참아야 했다. 어쩌면 예상했던 일인지도 모른다. 하지만 참을 각오를 하고 있었다. 그런 각오로 성을 나왔고 진파랑을 만나려 한 것이다.

"드, 드세요."

홍수려는 다시 한 번 탕 그릇을 내밀었다. 하지만 진파랑의 손이 탕을 옆으로 밀어버렸다.

"우린… 이럴 사이가 아니야."

"……!"

통!

탕을 떨군 홍수려가 전신을 떨며 일어섰다. 그런 그녀의 눈동자는 하염없이 흔들리고 있었다. 마치 어디를 쳐다봐야 할지 몰라 이리저리 움직이는 것 같았다.

"양어머니가 죽었다. 얼마 전엔 친구도 죽었지. 네가 나를 죽이라고 말만 하지 않았어도 이런 일은 없었겠지."

살기 어린 미소를 보인 진파랑의 표정은 자신이 아는 진파랑이 아니었다.

홍수려는 멍한 시선으로 진파랑을 쳐다보았다. 그러다 이내 고개를 돌린 홍수려는 떨리는 발걸음으로 의자를 향해 걸어가 앉았다. 그 뒷모습을 진파랑의 시선이 따라가고 있었다.

"나는 아직도 믿어지지가 않아, 네가 정말 그랬다는
게⋯⋯."

"저도⋯ 저도 믿어지지 않아요⋯⋯."

홍수려의 잠긴 목소리가 진파랑의 귓가에 들려왔다. 진파
랑은 안색을 굳히며 홍수려의 고개 숙인 옆얼굴을 쳐다보았
다. 달빛에 반사된 그녀의 얼굴에 새겨진 상처가 갑자기 눈에
들어왔다. 가슴이 아파왔다. 저 상처가 자신의 가슴에도 그려
져 있었기 때문이다.

"나, 나는⋯ 단지 진 가가가⋯ 쳐다봐 주길 바랐을 뿐인
데⋯ 그것뿐이었는데⋯⋯."

가만히 중얼거리는 홍수려의 어깨가 떨리더니 볼을 타고
눈물방울이 흘러내렸다. 그 모습에 가슴이 아파왔다. 왜 아프
지 않을까? 정말 사랑했던 여자가 우는데 가슴이 아프지 않을
남자가 과연 있을까? 하지만 따뜻한 말 한마디 건넬 수가 없
었다. 아니, 하지 않았다.

"조 각주가 죽을 줄은 정말 몰랐어요⋯⋯. 그놈이⋯ 죽일
줄은⋯⋯."

목메인 듯한 홍수려의 목소리가 진파랑의 가슴에 파문을
일으켰다.

"정말이에요⋯⋯. 그리고 그때 알았어요, 이게 아니란 것
을. 하지만⋯ 하지만 너무 늦어버렸어요⋯⋯. 제가 어떻게 할

수 있는 일이 아니게 되어버렸어요. 웃기게도… 변명이라 생각해도 좋아요……. 아니, 변명이에요……."

울던 그녀가 눈물을 훔쳤다. 그리곤 어느 정도 감정을 추슬렀는지 담담한 목소리로 다시 말을 이었다.

"그거 아세요, 살아 있다는 말에 정말 기뻤다는 거……."

진파랑은 입을 열지 않았다. 홍수려는 상처가 이젠 흔적으로 남아 있는 볼을 만지며 다시 말했다.

"죽었다는 소식엔 하염없이 울었어요, 하늘이 무너진 것처럼……. 그냥 며칠 동안 그렇게 울었던 것 같아요. 그리고 후회했어요. 아니, 그 후회를 영원히 가슴에 간직하려 했지요. 그리고 잊기 위해 무공만 수련했어요. 오직 무공만……."

홍수려는 그렇게 말하며 진파랑을 쳐다보았다. 하지만 진파랑은 시선을 돌려 타오르는 호롱불을 쳐다볼 뿐이었다. 그 모습에 홍수려는 씁쓸히 고개를 숙였다. 자신도 모르게 양손으로 손가락을 만지기 시작했다. 답답했기 때문이다.

"처음엔 잊고 싶어서 시작한 무공이었어요. 그런데 무공을 수련하면 할수록… 잊혀지는 게 아니라 선명하고 또렷하게 남는 거예요, 웃기게도."

홍수려는 창틀을 손으로 만지며 창밖의 하늘로 시선을 던졌다. 밝은 달이 웃고 있는 것처럼 보였다.

"그래도 잊으려 했어요. 하지만 악가에서 진 가가를 다시 만나게 되자 알게 되었어요, 내가 바보였단 걸. 참을 수 없을 만큼 가슴이 크게 뛴다는 걸……."

진파랑은 그 말에 고개를 돌려 홍수려를 쳐다보았다. 홍수려의 눈과 마주치자 진파랑은 다시 고개를 돌렸다. 하지만 홍수려는 그의 눈에 살기가 사라진 것을 알 수 있었다. 그것만으로도 좋았다. 아니, 가슴이 뛰는 것을 다시 느껴야 했다.

"하지만 악가에선 눈물만 흘리고 돌아와야 했어요. 그리고 다시 잊어버리자는 생각으로 무공에만 전념했어요. 무공이란 이상해요. 분명 원망해야 하는데 왜 익히면 익힐수록 원망하지 못하고 좋은 기억만 남는 것일까요, 왜?"

홍수려의 질문 섞인 말이 허공을 맴돌았다. 하지만 돌아오는 대답은 없었다. 진파랑은 그저 조용한 표정으로 듣기만 했을 뿐 입을 열지는 않았다. 갑자기 찾아온 정적은 꽤 긴 시간 동안 고요함을 남긴 채 맴돌고 있었다.

"왜……."

처음으로 진파랑이 입을 열자 홍수려가 놀라 시선을 던졌다. 진파랑은 곧 천천히 물었다.

"그때 성을 빠져나간 나는 단지 문자경만 원망하고 있었다. 하지만 감우의를 만나고서야 알았지, 정작 나를 죽이라고 한 사람이 너였다는 걸. 그때 난 처음으로 알았다, 사랑이란 감정도 거짓이 될 수 있다는 걸. 왜 나를 죽이려 했지?"

진파랑의 시선에 날카로운 기운이 맴돌고 있었다. 홍수려는 쳐다볼 수 없는지 고개를 돌리며 양손으로 깍지를 끼더니 이리저리 손가락을 움직이기 시작했다.

"저, 저를 쳐다보지 않아서요."

"……!"

진파랑은 그녀의 말에 잠시 놀란 표정을 지었다. 홍수려는
고개를 숙이며 다시 말했다.

"그때… 저를 쳐다만 봐줬다면… 그랬다면……."

홍수려는 온몸을 떨며 중얼거렸다. 진파랑은 홍수려가 자
신의 얼굴을 봐달라고 했던 일을 떠올렸다. 그때 피에 젖은
그녀를 똑바로 볼 수 없었던 자신을 떠올리며 홍수려를 쳐다
보았다. 그 일 때문에 일이 이렇게 된 것이다. 아니, 그 일 때
문에 자신은 천문성에서 쫓겨난 것이다.

홍수려가 진파랑을 쳐다보며 궁금한 표정으로 물었다.

"왜 저를 안 쳐다본 건가요?"

홍수려의 물음에 진파랑은 어이없다는 듯 홍수려를 쳐다
보았다. 자신의 입장에서 생각할 땐 사소한 것이었기 때문이
다. 상처로 인해 생긴 자신의 죄책감 때문에 못 본 게 아니었
던가? 지켜주지 못한 자신의 나약함 때문에. 하지만 홍수려
는 그것을 원망하고 있었던 것이다.

"그땐 정말 진 가가를 원망했어요. 나를 사랑한다면서…
얼굴에 흉측한 상처가 생기니 내 얼굴조차 쳐다보지 않는구
나… 남자의 사랑이란 이렇게 가벼운 것이구나… 나에 대한
마음은 이 정도였구나……. 이런 생각들을……."

그렇게 중얼거린 홍수려는 곧 고개를 저으며 다시 말했다.

"하지만 제 잘못도 크다는 걸 알았어요. 겨우… 그러한 감정조차 참지 못했으니까요. 무공을 수련하고 어느 정도 만족할 만한 수준이 되어서야 알게 되었어요. 내가 어린아이 같았다는 걸. 정말 사소한 감정인데… 그러한 감정 싸움 없는 사랑 따위 어디에도 없는데… 참지 못한 스스로가 얼마나 바보같았던지……."

홍수려는 물기 어린 눈동자로 창밖을 쳐다보며 불어오는 바람을 맞이했다.

"그 결과가 이거예요. 이렇게 가까이에 있는데도 손조차도 못 잡는 사이가 되어버렸으니까요."

"……."

"그거 아세요? 얼굴의 상처는 탈태환골하면 사라진대요. 그 말에 더욱 수련에 박차를 가했어요. 그런데 정작 얼굴의 상처는 사라졌지만 가슴에 남은 상처는 사라지지 않네요. 아마 영원히 남겠죠. 언젠간 탈태환골하는 날이 올 거예요. 아니, 그렇게 되게 할 거예요. 그때가 되면… 가슴의 상처마저 지워질까요?"

홍수려의 흔들리는 눈동자가 진파랑을 향했다. 수많은 말들을 이야기하고 있었으나 목소리로 흘러나온 말만이 진파랑의 귀에 전달되었을 뿐이다. 진파랑은 여전히 고개조차 돌리지 않았기 때문이다.

"휴우……."

홍수려는 긴 한숨만 내쉬었다. 지금 이 순간이 답답했고 너무 힘들었기 때문이다. 진파랑의 목소리를 듣고 싶은데 진파랑은 여전히 말이 없었고 차가운 기운만 뿌리고 있었다.

"음……."

진파랑의 입술을 뚫고 핏방울이 흘러내리자 놀란 홍수려가 급히 다가갔다. 하지만 진파랑의 곁으로 갈 수는 없었다. 자리에서 일어선 진파랑의 전신으론 살기가 강하게 흘러나왔기 때문이다.

"혼자 있고 싶다."

홍수려는 가만히 어깨를 떨다 이내 고개를 숙여야 했다. 그리곤 천천히 밖으로 걸어나갔다.

그녀가 나가고 인기척이 완전히 사라져서야 진파랑은 침상에 다시 앉았다. 그러다 손안에 잡힌 옷의 느낌에 고개를 돌렸다. 좀 전에 홍수려가 들고 있던 백의였다. 진파랑은 굳은 표정으로 백의를 쳐다보았다.

"우린… 큰 강의 반대편에 서서 서로를 보는 것 같구나……."

아침이 되자 홍수려가 방으로 들어왔다. 그녀는 들고 왔던 아침 식사를 탁자 위에 올려놓으며 말했다.

"아침이에요. 허기졌을 텐데 좀 드세요."

홍수려는 말을 하고 누워 있는 진파랑을 쳐다보았다. 하지만 진파랑은 눈을 뜨지 않았다. 그저 고른 숨소리만 들려올 뿐이었다. 홍수려는 차마 깨우지는 못하고 자리에서 조용히 일어나 밖으로 나갔다. 그녀가 나가자 진파랑은 소주천을 마치고 눈을 떴다. 하지만 음식을 잠시 쳐다볼 뿐 다시 눈을 감고 운기하기 시작했다. 지금은 내력을 회복하는 게 가장 급한 일이었기 때문이다.

점심이 되자 홍수려는 다시 식사를 들고 안으로 들어왔다. 하지만 식탁 위에 음식이 그대로 남아 있는 것을 보곤 짧게 숨을 내쉬었다. 음식을 바꾼 홍수려는 다시 누워 있는 진파랑에게 말했다.

"저기……."

하지만 짧은 말 외엔 더 이상 입을 통해 흘러나오지 않았다. 그저 한숨만 내쉴 뿐이었다. 홍수려는 곧 자리에서 일어나 식어버린 아침 식사를 들고 밖으로 나가야 했다.

저녁이 되자 홍수려는 다시 들어왔다. 그녀는 식어버린 점심과 막 차려온 저녁을 바꾼 후 다시 밖으로 나가 탕을 들고 들어와 음식 옆에 놓았다. 여전히 진파랑은 눈을 감은 채 잠을 자고 있었다. 홍수려는 마음을 고쳐먹고 진파랑에게 조금 가까이 다가갔다. 하지만 반 장 이상 가까이 가지 못하고 멈춰 서서 자고 있는 진파랑의 얼굴을 쳐다봐야 했다.

"이제 전 떠나요……. 떠나면… 다시 진 가가를 찾아올 거예요. 제가 아니라… 본 성의 사람들이. 그렇게 되면 우린 싸우겠죠……. 그러니 식사는 꼭 드세요. 아니, 탕이라도 드세요. 제발 부탁이에요……."

말을 하는 홍수려의 눈동자가 흔들리고 있었다. 그것은 진파랑에 대한 걱정 때문이었다.

"살아야 하잖아요. 이대로 죽을 수는 없잖아요? 적어도… 저희가 오기 전엔 이곳을 빠져나가야 하잖아요. 그냥 허무하게 죽을 생각인가요? 그런 게 아니라면 제발… 드세요. 조금이라도 드셔서… 살아요……."

홍수려의 간곡한 목소리가 흘러나왔으나 진파랑은 여전히 눈을 뜨지 않았다. 그 모습에 홍수려는 곧 신형을 돌렸다. 그리곤 밖으로 나가다 문 앞에서 잠시 걸음을 멈추곤 다시 말했다.

"산 언니가 이 근방에 계시다고 보고를 올렸어요. 그러니 떠나야 해요. 삼 일 정도 후에 아마 문자경은 천문성의 정예들과 함께 이곳에 오겠지요, 이 근방을 모두 뒤질 테니……. 그전에 여길 떠나세요."

홍수려는 여전히 대답없는 진파랑이 원망스러운 듯 쳐다보았다. 하지만 더 이상 말을 하지 못하고 나가야 했다. 장산이 앞에서 기다리고 있었기 때문이다.

밖으로 나온 홍수려의 표정이 밝지 못하자 장산은 걱정스러운 듯 그녀의 어깨를 두드렸다.

"너무 걱정하지 마."

"하지만……."

홍수려의 기운없는 목소리에 장산은 그녀를 끌어안으며 말했다.

"잘될 거야, 모든 게. 그래도 천공단은 너무 아깝다."

장산은 웃으며 농담처럼 말하자 홍수려는 이내 미소를 보였다. 탕은 홍수려에게 나온 천문성의 천공단을 넣어 만든 것이었다. 천공단의 효력이야 말할 필요도 없이 최고였다. 십 년에 서른 알 정도 제조하는 천공단은 칠각의 각주 급 이상이 되어야 하나 얻을 수가 있는 물건이었고, 내상부터 외상까지 두루 살펴주는 약이었다.

소림의 대환단과는 비교되지 못하겠지만 쉽게 구할 수 있는 물건 또한 아니었다. 값으로 환산하기 어려운 천공단을 홍수려는 쉽게 진파랑을 위해서 사용한 것이다. 삼 년 전에 얻은 천공단을 사용했으니 앞으로 칠 년 후에나 하나 얻게 될 것이다.

곧 홍수려는 자신의 수하들과 함께 고애장을 떠났다. 문자경이 오기 때문에 맞이하러 가야 했던 것이다. 신주주도 곧 도착할 것이다. 홍수려가 해야 할 일은 신주주가 올 때까지 문자경을 잡아두는 일이었다.

"나도 참… 아직 어른이 못 됐어."

홍수려가 떠나고 나서야 눈을 뜬 진파랑은 해가 지는 노을을 쳐다보며 고개를 저었다. 홍수려에게 인사 정도는 해줄 수가 있었을 텐데 할 수 없었기 때문이다.

"으음……."

신음성을 토하며 일어난 진파랑은 곧 탁자로 걸었다. 일주천을 하고 나자 전과는 다르게 그래도 움직일 만했다. 내력도 희미하게나마 잡을 수가 있었고, 앞으로 한 달 정도면 원래대로 돌아갈 수 있을 것 같았다.

"살아야 하잖아요……."

진파랑의 귓가에 홍수려의 마지막 말이 맴돌았다. 그녀의 말처럼 살아야 했다. 지금은 살아 있는 게 중요했기 때문이다.

"그래, 먹자, 먹는 거다."

진파랑은 홍수려가 차려놓은 저녁을 먹기 시작했다. 그리고 옆에 놓인 탕도 식사가 끝난 후 마셨다. 그리고 다시 운기하기 시작했다.

第八章
끝은 시작을 부르고…

진가도

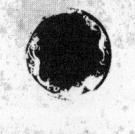

　삼문촌을 둘러싸고 있는 오미산의 동쪽 중턱엔 작은 분지가 있었는데, 그곳으로 문자경을 비롯한 석도위와 수하들이 모습을 드러냈다. 그들은 누군가를 찾는 듯 주변을 둘러보았다. 그러다 숲 속에서 걸어나오는 홍수려와 십여 명의 수하를 볼 수 있었다.

　"예상보다 하루 빠르군요."

　"오랜만이오, 홍 소저."

　문자경은 홍수려를 발견하자 기쁜 표정으로 다가오며 인사했다. 하지만 홍수려는 그저 차가운 표정만 보일 뿐이었다. 그의 가식적인 미소를 싫어했기 때문이었다. 아니, 문자경 자체를 싫어하고 있는지도 모른다.

문자경은 이미 홍수려의 차가움에 익숙했기에 변함없는 표정으로 물었다.

"진일을 찾았다고 들었소만?"

"찾은 게 아니라 여기서 놓쳤다고 했어요. 하지만 삼문촌에서 빠져나가는 것 또한 못 봤어요. 그러니 이 근방에 있겠지요."

"그동안 찾아보았소?"

"찾아는 보았지만 허탕만 치고 있어요. 음영대가 도착하면 좀 더 빠르게 움직일 수가 있겠지요."

"그럼 할 일도 없으니 음영대가 오기 전에 우리끼리라도 찾아봅시다."

문자경의 말에 홍수려는 안색을 굳혔다. 문자경이 이렇게 급하게 나올 줄은 몰랐기 때문이다. 아직 고애장을 나온 지 하루밖에 지나지 않은 상태였다. 그렇다면 적어도 오늘 저녁이나 내일 아침이면 고애장을 찾을 것이다. 예상보다 빨라 진파랑이 그곳을 빠져나가지 못할 것 같았다.

"왜 그러시오? 설마 담소라도 나누자는 것이오? 나야 상관없지만. 후후."

홍수려는 아무리 생각해도 기분 나쁜 인간이라 생각했다. 거기다 눈앞에 있는 문자경 때문에 모든 것이 틀어지지 않았던가. 원망하지 않을 수 없었다. 단지 그 감정을 최대한 숨길 뿐이었다.

"담소 나눌 시간은 없어요."

"그럼 찾기로 합시다. 그런데……."

문자경은 문득 생각난 표정으로 홍수려를 쳐다보았다. 그런 문자경의 눈동자가 빛나기 시작했다.

"그 진일이란 놈한테 원한이 깊은 모양이오. 성에서 직접 나올 줄은 몰랐소."

"당신을 믿지 못하기 때문에 나온 거예요. 벌써 한 번 놓친 전례가 있으니까요."

"훗!"

문자경은 그녀의 말에 가볍게 웃음을 흘린 후 신형을 돌렸다. 그녀의 말이 사실이었고 자존심이 상하는 일이었기 때문에 거론하고 싶지 않았던 것이다.

"이번에는 확실히 죽일 것이오."

"그렇게 해주시면 좋겠군요."

문자경은 안색을 굳혔다. 하지만 화를 내지는 않았다. 수하들도 있었고 자신의 과오였기 때문이다.

"갑시다."

문자경이 그렇게 말하고 걸음을 옮기자 그 뒤로 사람들이 따르기 시작했다.

*   *   *

아침에 운기를 마치고 눈을 뜬 진파랑은 홍수려가 준비해 준 백의무복을 걸치고 있었다. 운기를 끝냈기 때문에 그런지 몸에 힘이 들어가는 것을 느낄 수가 있었다. 하지만 보통의 운기로 이 정도까지 내력을 회복할 수 없다는 것 또한 진파랑은 알고 있었다. 홍수려가 준비한 탕이 큰 효과를 발휘한 것이다.

"육성인가⋯⋯."

진파랑은 육성까지 내력을 회복했다는 것에 놀라고 있었다. 부상을 당하고 움직이기도 힘든 상황이었다. 그런데 육성까지 회복한 것이다. 진파랑은 이리저리 몸을 움직여 보고 백도를 손에 쥐었다.

문득 홍수려가 떠나라 했던 말이 떠올랐다. 하지만 떠날 수는 없었다. 아직 해야 할 일이 있었기 때문이다. 그리고 자신의 목표가 다행스럽게도 이곳으로 온다고 하였다.

이곳이 어디인지 알 수는 없었다. 단지 얼마 전까지 사람이 살았던 장원이란 것만 알고 있었다. 담장에 새겨진 피의 흔적들도 있었으나 시신은 어디에도 없었다. 아마도 홍수려가 땅에 묻어주었을 것이다.

장원을 한 바퀴 돈 진파랑은 연무장으로 향했다. 그리곤 연무장의 중앙에 의자를 놓고 앉아 백도를 무릎 위에 올려놓았다. 곧 눈을 감은 진파랑은 명상에 잠겨들었다. 그러자 수많

은 비무와 싸움들이 그의 머릿속에서 마치 그림처럼 하나하
나 떠오르기 시작했다.

　조용했던 삼문촌은 갑작스럽게 나타난 천문성의 무사들로
인해 시끄럽게 변하였다. 그리고 천문성의 무사들은 큰 주루
부터 시작해 관의 협력을 받고 수색 지역을 넓혀 나갔다. 이
정도라면 고애장을 찾는 것은 시간문제였다.
　한낮의 태양이 뜨겁게 내리쬐고 있을 때 문자경을 비롯한
많은 무사들이 고애장으로 향했다. 그리고 고애장의 정문을
열던 문자경은 잠시 굳은 표정으로 연무장을 쳐다봐야 했다.
　"앗!"
　홍수려는 저도 모르게 놀라 눈을 크게 떴다. 진파랑이 보였
기 때문이다.
　"호오……."
　문자경은 연무장의 중앙에 앉아 있는 백의청년을 노려보
았다. 그 청년은 깨끗한 백색 무복을 입은 채 눈을 감고 있었
다.
　"배짱 한번 대단한 놈이군."
　문자경이 굳은 표정으로 중얼거리며 걸어 들어가자 그 뒤
로 많은 무사들이 따랐다. 그 발걸음 소리 때문일까? 진파랑
은 조용히 눈을 뜨고 문자경을 비롯한 홍수려와 무사들을 쳐
다보았다. 홍수려의 놀란 표정이 보였으나 진파랑은 애써 무

시한 채 문자경을 쳐다보았다.

뚜벅! 뚜벅!

걸음을 옮기던 문자경이 스산한 살기를 뿌리며 말했다.

"좀 더 초라한 모습으로 있을 거라고 생각했는데… 의외로 멀쩡하군."

"아는 사람이 도와주더군. 회복해서 잘 싸우라고 말이야."

진파랑의 조용한 목소리에 문자경은 안색을 굳혔다. 진파랑을 구해준 조력자를 떠올린 것이다. 아직도 그 조력자가 누구인지 잘 모르고 있었다.

"자네를 구해준 친구가 누구인지 궁금한데, 알 수 있겠나?"

"글쎄… 사실 나도 잘 모르는 친구였지."

진파랑의 대답에 문자경은 자신을 놀린다고 생각했는지 안색을 찌푸렸다. 그러다 이상함을 발견하고 진파랑에게 물었다.

"그런데 장원치곤 조용하군. 사람들도 없고. 자네를 도와준 사람이라도 있을 법한데 말이야."

쉭쉭!

순간 십여 명의 무사가 일제히 좌우로 흩어졌다. 장원을 수색하기 위함이었다. 그 모습에 진파랑이 자리에서 일어서며 말했다.

"모두 죽였어."

"……!"

문자경이 그 말에 안색을 굳혔다. 의외의 말이었기 때문이다.

"자네를 구해준 사람을 죽였다고?"

"적인 줄 알았거든. 그땐 정신이 없어서 그냥 눈에 보이는 대로 죽였지, 모두."

"하하! 하하하하!"

어이없다는 듯 크게 웃은 문자경은 이내 싸늘히 말했다.

"그 말을 나더러 믿으라고?"

"믿든 안 믿든 그건 네놈의 자유지. 내가 강요할 필요가 있을까?"

문자경은 침묵하며 수하들이 돌아오길 기다렸다. 얼마나 지났을까? 장원을 수색하기 위해 떠났던 무사들이 돌아와 문자경에게 아무도 없다는 것과 무덤 몇 개와 핏자국들에 대해서 설명했다. 그제야 문자경은 고개를 끄덕였다.

스릉!

검을 꺼낸 문자경이 곧 앞으로 나서려 했다. 하지만 석도위가 문자경의 옆에 서며 말했다.

"제게 기회를 주십시오."

"아……."

문자경은 석도위의 말에 신주주의 말이 떠올라 고개를 끄덕였다. 어차피 석도위가 먼저 나서는 것도 나쁠 것은 없었기 때문이다. 또한 이렇게 힘을 소비할 필요성도 느끼지 못하였다. 수하들이 있는데 굳이 힘을 써가면서 상대할 필요가 있을까? 그저 지칠 때까지 기다렸다가 마지막에 나서면 그만이었다.

"알겠네. 하지만 쉽게 죽이지는 말게. 목을 자르는 것은 내 손으로 하고 싶으니까."

"그렇게 하겠습니다."

석도위는 대답하며 창을 들고 앞으로 나섰다. 진파랑은 석도위의 기도가 대단하다는 것에 안색을 찌푸렸다. 그리고 그의 뒤로 백여 명의 무사가 살기를 뿌리며 도열했다. 그들 개개인의 기도가 일반적인 무사들과는 다르게 다가왔다.

"유림원 소속 오대주 석도위라 한다."

"유림원……."

진파랑은 석도위의 말에 자신의 생각이 맞았다는 것을 알곤 안색을 찌푸렸다. 귀찮은 존재들이 눈앞에 나타났기 때문이다. 특히나 오대주라는 말이 귀에 거슬렸다. 오대 정도면 정예들이었기 때문이다. 그리고 석도위란 이름도 귀에 남았다. 이름만 들어보았지 실제 보는 것은 처음이었다. 자신이 천문성의 무사로 지낼 때 그는 유림원의 대주가 된 인물이었다, 그것도 최연소의 나이에. 그러니 화제가 되었고, 그 당시 천문성의 무사로 지낸 그였기에 모를 리가 없었다.

'육성으로 과연 어느 정도까지 상대할 수 있을까?

진파랑은 문득 그런 생각이 들었다. 자신의 무공으로 과연 천문성과 어느 정도까지 싸울 수 있을까? 과거 하늘 같았던 천문성이었다. 늘 넘지 못할 산이라 생각했던 천문성에 자신은 도를 들이대고 있었다.

결국 이렇게 내성의 무사들까지도 나오게 만들었다. 그만큼 자신이 발전했다는 증거였다. 진파랑은 도를 늘어뜨리며 말했다.

"유림원의 오대를 상대하게 될 줄이야… 기쁜 일이군."

"기쁘게 생각해라, 웬만해선 우리가 나서는 일이 없으니까."

그렇게 말한 석도위의 시선이 수하들을 향하자 백 인의 무사가 일제히 진파랑을 향해 달려들기 시작했다. 적에 대한 예우는 여기까지였다. 이제부턴 죽음 그 자체만을 위해 움직여야 했으며 말할 필요조차 없었기에 석도위가 명령을 눈으로 내린 것이다.

파팟!

그들의 번개같은 움직임에 진파랑은 도를 늘어뜨리며 대응하기 시작했다. 오대의 무사들 역시 희미한 아지랑이 같은 검기를 지닌 채 공격하고 있었다.

따다당!

진파랑의 그림자가 어지러이 난무했으며, 유림원의 오대에 속한 무사들도 바쁘게 움직이기 시작했다.

"재미있는 구경일 것 같군."

문자경은 팔짱을 끼고 서서 진파랑과 오대의 싸움을 지켜보고 있었다. 그 옆에 서 있는 홍수려는 안색을 찌푸리고 있었다. 여러 명이 한 명을 공격하는 게 마음에 들지 않았기 때문이다. 하지만 말을 할 수는 없었다. 단지 마음속으로 진파랑이 무사하기만을 빌어야 했다.

"크악!"

그때 유림원의 무사 한 명이 피를 뿌리며 바닥에 쓰러졌다. 복부가 잘린 그는 바닥에 쓰러진 채 움직이지도 않았다. 절명한 것이다.

"아……."

그 모습이 안타까웠을까? 홍수려는 저도 모르게 입을 벌렸다.

"걱정하지 마시오, 죽일 테니까."

문자경은 홍수려가 죽은 유림원의 무사를 보고 안쓰러워한다고 생각했다. 그렇지 않고서야 저런 표정을 보일 수가 없었기 때문이다. 하지만 홍수려는 죽은 무사 때문이 아니라 진파랑이 입고 있는 옷이 자신이 준비한 옷이란 사실을 이제야 알았기 때문에 그런 것이다. 마침 그 놀람이 맞아떨어졌다. 그게 다행이라면 다행이었다.

'진 가가…….'

홍수려는 자신도 모르게 주먹을 쥐어야 했다.

진파랑은 정면에서 날아오는 세 개의 검을 쳐다보며 좌우로도 시선을 던졌다. 좌우 역시도 두 명씩 짝을 이루어 상하를 노리고 들어왔다.

피핏!

진파랑의 손이 순간적으로 앞으로 뻗어나갔다. 분명 그의 손은 한 번 앞으로 찔렀을 뿐인데 날아오는 세 개의 검이 금속음과 함께 위로 튕겼다.

"앗!"

놀란 무사들의 눈 사이로 백도의 그림자가 어른거렸다.

퍼퍼퍽!

살을 꿰뚫는 소리와 함께 세 명의 무사가 피를 뿌리고 바닥에 엎어졌다. 쾌도를 펼친 것이다. 혈소풍에는 못 미치지만 이 정도면 충분한 위력을 지닌 쾌도였다. 진파랑은 세 명의 무사가 피를 뿌리며 쓰러지는 것을 확인함과 동시에 뒤로 물러섰다.

좌우에서 달려들던 무사들이 그 순간 검의 방향을 바꾸어 서로의 몸을 스치더니 뒤로 물러섰다.

'역시……'

진파랑이 좌우에서 다가왔던 무사들의 거리가 막 몸에 닿을 때까지 기다린 후 피한 것이다. 보통 그렇게 되면 좌우에서 덤비던 무사들은 놀라 당황하여 서로를 찌르게 마련이었다. 하지만 그러한 기색 없이 재빠르게 물러난 것이다.

파팟!

그때 머리 위에서 한 명의 무사가 떨어져 내렸으며 정면에 선 또 다른 무사가 상중하를 노린 채 다가오고 있었다. 그 빠르기가 쾌속해 눈에 부실 정도였고 검이 세 개로 보일 정도이니 말할 필요도 없는 쾌검이었다.

팟!

진파랑의 신형이 흔들리는 것 같더니 어느새 한 발 앞으로 나섰다. 한 발만 나섰을 뿐이지만 진파랑은 세 개의 검 사이를 지나친 상태였다. 상대의 눈엔 바로 코앞에 진파랑이 나타난 것처럼 보였다.

픽!

순간 배를 뚫고 지나간 도가 등으로 빠져나왔다.

"커억!"

눈을 부릅뜬 무사가 전신을 떨어댔다. 그 순간 진파랑의 머리 위로 검이 떨어졌다. 진파랑이 앞으로 움직이자 검의 방향을 바꾼 것이다. 진파랑은 재빠르게 뒤로 물러섰다.

팍!

진파랑이 남긴 잔상을 베고 땅에 내려선 무사가 눈을 부릅떴다. 등을 뚫고 들어온 도가 배에서 튀어나왔기 때문이다. 물러섰다고 생각했던 진파랑이 어느새 앞으로 나와 등을 찌른 것이다.

파파팟!

순간 다섯 개의 검이 모습을 보이자 진파랑은 등을 뚫은 도를 빼냄과 동시에 뒤로 물러섰다.

'소모전이 계속되면 위험한데……'

진파랑은 이런 싸움이 계속되면 결국 자신이 불리하다는 생각에 날아드는 검들을 쾌도로 튕겨냈다.

따다다당!

금속음과 함께 충격을 이기지 못한 무사들이 뒤로 밀려 나가자 진파랑은 그 틈을 놓치지 않고 뒤로 몸을 튕겼다.

팟!

그의 신형이 대청 안으로 들어가는 순간 세 명의 무사가 진파랑을 따라 안으로 들어갔다.

"크악!"

순간 들어갔던 무사들이 일제히 피를 뿌리며 뒤로 튕겨 나와 바닥을 굴렀다.

석도위는 안색을 굳힌 채 죽어 있는 십여 명의 수하를 쳐다보았다. 그리고 대청 안으로 들어간 진파랑과 튕겨 나오는 또 다른 수하들의 모습에 창을 들었다. 그리곤 번개처럼 앞을 찔렀다.

쾅!

순간 대청의 문들이 부서져 나갔다. 그와 동시에 먼지구름이 일어나는 안으로 무사들이 달려들어 갔다.

쾅!

폭음과 함께 지붕 위로 진파랑이 솟구쳤으며 석도위 역시 진파랑을 보는 순간 창과 함께 솟구쳐 올랐다.

"하압!"

공간을 가르고 창끝이 찔러오자 진파랑은 창에서 일어난 풍압이 송곳처럼 변하여 날아드는 것을 보았다. 진파랑은 원을 그리며 몸을 회전시켰다.

쾅!

폭음과 함께 진파랑의 신형이 뒤로 튕겨 나갔다. 순간 진파랑은 지붕을 밟고 반동을 이용해 몸을 날렸다. 그 모습에 석도위가 안색을 굳힌 채 경신술을 발휘하며 외쳤다.

"쫓아라!"

"크악!"

산 위에서 들려오는 비명 소리에 석도위는 더욱 빠르게 앞으로 나아갔다. 숲을 헤치고 도착하자 두 구의 시신이 눈에 들어왔다. 자신의 수하들로 기습을 당한 듯 놀란 표정으로 죽어 있었다.

"이런……."

석도위는 숲이 우거진 산속을 둘러보며 안색을 찌푸렸다.

지금까지 이런 싸움을 해본 적이 없어서일까? 문득 자신이 경솔했다는 생각이 머리를 스치고 지나갔다.

"저기다!"

파팟!

석도위는 외침 소리에 방향을 틀었고, 많은 무사들이 달려 나갔다.

위를 향해 올라오는 천문성의 무사들을 바라보며 진파랑은 희미한 미소를 그렸다. 자신의 의도대로 되었기 때문이다. 이런 산중에서의 싸움은 익숙한 편이기에 다수를 상대하기에는 자신이 유리했다.

타닥!

달려오는 적들을 눈으로 확인한 진파랑은 빠르게 옆으로 이동해 갔다. 그 모습을 본 두 무사가 번개처럼 나무를 치고 나왔다. 순간 진파랑의 신형이 좌측에서 나타났다.

"헉!"

두 무사의 눈이 순간적으로 커졌다. 분명 진파랑은 앞에서 사라졌기 때문이다. 하지만 진파랑은 사라진 게 아니라 옆으로 돌아간 것이었다.

퍼퍽!

두 무사의 허리를 자르며 땅으로 내려선 진파랑은 다시 산 위로 올라갔다. 그 뒤로 천문성의 무사들이 붙었고 석도위가 따라붙었다.

"컥!"

석도위는 두 명의 수하가 백광이 번뜩이는 순간 쓰러지자 번개처럼 그 장소에 당도했다. 하지만 진파랑의 기척은 이미 저 위를 향하고 있었다.

"다람쥐 같은 놈……."

벌써 죽은 수하가 서른 명에 육박하고 있었다. 석도위는 화가 날 수밖에 없었다. 지금 같은 소모전은 오히려 자신에게 불리해 보였다. 곧 입을 모아 휘파람을 불었다.

"삐이익!"

강하고 날카로운 소성이 산중에 울려 퍼지자 진파랑을 쫓던 수하들이 방향을 바꾸어 밑으로 내려갔다. 진파랑은 그 소리가 신호라는 것을 알 수 있었다.

잠시 후 쉴 만한 장소가 눈에 띄자 진파랑은 바위 위에 앉아 휴식을 취했다. 산을 오르면서 적을 상대했더니 조금 지쳤던 것이다.

"하압!"

팟!

순간 기합성과 함께 숲 속에서 도를 든 인물이 튀어나왔다. 진파랑은 날아드는 장산의 모습에 얼굴을 찌푸렸다. 까다로운 상대를 만난 것이다.

따당!

연속적으로 도를 부딪치자 장산은 힘에 밀려 뒤로 물러섰다. 진파랑은 재빠르게 반동을 이용해 신형을 돌리고 달려나갔다.

"멈춰라!"

장산은 그에게 날카롭게 소리치며 그 뒤를 따랐다.

파파팟!

장산과 진파랑의 신형이 숲을 헤치며 앞으로 나가기 시작했다.

"핫!"

그러던 어느 순간 장산은 나뭇가지를 박차며 앞으로 화살처럼 튀어나갔다. 그런 장산의 도가 진파랑의 등을 찍어가고 있었다. 진파랑은 그녀가 이렇게 빨리 다가올 줄 몰랐기에 놀란 표정으로 신형을 틀었다.

휙!

장산의 도가 허공을 가르고 지나쳤으나 진파랑의 신형은 삼 장여나 앞으로 나아가고 있었다. 그 짧은 순간 다시 치고 나간 것이다. 장산은 진파랑의 움직임이 이렇게 신속할 줄은 몰라 잠시 쳐다보았다. 하지만 이내 땅을 박차고 나무를 타며 진파랑을 쫓기 시작했다.

두 개의 산을 넘고 다시 하나의 산등선을 지나자 분지 같은 공터가 진파랑의 눈앞에 나타났다. 그리고 그 중앙에 커다란 소나무가 하나 서 있자 진파랑은 걸음을 멈추고 그 앞으로 다가갔다.

휙!

순간 뒤에서 숲을 뚫고 장산이 뛰어올랐다.

"하아앗!"

장산은 크게 기합성을 발하며 진파랑의 머리를 내려쳐 왔다. 진파랑은 번개같이 신형을 돌리며 장산의 도를 쳐갔다. 장산은 번쩍이는 백광에 안색을 굳혔다.

쾅!

"아악!"

폭음성과 함께 장산의 신형이 뒤로 날아가 숲 속에 처박혔다. 진파랑은 장산을 죽일 수가 없었다. 지금까지 싸운 상대를 모두 죽였는데 장산만 살려둔다면 그것도 장산 개인에게 문제가 될 것 같았다. 그렇기 때문에 도강을 일으켜 때린 것이다. 저 정도의 충격이면 쉽게 일어나지는 못할 것이다.

"우엑!"

나무에 기댄 장산은 피를 토한 후 일어나기 위해 다리에 힘을 주었다. 하지만 쉽게 일어나지 못하고 도를 땅에 박아 지팡이처럼 사용해서야 겨우 상체를 일으킬 수가 있었다.

슥!

그때 홍수려의 신형이 장산의 옆에 유령처럼 나타났다.

"몸은?"

"견딜 만해… 쿨럭!"

장산은 기침과 함께 피를 토하며 비틀거렸다. 그러자 재빠르게 홍수려가 장산의 어깨를 부축하였다.

"일단 쉬어."

"제길……."

장산은 중얼거리며 전신을 떨었다. 진파랑의 무공은 생각 이상이었다. 소문은 들었지만 설마하니 일 초도 받지 못할 것이라곤 생각지도 못하였다.

쉬쉭!

바람처럼 수연이 모습을 보이자 홍수려는 수연에게 장산을 맡긴 후 땅을 차고 올랐다. 나무 위에 올라선 홍수려는 진파랑이 소나무 아래 앉아 있는 것을 발견했다. 마치 기다렸다는 듯한 그의 여유있는 표정에 홍수려는 검을 들었다.

핏!

순간 그녀의 신형이 안개처럼 사라지더니 어느새 진파랑의 코앞까지 날아갔다.

"역시……."

진파랑은 그녀의 무공이 대단하다는 것을 실감한 듯 중얼거리며 일어남과 동시에 도기를 펼쳐 막았다.

따다다당!

한 번의 찌르기였으나 그 소리는 여러 번 들렸고, 진파랑 역시 한 번 베는 것 같았으나 수십 번을 베고 있는 중이었다.

검을 받아내는 진파랑의 도가 어느 순간에 백광에 휩싸였다.

쾅!

"큭!"

홍수려의 신형이 뒤로 밀려 나갔다. 그 순간 홍수려의 머리를 백광이 지나쳤다.

콰쾅!

"으음······!"

진파랑은 도를 들어 얼굴을 막은 채 뒤로 밀려났다. 쉽게 도를 내릴 수가 없었다. 아직도 양팔이 충격에서 벗어나지 못했는지 떨려왔기 때문이다. 그 앞에는 창을 든 석도위가 서 있었다.

"합!"

파파팟!

뒤이어 석도위가 진파랑을 향해 빠르게 창을 찔러왔다. 진파랑은 찌르는 창을 피함과 동시에 석도위의 목을 향해 도기를 뿌렸다. 하지만 석도위는 가볍게 원을 그리며 창대로 도기를 막음과 동시에 회전하며 다리를 쳐왔다. 진파랑은 그 신속함에 안색을 굳히며 신형을 빠르게 움직이기 시작했다. 둘의 그림자가 섞이자 창과 도가 마치 춤을 추는 것 같았다.

'수왕보다 뛰어난 실력이군.'

진파랑은 과거 수왕과의 싸움을 떠올렸다. 그는 창을 쓰는 고수였다. 한데 석도위 역시 창을 썼으며 그 수법이 수왕보다 훨씬 정교했고 빨랐다. 진파랑은 과거의 자신이었다면 쉽게 주도권을 내주었을 것 같다는 생각이 들었다. 그만큼 실력이 있는 상대였다.

진파랑의 도가 한순간에 백광에 휩싸이더니 석도위의 창대를 연속적으로 가격해 갔다.

콰쾅!

"크으윽!"

석도위는 진파랑의 도력을 이기지 못하고 뒤로 물러섰다. 순간 일 장의 거리가 생기자 진파랑은 주저없이 혈소풍을 펼쳤다. 일 장 정도의 거리에서 펼칠 때 그 위력이 큰 혈소풍이었다. 석도위는 강력한 바람과 함께 파도 같은 무언가 투명한 것이 날아드는 것을 볼 수 있었다.

"……!"

석도위는 눈을 부릅뜸과 동시에 몸을 회전시켰다. 그러자 창 역시도 강력한 회풍과 함께 원을 만들었다.

따다다다당!

금속음이 연발되는 만큼 뒤로 밀려 나간 석도위는 금속음이 멈추자 창대를 늘어뜨리고 진파랑을 노려보았다.

주륵!

석도위의 입술 새로 핏물이 흘러내렸다. 진파랑의 혈소풍은 막았으나 내상을 입은 것이다. 진파랑은 조금 의외인 듯한 표정으로 석도위를 쳐다보았다. 지금까지 단 한 명도 혈소풍을 막은 자가 없었기 때문이다. 석도위는 창을 들어 방패처럼 만들었기에 가능했던 것이다. 하지만 창대는 여기저기 흠집이 잡혀 마치 썩은 나무 같은 모습을 하고 있었다. 석도위 본인도 그 모습에 매우 놀라고 있었다.

"무슨 초식이냐?"

석도위는 놀란 표정으로 진파랑에게 물었다. 하지만 진파랑은 대답없이 앞으로 한 걸음 나설 뿐이었다. 순간 강력한 도광이 석도위의 목을 뚫고 지나쳤다. 아니, 진파랑의 모습이 석도위의 뒤에 나타나자 석도위의 목이 잘린 것처럼 아래위가 분리된 것이다.

"헉!"

이제 막 도착한 수하들이 그 모습에 놀라 눈을 크게 떴다. 하지만 정작 진파랑은 감탄한 표정으로 신형을 돌렸다. 석도위는 우측으로 이 보 떨어진 곳에 서 있었다. 하지만 그의 표정은 어두웠다.

"큭!"

목을 잡은 석도위의 왼손에서 피가 넘쳐 나고 있었다.

"대단하군."

진파랑은 석도위의 무공에 감탄하며 고개를 끄덕였다. 설마하니 강마풍을 피할 줄은 몰랐던 것이다. 그런 진파랑의 이마에 땀방울이 맺히기 시작했다. 육성의 내력으로 두 번의 큰 초식을 펼쳤기 때문이다.

"하앗!"

순간 기합성들이 터져 나오며 석도위의 수하들이 진파랑을 향해 달려들었다. 그들의 표정은 분노 그 자체였다. 석도위가 다쳤기 때문이다. 하지만 진파랑은 오히려 석도위를 향해 나아갔다.

팟!

진파랑의 도가 빠르게 석도위의 몸을 베어가는 찰나, 검은 그림자가 진파랑의 앞에 나타나 도를 막았다.

땅!

홍수려였다. 진파랑의 안색이 굳어질 수밖에 없었다. 그녀의 속도가 전광석화 같았기 때문이다. 문득 그녀의 무공이 문자경보다 뛰어나다는 생각이 들었다. 그러한 생각이 드는 순간 번개같이 도를 밀친 홍수려의 검이 양어깨를 꿰뚫을 듯 찔러왔다. 진파랑은 재빠르게 신형을 틀어 검날을 피했다. 순간 세 개의 검이 눈앞에 나타났다. 석도위의 수하들이었다. 진파랑의 신형이 그 세 사람을 일순간 스치고 지나쳤다. 그리고 일어난 백광에 피가 터졌다.

"크윽!"

비명도 지르지 못한 채 목이 베인 세 사람이 땅에 쓰러졌다.

파팟!

하지만 아무리 사람이 쓰러져도 공격해 오는 검의 숫자는 줄어드는 것 같지 않았다. 그래도 분명 끝은 있을 것이다.

석도위와 함께 물러선 홍수려는 그의 상처를 살피려 하였
다. 하지만 석도위가 창을 다시 들고 나서려 했다. 그러자 그
의 어깨를 홍수려가 잡았다.

"죽고 싶으신가요?"

"애초에 내 잘못이오. 처음부터 차륜전을 펼쳤더라면 이런
일은 없었을 것이고, 수하들 역시 이렇게 많이 죽지는 않았을
것이오."

그렇게 말한 석도위는 소매를 찢어 자신의 목을 감기 시작
했다. 그의 말처럼 차륜전을 펼쳤다면 좀 더 쉽게 일이 풀렸
을 것이다. 하지만 지금은 차륜전을 펼칠 수도 없었다. 인원
이 줄었기 때문이다. 백 명이 펼치는 것과 오십 명이 펼치는
것은 분명한 차이가 있었다. 또한 지금 같은 감정에선 차륜전
보단 당장에라도 때려죽여야 한다는 마음만 가지고 있었다.

홍수려는 안쓰러운 표정으로 말했다.

"지금은 물러서는 게 낫지 않을까요? 곧 신 각주님께서 오
시는데……."

"그런 게 어디 있나? 잡아야지."

어느새 나타난 것일까? 문자경이 나타나 홍수려의 말을 잘
랐다. 홍수려의 안색이 굳어졌다. 석도위는 분명 중상이었기
때문에 지금은 쉬어야 했으며 물러서는 게 옳은 것 같았기 때

문이다. 하지만 문자경의 생각은 전혀 달랐다.

"죽을 각오로 싸우게. 석가의 명예는 자네 손에 달렸네."

문자경의 말에 석도위는 고개를 끄덕이며 천천히 앞으로 나섰다. 그 모습에 홍수려의 안색이 굳어졌다. 죽을 거란 사실을 알면서도 문자경은 그를 보낸 것이기 때문이다.

"크악!"

"아아악!"

비명성과 함께 수하들이 죽어나가고 있었다. 그 모습에 석도위는 다시 한 번 진파랑을 향해 달려들기 시작했다.

"재미있군."

"뭐 하는 짓인가요?"

홍수려는 팔짱을 끼고 구경하는 문자경에게 싸늘한 눈빛으로 말했다. 그러자 문자경은 땀에 젖어가는 진파랑의 모습을 눈으로 확인한 후 반짝이는 눈동자로 고개를 돌렸다.

"뭐가 말이오?"

"석 대주 말이에요. 죽으라는 뜻인가요?"

"잘 아는구려."

문자경의 당연하다는 대답에 홍수려의 눈동자가 흔들렸다.

"홋! 한 사람 한 사람 죽을 때마다 저놈은 지쳐 가오. 보시오, 땀에 젖었지 않소? 곧 지친 저놈은 쓰러질 것이고, 설혹 오대를 모두 죽인다 해도 우리까지 죽이지는 못하오."

"그러니까 그가 지치기를 기다리겠단 말이군요."

문자경의 끄덕임에 홍수려는 어이가 없다는 듯 그를 쳐다보았다.

"어차피 천문성의 모든 무사는 문씨를 위해 존재하는 말이오. 그 말이 나를 위해 죽어주겠다는데 말릴 필요가 무에 있겠소? 죽으면 다시 보충하면 그만이오. 널린 게 사람인데 좀 죽는다고 해서 문제될 게 있겠소?"

문자경의 말에 홍수려는 어깨를 떨며 말했다.

"당신 같은 사람이 성주가 된다면 천문성은 금방 망할 거예요."

"왜 그렇소?"

"사람이 없을 테니까."

홍수려의 말에 문자경은 안색을 굳혔다. 하지만 그것도 잠시뿐, 또다시 비명성이 들리자 문자경은 검을 늘어뜨리며 말했다.

"진일만 죽이면 되는 거 아니오? 내가 저놈 때문에 어떤 일을 겪은 줄 아시오? 홍 각주도 알아야 할 것이오. 우린 한 배를 탔다는 것을 말이오."

문자경의 말에 홍수려는 입술을 깨물었다.

"크악!"

또다시 비명성이 울렸고 '쾅!' 하는 폭음성과 함께 물러서는 진파랑과 달려드는 석도위의 모습도 보였다.

핏!

순간 진파랑의 신형이 석도위를 지나쳤다. 그 빠르기에 문자경은 혀를 찼다.

"대단한 놈이야."

팟!

목에서 분출되는 피는 꽤 멀리까지 날아갔다. 석도위는 신형을 떨다 마침내 땅으로 쓰러져 갔다. 불과 이십오 세라는 나이에 죽은 것이다. 진파랑은 그런 석도위에 대해서 신경 쓸 겨를이 없었다. 남은 무사들 때문이다. 그들은 분노에 찬 표정으로 계속해서 달려들고 있었다.

퍼퍽!

연이어 쾌도술을 펼치며 상대를 죽여 나간 진파랑은 조금씩 숨을 거칠게 몰아쉬기 시작했다. 그리고 마침내 무사들이 십여 명쯤 남았을 때 그의 움직임은 눈에 띄게 둔해져 있었다.

쉬쉭!

진파랑은 앞에서 찔러오는 검과 다리를 베어오는 좌측의 검을 동시에 상대해야 하자 안색을 굳히며 옆으로 물러섰다. 두 검이 허공을 가르는 순간, 우측에서 검 하나가 목을 찔러왔다. 진파랑은 도를 들어 막았다.

땅!

금속음이 크게 울리자 진파랑은 재빠르게 앉으며 상대를 허벅지를 잘랐다.

"크악!"

비명성이 울리는 순간 일어나며 상대의 목을 벤 진파랑은 재빠르게 신형을 틀어 또다시 두 명의 검을 막았다.

따다다당!

핏!

금속음과 함께 물러서던 진파랑의 어깨로 검이 스쳐 갔고, 피가 튀었다. 진파랑은 이빨을 깨물고 백광과 함께 찔러오는 검들을 쳐냈다.

콰쾅!

"크윽!"

세 명의 무사가 충격을 이기지 못하고 물러서자 진파랑은 기회를 놓치지 않고 앞으로 나가며 그들의 목을 베었다. 그의 백의에 선혈이 묻기 시작했으며 얼굴에도 피가 튀었다. 하지만 상대는 분명 숨을 거두었고 땅에 쓰러졌다.

"크악!"

또 다른 무사의 복부를 가른 진파랑은 회전과 함께 좌측에서 다가온 무사의 복부마저 갈랐다.

"컥!"

신음성을 들으며 일어선 진파랑은 백광을 뿌리며 다가오는 두 무사의 중앙으로 지나쳤다.

핏!

번개 같은 섬광과 함께 두 무사의 이마에서 핏방울이 튀었
다.

"허억! 허억!"

진파랑은 지친 듯 숨을 거칠게 몰아쉬고 어깨를 떨구었다.

털썩!

그제야 이마가 꿰뚫린 두 무사가 바닥으로 쓰러졌다. 마지
막까지 싸운 무사들로 결국 진파랑의 도를 피하지 못한 것이
다.

짝! 짝! 짝!

박수 소리에 진파랑은 고개를 돌렸다. 그곳에 문자경이 웃
는 얼굴로 서 있었다. 그는 곧 검을 들고 천천히 진파랑에게
다가왔다.

"많이 힘드나?"

진파랑은 대답없이 허리를 세웠다.

핏!

문자경의 검에서 백색 검기가 튀어나오자 진파랑의 안색
이 굳어졌다. 그와는 한번 싸워봤기에 실력이 어느 정도인지
대충 알고 있던 것이다.

"마무리를 지어야지. 꽤나 질긴 인연이었는데 막상 끝을
내려니 조금은 아쉽군."

진파랑은 도를 들어 올리며 자세를 낮추었다. 하지만 지친

듯 그의 상체는 크게 움직이고 있었다.

팟!

문자경의 신형이 바람처럼 검기와 함께 진파랑을 향해 날아들었다. 순간 진파랑의 눈동자가 좀 전과는 다르게 살광을 번뜩이며 문자경을 향해 몸을 날리자 눈이 부실 만큼 커다란 백광이 그의 도에서 피어났다. 문자경은 놀라 눈을 부릅떴다.

"헉!"

쾅!

"크으윽!"

문자경이 비틀거리며 뒤로 물러섰다. 그 순간 문자경의 눈동자에 진파랑의 그림자가 어른거렸다.

퍽!

"크아악!"

문자경의 비명 소리가 높게 메아리쳤다.

"이럴 수가……."

홍수려는 놀란 표정으로 진파랑을 쳐다보았다. 그의 모습은 좀 전과는 다르게 전혀 지친 모습이 없었기 때문이다. 아니, 오히려 그의 기도가 더욱 거대하게 변해 있었다.

휘이익!

진파랑의 전신에서 피어나는 진기의 바람이 강력한 힘과 함께 사방으로 불어나가고 있었으며 그 바람에 홍수려의 옷자락과 머리카락이 크게 흔들리고 있었다.

'속임수였단 말인가……'

홍수려는 믿을 수 없다는 듯 진파랑을 쳐다보았다.

왼 어깨를 만지며 뒤로 물러서는 문자경은 고통 때문에 안색을 구기고 있었다.

"크윽!"

왼팔은 이미 흘러나온 피로 인해 붉게 변해 있었다. 진파랑의 백도가 어깨를 꿰뚫고 지나간 것이다. 진파랑은 무섭게 변한 표정으로 물러서는 문자경에게 다가서고 있었다. 그런 그의 숨소리는 안정되어 있었으며 전신에서 뻗어 나오는 살기는 그 자체가 무기처럼 날카로웠다. 처음부터 뒤에 서 있던 문자경을 의식하고 한 행동이었다. 물론 전력을 다해 유림원의 오대를 상대하긴 했다. 그렇지만 삼 할의 진기는 숨긴 채였다.

"나를 속였구나……."

"속여? 후후… 하하하! 하하하하하!"

진파랑의 웃음소리가 사방으로 메아리쳐 갔다. 그 모습을 문자경은 어이없다는 듯 쳐다보았다.

잠시 후 웃음을 멈춘 진파랑은 살기 어린 미소를 입가에 그린 채 도를 늘어뜨렸다.

"마무리를 지어야지. 꽤나 질긴 인연이었는데 막상 끝을 내려니 조금은 아쉽군."

진파랑은 문자경이 자신에게 했던 말과 같은 말을 되돌려 주었다. 문자경은 그 말에 안색을 구기며 살기를 크게 일으켰다.

"개 같은 새끼가 감히……!"

어깨를 떨던 문자경이 검기를 크게 일으킴과 동시에 앞으로 뻗어 나왔다. 순간 검기가 송곳으로 변하여 진파랑의 전신을 삼켜 버릴 듯 다가왔다. 그 모습을 쳐다보던 진파랑은 잠시 움직이지 않았다. 그리고 송곳 같은 검기가 전신을 지나치려는 찰나 그의 손에 들린 백도에서 강력한 백광과 함께 번갯불 같은 빛이 피어났다.

퍼퍽!

살이 뚫리는 소리와 함께 백광이 사라지자 진파랑의 모습이 문자경의 뒤에서 나타났다. 유종보를 극성으로 펼침과 동시에 혈소풍을 펼친 것이다.

"……!"

문자경은 눈을 부릅뜬 채 다리를 떨기 시작했다. 다리에서 고통이 피어났기 때문이다.

파팟!

그 순간 문자경의 양다리에서 피가 튀어 올랐다. 허벅지에 구멍이 생긴 것이다.

"크아악!"

털썩!

문자경은 주저앉으며 전신을 떨어야 했다.

"크윽!"

입술을 깨물자 핏방울이 흘러내렸다. 신형을 돌린 진파랑
은 문자경을 쳐다보았다. 그러자 문자경은 고통스러운 표정
을 보이다 힘겹게 미소를 그렸다.

"죽일 거면 깨끗하게 목을 잘라. 그게 더 편할 테니까."

"안 그래도 그럴 생각이다."

진파랑은 싸늘히 대답하며 문자경을 향해 다가갔다. 그 순
간 홍수려가 진파랑의 앞을 막아섰다.

"그만두세요."

진파랑의 안색이 굳어졌다. 설마하니 홍수려가 막을 줄은
몰랐기 때문이다. 하지만 그러한 생각도 잠시뿐, 진파랑은 살
기 어린 눈동자로 홍수려를 노려보았다.

"비켜."

홍수려는 고개를 완강히 저었다. 그런 그녀의 어깨가 떨리
고 있었다. 겁이 났기 때문이다. 또한 아무리 문자경이 진파
랑의 원수라고 하지만 자신이 보는 앞에서 그가 죽는 것을 볼
수는 없었다.

"부탁이에요……. 그만두세요……."

고개 숙인 홍수려의 입에서 떨리는 목소리가 흘러나오자
진파랑은 잠시 입을 닫았다. 하지만 그것도 잠시뿐, 진파랑은

차갑게 말했다.

"그렇지. 너는 나를 죽이라고 했고, 저놈은 나를 죽이려 한 놈이었지. 결국 같은 연놈들인데 내가 무얼 망설이는 것일까?"

"......!"

슥!

진파랑의 도가 옆으로 들렸다. 그 말에 놀란 홍수려가 고개를 들다 전신을 떨어야 했다. 금방이라도 백도가 날아와 자신의 목을 자를 것만 같았기 때문이다. 하지만 홍수려는 흔들리는 눈동자로 진파랑을 쳐다볼 뿐이었다. 더 이상 어떤 움직임도 없었다.

휙!

순간 바람 소리가 들렸으며 진파랑의 백도가 홍수려의 목을 향해 움직였다.

"큭!"

홍수려는 입술을 깨물며 눈을 감았다. 무서웠기 때문이다. 하지만 이내 다시 눈을 떠야 했다. 아픔이 없었기 때문이다. 그리곤 진파랑의 떨리는 손을 쳐다보았다. 홍수려의 어깨 위에 있던 백도는 미미하게 떨리고 있었으며 진파랑의 오른팔 역시 흔들리고 있었다.

"크윽!"

진파랑은 침음을 삼키며 도를 거두었다. 도저히 홍수려를 벨 수가 없었기 때문이다. 그 순간 진파랑의 눈이 커졌다.

팟!

바람 소리와 함께 홍수려의 뒤에 앉아 있던 문자경이 사력을 다해 일어나 검으로 홍수려의 등을 찔렀기 때문이다.

픽!

"헉!"

홍수려는 놀란 표정으로 눈을 부릅떴다. 어느새 위치가 진파랑과 반대가 되었기 때문이다. 무엇보다 진파랑의 복부를 뚫고 나온 검날이 홍수려의 머릿속을 텅 비게 만들었다.

"크으윽!"

진파랑은 전신을 떨며 홍수려의 어깨를 강하게 잡고 있었다. 어느새 위치를 바꾼 것이다. 그 사이로 문자경의 검은 진파랑의 복부를 지나쳐 있었다.

탁!

진파랑의 왼손이 튀어나온 검을 잡았다. 더 이상 움직이지 못하게 하기 위함이다.

문자경은 지금의 이 모습에 어이가 없는 듯 크게 웃기 시작했다.

"하하! 하하하하! 내 이럴 줄 알았지. 뭐, 죽여? 크큭! 내 선심 써서 같이 죽여주려 했더니… 멍청하게도 혼자 당했군. 하하하하!"

등 뒤에서 문자경의 웃음소리가 들려왔다. 그 순간 진파랑의 전신으로 강력한 기운이 뻗어나감과 동시에 몸을 돌리며 도를 휘둘렀다.

"으아아압!"

픽!

문자경의 목이 허공중에 튀어 올랐다.

쏴아!

남아 있는 몸통에서 피가 분수처럼 솟구치자 진파랑은 전신을 떨기 시작했다. 문자경을 죽인 것이다.

"진 가가……."

막 홍수려가 진파랑의 몸을 잡으려는 찰나였다. 번개 같은 움직임이 홍수려의 앞을 지나쳐 진파랑을 향했다.

쾅!

"크아악!"

진파랑의 신형이 뒤로 날아가 바닥을 구르더니 소나무 아래에서 멈췄다. 홍수려는 멍하니 자신의 앞에 서 있는 수연의 뒷모습을 쳐다보았다. 지금 이 상황이 머릿속에 도저히 들어오지 않고 있었다. 그녀는 쌍장을 앞으로 뻗은 채 쓰러져 있는 진파랑을 쳐다보고 있었다.

"네… 네가… 네가 어떻게……."

홍수려의 목소리에 수연은 곧 신형을 돌리며 차갑게 말했다.

"총군께서 홍 각주님이 직접 진일을 죽인다면 지금까지 있었던 모든 일을 불문에 붙인다고 하셨습니다."

"......!"

홍수려의 전신이 사시나무 떨듯 떨리기 시작했다. 도저히 믿을 수 없다는 표정으로 수연을 쳐다보는 홍수려였다.

"그, 그게 무슨 말이냐?"

"총군께서 하신 말씀입니다. 저는 그저 시키는 대로 했을 뿐입니다."

수연의 딱딱한 목소리에 홍수려는 멍하니 쓰러져 있는 진파랑을 쳐다보았다.

"우엑!"

피를 토한 진파랑은 소나무에 몸을 기대었다. 몸에 힘이 들어가지 않았기 때문이다. 더욱이 수연을 일장을 맞자 몸에 박힌 검도 빠져나간 상태였다.

"쿨럭! 쿨럭!"

기침과 함께 피를 토한 진파랑은 흐릿한 시선으로 홍수려를 쳐다보았다. 그리고 그 옆에 서 있는 여자도 눈에 들어왔다. 하지만 무엇보다 눈에 들어오는 것은 목이 잘린 문자경의 시신이었다.

"후후… 후후후……."

진파랑은 목적을 이루었다는 성취감에 어깨를 들썩이며 웃음을 흘렸다. 하지만 왜일까? 목적을 이루었어도 성취감이란 게 전혀 없었다. 그냥 담담한 기분이었다. 또한 마음속에 무언가가 사라진 것 같은 공허감도 들었다.

사박! 사박!

발걸음 소리에 고개를 들었다.

"연서……."

진파랑은 검은 옷을 입고 있는 홍수려를 흐릿한 시선으로 쳐다보았다. 홍수려는 검을 든 채 진파랑의 앞에 멈춰 서 있었다. 그녀의 뒤엔 수연이 서 있었고, 그녀가 지켜보고 있었다. 총군의 심부름꾼으로서.

슥!

홍수려는 검을 들어 진파랑의 목을 겨누었다. 목을 뚫고 심장을 찌르면 고통없이 순식간에 죽을 수 있기 때문이다. 죽음을 느꼈기 때문일까? 진파랑의 입가에 옅은 미소가 걸렸다.

"물었지… 그때 왜 안 쳐다봤냐고……."

검을 들고 있던 홍수려의 팔이 떨리기 시작했다. 생각지도 못한 말을 진파랑이 했기 때문이다.

"그건… 안 쳐다본 게 아니라… 쳐다볼 수가 없었던 거야……."

진파랑의 낮은 목소리에 홍수려의 눈동자가 흔들리기 시작했다.

"너를 지켜주지 못한 죄책감이 가슴에 남았거든. 후후… 미안하다……. 그게 네 가슴에 그렇게 큰 상처를 줄 거란 생각을 못한 나를 용서해라…….”

진파랑의 목소리에 홍수려의 볼에 눈물방울이 흘러내렸다. 홍수려는 눈물을 훔치며 검을 내렸다. 그리곤 진파랑의 옆에 무릎 꿇고 앉아 고개를 숙였다.

“미안해……. 도저히 나는… 못하겠어… 아니, 할 수 없어.”

홍수려의 말을 들은 수연은 그럴 줄 알았다는 듯 한숨을 내쉬곤 소매에서 비수를 꺼내 손에 쥐었다.

“역시……. 어쩔 수가 없죠. 그렇다면 제가 하죠.”

수연은 그렇게 말하며 천천히 다가왔다. 그러자 홍수려가 안색을 굳히며 고개를 들었다.

또르륵!

그때였다. 가벼운 소리가 울리더니 붉은 우산 하나가 반원을 그리며 굴러와 홍수려와 진파랑의 앞을 가렸다.

“……!”

수연의 눈동자가 굳어졌고 홍수려 역시 눈을 부릅떴다.

“누구냐!”

수연의 외침이 터져 나온 순간 소나무의 옆에 기대서 있는 이십대 초반의 미녀가 고개를 돌렸다. 그녀는 처음부터 그곳에 있었던 것처럼 자연스럽게 서 있었으며 한 마리의 학 같은 고고한 시선으로 수연을 쳐다보고 있었다. 마지령이었다.

“아는 사람이라 그냥 갈 수가 없군요.”

슥!

마지령이 천천히 걸음을 옮겨 우산 옆에 섰다. 그녀의 모습에 수연은 긴장된 표정으로 비수를 굳게 잡았다. 아무렇게나 서 있는 것만으로도 압도되는 기분이 든 것이다. 하지만 수연은 물러설 수가 없었다. 총군의 명령은 절대적인 것이었다.

"네년부터 죽여주마!"

쉭!

수연의 신형이 번개처럼 마지령의 눈앞으로 날아들었다. 그 모습에 마지령은 살짝 오른손을 흔들었다.

팡!

순간 땅에 있던 우산이 허공을 날아 수연의 시야를 가렸다.

"......!"

수연의 눈동자가 부릅떠지는 순간 검은 묵광이 나타난 것처럼 보였다.

툭!

우산이 땅에 떨어지자 수연은 멍하니 앞을 쳐다본 채 신형을 멈췄다. 그런 수연의 시선은 여전히 그 자리에 서 있는 마지령을 향하고 있었다. 마지령은 우산을 향해 손을 들었다.

쉬익!

우산이 바람처럼 접히더니 마지령의 손안에 잡혀들었다. 그제야 수연은 그녀가 누구인지 알 수 있었다.

"마......."

쿵!

말을 마치지 못한 수연의 신형이 쓰러졌다. 하늘을 쳐다보는 수연의 이마엔 붉은 점 하나만이 찍혀 있을 뿐이었다.

슥!

신형을 돌린 마지령은 홍수려는 쳐다도 안 보고 진파랑의 맥을 한번 짚은 후 곧바로 지혈하고 품에서 내상약을 꺼내 진파랑의 입에 넣은 후 능숙한 손놀림으로 수십 군데의 혈을 찍어나가며 추궁과혈을 하기 시작했다. 그렇게 일다경이 지나자 마지령의 이마에 땀방울이 맺혔다.

"휴우……."

마지령은 소매로 땀을 훔친 후 진파랑을 안아 들었다. 홍수려가 그 모습에 놀라 마지령의 어깨를 잡았다.

"누구신데……."

마지령은 그녀의 말에 차가운 시선을 던지며 말했다.

"진 소협은 당신과 있으면 죽어요. 아닌가요?"

홍수려가 그 말에 입을 닫았다. 대답할 말을 잃은 것이다. 상대가 누구인지도 모른다. 하지만 그녀의 말은 폐부를 찌르는 말이었고 모든 사고를 정지시키는 말이었다. 그러자 마지령은 신형을 돌리며 말했다.

"잊으세요."

낮은 목소리였다. 하지만 왜 그 말이 그토록 차갑게 들려오는 것일까? 홍수려는 힘없이 자리에 주저앉았다.

쉭!

마지령의 신형이 바람처럼 숲 속으로 사라져 갔다. 얼마 지나지 않아 홍수려의 옆으로 장산이 걸어왔다. 그녀는 창백한 안색으로 홍수려의 어깨를 잡아왔다. 이곳에서 도대체 무슨 일이 있었는지 전혀 알지는 못했지만 홍수려가 살아 있다는 사실 하나만으로도 장산은 다행스러워했다. 중요한 것은 홍수려의 생사였기 때문이다.

"……."

장산은 홍수려의 어깨를 잡은 채 말을 하지 못하였다. 고개를 든 홍수려는 눈물로 범벅된 얼굴로 장산을 쳐다보았다.

"나… 난… 아무것도 할 수 있는 게 없었어… 아무것도……. 흑!"

장산이 그런 홍수려를 안아주며 등을 두드렸다.

"괜찮아… 괜찮아……."

쉬쉬쉭!

바람처럼 질주하는 마지령은 다른 것은 아무것도 보이지 않았다. 그저 한시라도 빨리 진파랑은 의원에게 데려다 줘야 한다는 생각을 할 뿐이었다. 머릿속에 문득 떠오른 것이 독선문과 당가였다.

"으음……."

마지령은 신음 소리에 놀라 걸음을 멈추었다. 곧 진파랑이 눈을 뜨곤 자신을 내려다보고 있는 마지령과 눈을 맞추었다.

"훗!"

진파랑의 입가에 미소가 걸렸다.

"마 소저구려. 내가 지금 환상을 보고 있는 것이오? 아님 천국이오?"

마지령은 말도 하지 못한 채 고개를 저었다. 천국도 아니고 환상도 아니었다. 마지령의 품 안이었다.

"말을 아끼세요."

여전히 마지령의 담담한 목소리였다. 그 목소리를 듣자 진파랑은 이곳이 현실이고 꿈이 아니라는 것을 알았다.

쉬쉭!

주변 사물들의 모습이 마치 늘어난 것처럼 진파랑의 눈에 들어왔다. 얼마나 빠르게 그녀가 달리고 있는지 여실히 느껴졌다.

"나를 구한 것이오?"

마지령은 고개를 끄덕일 뿐이었다. 말을 할 때 사용하는 진기까지도 모두 경공에 집중했기 때문이다.

"아무리 생각해도 꿈만 같소, 마 소저를 볼 수 있다는 게. 그런데… 왜 이렇게 졸린지 모르겠소… 할 말도 많은데……"

당연히 졸릴 수밖에 없었다. 마지령이 수혈을 짚었기 때문이다. 말을 하는 것도 아까울 지금 시기에 말을 저렇게 많이 하니 마지령으로선 당연히 수혈을 짚을 수밖에 없었다.

'바보 같은 사람……'

마지령은 속으로 중얼거리며 좀 더 다리에 힘을 주었다.

終章
약선선녀

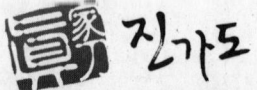
진가도

"너, 요즘 유명해졌더라."

책을 보던 임정은 거울 앞에 앉아 화장하는 예소를 날카로운 눈으로 쳐다보며 말했다. 예소가 그 말에 깜짝 놀란 표정으로 고개를 돌렸다.

"예? 제가요?"

예소의 이쁘장한 얼굴을 본 임정은 안색을 찌푸렸다. 요즘들어 매일같이 밖에 나갈 때는 치장을 했기 때문이다.

"약선선녀란다. 이 근방 사람들이 다 너를 그렇게 부른대, 너무 착하고 이뻐서 선녀 같다고."

"호호, 기분 좋네요."

"돈 안 내는 사람들까지 돌봐준다면서?"

"하도 할 일이 없어서 그런 것뿐이에요."

그 말에 임정은 심드렁한 표정으로 하품을 하며 책장을 넘기면서 말했다.

"그게 아니라 옆방에 그놈이 있으니까 그런 거잖아? 그놈이 온 이후로 화장도 하고 어려운 사람도 도와주는 것 같은데? 나 착하고 이쁘고 성실하다고 알려주고 싶은 거지?"

"예? 헤헤. 제가 무슨……. 참, 언니도 뭔 그런 농담을……."

예소가 얼굴을 붉히며 말을 흐리자 임정이 다시 시선을 던졌다.

"그나저나 그놈은 운도 좋아. 나뿐이었다면 죽었을 텐데. 너도 알다시피 나는 의술은 영 꽝이잖아. 다행히 본 문에서도 가장 의술에 뛰어나다는 네가 마침 있었으니 망정이지……."

"운이 좋은 게 아니라 운명이죠. 제 앞에 뚝 떨어진 것도. 호호호. 거기다 그 천문성을 개망신시켰으니 제 기분이 후련하네요. 그리고 언니는 의술을 안 배우려고 한 것뿐이지 배운다면 금세 최고가 될 수 있을 거예요."

"귀찮아서 싫어. 나는 남을 때리는 게 좋아. 내가 때리고 네가 치료하고. 얼마나 좋아?"

그렇게 말한 임정은 다시 책장을 넘기며 책을 읽기 시작했다. 곧 예소가 화장을 마치고 일어나 밖으로 나가며 말했다.

"남자들 알몸도 얼마나 많이 보는데요. 의술은 정말 좋은 거예요."

"헉!"

순간 임정이 눈을 크게 뜨며 고개를 들었다. 예소가 웃으며 밖으로 나간 후 임정은 심각한 표정으로 고민하기 시작했다.

"땡기는데……."

약 냄새가 진동하는 방 안으로 들어온 예소는 누워 있는 진파랑의 곁에 앉았다. 곧 두 명의 십대 후반의 시비가 물과 수건을 가지고 들어와 놓고 나갔다. 한쪽에는 마지령이 앉아 있었는데, 그녀는 무심한 눈으로 예소를 쳐다보더니 이내 다시 눈을 감았다. 그녀가 들어오면 못 볼 것을 봐야 했기 때문이다.

스륵!

예소는 진파랑을 덮었던 이불을 걷었다. 그러자 땀 냄새와 함께 축축하게 젖은 진파랑의 알몸이 나타났고, 예소는 붉어진 얼굴로 능숙하게 땀을 닦기 시작했다.

"휴우……."

땀을 닦는 것도 힘든지 숨을 내쉰 그녀는 잠시 휴식을 취하더니 진파랑의 전신에 침을 꽂기 시작했다.

"언제쯤 눈을 뜰 것 같나요?"

예소는 마지막 하나를 살며시 꽂으며 말했다.

"잠에서 깨어나면 눈을 뜨겠죠?"

예소는 소매로 이마를 훔치며 미소 지었다. 그녀의 말은 조만간 진파랑이 눈을 뜰 거라는 말이었다. 예소는 진파랑의 호흡이 안정적이자 상당히 만족한 표정을 지었다.

"눈을 뜬다 해도 완전히 나은 건 아니에요. 제가 볼 때 적어도 이 년간은 요양할 필요가 있어요. 그 이후에나 몸을 움직이는 데 무리가 없을 거예요. 공청석유 같은 전설적인 영약을 먹지 않는 이상은요."

"이 년이라……. 길군요."

"그 정도의 시간이 필요할 만큼 큰 부상을 당한 거예요."

"그 시간 동안 지낼 만한 곳을 찾아야 할 것 같군요. 계속 신세를 질 수는 없으니."

그 말에 예소는 깜짝 놀란 표정으로 마지령을 쳐다보았다.

"설마 함께 지내시게요?"

마지령은 당연하다는 듯 고개를 끄덕였다.

'젊은 남녀가 한 집에서 지낸다는 것은… 그 뭐냐… 그렇고 그런 사이라는 뜻인데…….'

예소는 붉게 달아오른 얼굴로 마지령과 진파랑의 얼굴을 번갈아 쳐다보았다.

"아니, 신세를 져도 돼요!"

예소는 마지령과 진파랑이 한 지붕 아래에서 사는 꼴을 볼 수 없다는 듯 말했다. 마지령의 의문스러운 시선에 예소가 다시 말했다.

"신세를 져도 상관없어요. 어차피 신세 진 거 계속 신세를 져서 나중에 갚으면 되잖아요? 마침 지낼 만한 곳이 있어요. 그리고 이곳에서 지내야 제가 진 소협을 돌봐주는 데 더 편해요. 설마 이 년 동안 의원의 손을 거치지 않고 지내려 한 것은 아니겠지요? 적어도 하루에 한 번은 제가 몸 상태를 살펴봐야 해요."

"아……."

"마 소저는 볼일이 있을 때 어디 다녀와도 돼요. 제가 돌보고 있을 테니 걱정할 필요도 없구요."

마지령은 예소의 말에 고개를 끄덕였다. 의원인 예소가 매일같이 봐주겠다는 데 좋을 수밖에 없었다.

"고마워요."

예소가 손을 저으며 당연하다는 듯 말했다.

"제 할 일을 하는 것뿐인데요 뭐. 아! 마 소저의 거처도 마련해 드릴 테니 걱정하지 마세요. 오늘 당장 준비하죠."

그렇게 말한 예소가 곧 진파랑의 몸에서 침을 빼기 시작했다.

그 모습을 마지령은 가만히 쳐다보았다. 지금의 인연이 평생 갈 줄은 마지령도 예소도 이 당시엔 전혀 생각지 못하였다.

〈1부 완결〉

작가후기

　진가도의 1부가 끝이 났군요. 아마 2부는 다른 제목으로 나갈 겁니다. 원래 15권 완결을 계획으로 쓴 것이라 초반 진행이 느릴 수밖에 없었습니다. 그래서 그런지 조기에 이렇게 1부를 끝내게 되네요.

　2부는 이 년 후부터 시작을 합니다. 진파랑이 부상에서 완전히 회복된 이후부터 일어나는 일들인데요, 8권 시작이 이 년 후입니다.

　천외성과의 싸움도 남았고 진파랑과 천문성과의 싸움도 남았는데 정말 아쉽게도 1부를 마무리로 조금 쉬게 되었습니다. 상당히 많은 일들이 남아 있는데 이야기를 마치고 조금 쉬려니 가슴이 아프고 입 안이 바싹 말라가는 기분입니다.

　독자 여러분께 깊이 사과드리며, 깊은 양해를 구합니다. 나중에 나올 진파랑을 기대해 주시기 바랍니다.

Golden Key

박이수 소설

황금열쇠

「달의 아이」,「붉은 소금성」의 작가 박이수.
그가 또 하나의 기대작「황금열쇠」로 나타났다.

우연한 만남이란 단어는 그들에겐 존재하지 않았다.
얽혀 있는 사람들…그리고 피할 수 없는 운명의 굴레!

뒤틀려 버린 운명의 주인공 셰이엔 가이스카 리베 폰 라시에…
한순간 인생이 뒤바뀐 불운의 주인공 듀이 델쾨
그리고… 유일하게 그녀를 기억하는 단 한 사람 이샤무딘!

이제 운명의 주사위는 던져졌다.
엇갈린 운명 속에 모든 사건은 하나로 연결된다!
황금열쇠를 차지하기 위한 그들의 위험한 모험이 지금 시작된다.

유행이 아닌 자유추구 -
WWW.chungeoram.com

Book Publishing CHUNGEORAM

武士 廓優 참마도 新무협 판타지 소설

무사 곽우

『무정지로』, 『십삼월무』, 『화산진도』의
작가 참마도, 그가 돌아왔다!!

새롭게 시작되는 그의 네 번째 강호 이야기!!

"힘이 있는 자가 없는 자를 돕는 것입니다.
또한 힘이 없다면 돕기 위해 노력이라도 하는 것입니다.
그것이 진정한 협 아니겠습니까?"
"호오……."
송완은 다시 봤다는 듯 곽우를 바라보았고 담고위는
무슨 케케묵은 보물단지 보는 듯한 얼굴을 만들었다.
송완은 살짝 킥킥거리며 웃다가 이내 곽우에게 말했다.
"틀렸다. 협이란 무공이 높은 자의 중얼거림일 뿐이야.
무공이 낮은 자는 그저 그 협을 바라만 보고 있어야 하는 것이지.
그래서 세상은 협사가 널렸고 그 협사의 주변엔 구더기들이 들끓고 있는 거야."

강호라는 세상 속에서 지금 한 사람이 그 눈을 뜨려 한다.
한 자루의 부러진 검과 함께 곽우라는 이름을 가지고……

유행이 아닌 자유추구 -
WWW.chungeoram.com

Book Publishing CHUNGEORAM

운룡쟁천

조돈형 新무협 판타지 소설

팔룡전설을 아는가?

북녘 하늘을 밝히는 별의 정기를 받고 태어난 여덟 명의 기재가
한 시대에 나타나리니, 그들의 눈은 삼라만상(森羅萬象)을 살피고
지혜는 하늘에 닿고 웅심은 천하를 덮을 것이다.
그들이 화합을 한다면 더없이 평온한 세상을 이룰 것이나,
만약 그렇지 않다면 피의 광풍이 온 천하를 휩쓸 것이다.

혼란의 시대!! 모략과 음모가 극에 다다른 혼돈의 강호무림!!

이때 하늘이 안배해 놓은 이가 있었으니, 그의 이름 도극성이라……!!
도극성!! 그가 무림에 다시 모습을 드러내는 날,
팔룡전설은 그로 인해 깨질 것이고 새로운 전설이 탄생할 것이다!!

유행이 아닌 자유추구 -
WWW.chungeoram.com
Book Publishing CHUNGEORAM

임희정 소설

조려하늘에

그러던 어느 날, 그에게 그 '능력' 이 찾아왔다.
조금은, 아름답지 않은 모습으로.

신의 뜻, 그것 외엔 없었다.
신의 영역, 시대의 금기를 깨는 그들의 불꽃같은 삶!

막연히 의사가 되기 위한 삶을 살아왔던 세요 폰 어뷔니트.
인간을 살리기 위해 의사가 되어야만 했던 웨인 파에트.

잔혹한 과거, 어긋난 현재.
그리고 우연히 찾아온 신비로운 능력!
보통 사람들과 다른 존재가 아니라는 것에 대한 증명.

유행이 아닌 자유추구 -
WWW.chungeoram.com

Book Publishing CHUNGEORAM